E-Z DICKENS SUPERKANGELANE ESIMENE JA TEINE RAAMAT:

TÄTOVEERINGU INGEL: KOLM

Cathy McGough

Stratford Living Publishing

DEDICATION

Dorothy jaoks, kes uskus.

SISUKORD

ESIMENE RAAMAT:

TÄTOVEERINGU INGEL

PROLOOGI

E simene olend lendas E-Z rinnale ja maandus, lõug ettepoole surutud ja käed puusadele asetatud. Ta pööras korra, päripäeva. Pöörles kiiremini, tema tiibade lehvimisest kostis laul. Laul oli madal virisemine. Kurb laul minevikust, mis tähistas elu, mida enam ei olnud. Olend nõjatus tagasi, pea E-Zi rinnale toetumas. Pöörlemine lakkas, kuid laul kõlas edasi.

Teine olend ühines, tehes sama rituaali, samal ajal pööreldes vastupäeva. Nad lõid uue laulu, ilma piiksu-piiksude ja zoom-zoomideta. Sest kui nad laulsid, ei olnud onomatopoeetikat vaja. Samas kui igapäevases vestluses inimestega oli see vajalik. See laul kattus teise lauluga ja muutus rõõmsaks, kõrgete helide pidutsemiseks. Oodiks tulevastele asjadele, veel elamata elule. Laul tulevikule.

Nende kuldsetest silmakoobastest purskas teemantitolmu, kui nad end täiuslikus sünkroonis pöörasid. Teemantitolm pritsis nende silmadest E-Zi magavale kehale. Vahetus jätkus, kuni see kattis ta pealaest jalatallani teemantitolmuga.

Teismeline jätkas sügavalt magamist. Kuni teemantitolm läbistas tema liha - siis avas ta suu, et karjuda, kuid häält ei kostunud.

„Ta ärkab üles, piip-piip."

„Tõsta teda, zoom-zoom."

Koos tõstsid nad ta üles, kui ta avas oma klaasistunud silmad.

„Magage veel, piiks-pipi." "Magage veel, piiks-pipi."

„Ära tunne valu, zoom-zoom."

Tema keha kallistades võtsid kaks olendit tema valu enda sisse.

„Tõuse üles, piiks-piiks," käskis ta.

Ja ratastool, tõusis üles. Ja E-Zi keha alla asetudes ootas ta. Kui veretilgad alla vajusid, püüdis tool selle kinni. Neelas selle endasse. Tarbis selle ära - nagu oleks see elusolend.

Kui tooli võimsus kasvas, sai ka see tugevamaks. Varsti suutis tool oma peremeest õhus hoida. See võimaldas kahel olendil oma ülesannet täita. Nende ülesanne oli ühendada tool ja inimene. Siduda neid igavesti teemantitolmu, vere ja valu jõuga.

Kui teismelise keha värises, paranesid tema nahal olevad läbilõiked. Ülesanne oli lõpule viidud. Teemantitolm oli osa tema olemusest. Nii et muusika seiskus.

„See on tehtud. Nüüd on ta kuulikindel. Ja tal on supervõime, piip-piip."

„Jah, ja see on hea, zoom-zoom."

Ratastool naasis põrandale ja teismeline oma voodile.

„Ta ei mäleta seda, aga tema tõelised tiivad hakkavad väga varsti toimima, piiks-piiks."

„Mis saab teistest kõrvalmõjudest? Millal need algavad ja kas need on märgatavad zoom-zoom?"

„Seda ma ei tea. Tal võivad tekkida füüsilised muutused… see on risk, mida tasub võtta, et vähendada valu, beep-beep.“

„Nõus zoom-zoom.“

CAUSE

Kõigis peredes on erimeelsusi. Mõned vaidlevad iga väikese asja üle. Dickens perekond oli enamikus asjades ühel meelel. Muusika ei kuulunud nende hulka.

„Tule, isa," ütles kaheteistkümneaastane E-Z. „Mul on igav ja nad mängivad praegu satelliidi kaudu muusikavõistlust."

„Kas sa ei võtnud kõrvaklappe kaasa?" küsis ema Laurel.

„Need on mu seljakotis pagasiruumis." Ta ohkas.

„Me võiksime alati peatuda ja need kätte saada..."

Martin, poisi isa, kes juhtis, kontrollis aega. „Ma tahaksin jõuda mägedes asuvasse majja, enne kui pimedaks läheb. Muuseas, mulle sobib. Pealegi jõuame varsti kohale."

Laurel keeras nende uhiuue punase kabrioleti satelliidisüsteemi numbrimärki. Ta kõhkles hetkeks Classic Rocki peal. Kuulaja ütles: „Järgmine on Kiss'i hümn I Wanna Rock N Roll All Night. Ärge puudutage seda valimisnuppu."

„Oota, see on hea laul!" hüüdis poiss.

„Mis, ei ole enam Muse'i?" Laurel küsis, hoides kätt valimisnupul.

„Pärast Kiss'i, okei?"

„*Kiss* siis,“ ütles Martin, kui ta tuuleklaasipuhastid sisse lülitas. Veel ei sadanud vihma, aga äike möllas. Oksad ja muu prahi paiskusid nende sõidukist sisse ja välja, kui nad mäest ülespoole liikusid.

Laurel aevastas ja pani järjehoidja lehele. Ta ristas käed värisedes. „See tuul ulub kindlasti. Kas te ei pahanda, kui me katuse üles paneme?“

„Ma hääletan jah,“ ütles E-Z, eemaldades oksi oma blondidest juustest.

THWACK.

Ei olnud aega karjuda - kui muusika vaibus.

Poisi kõrvad helisesid ikka veel sellest helist, mis oli ühendatud nelja õhupadja plahvatusega. Veri tilkus mööda tema otsaesist alla, kui ta puudutas oma jalgade peal olevat asja: puu. Veri kogunes puust sissetungija sisse ja ümber. Ta jooksis sõrmega mööda puu tüve. See tundus nagu nahk; ta oli puu ja puu oli tema.

„Ema? Isa?“ ta nuttis, rindu paisates. „Ema? Isa? Palun vasta!“

Ta pidi abi kutsuma. Kus oli tema telefon? Kokkupõrge oli selle välja visanud. Ta nägi seda, kuid see oli liiga kaugel, et selleni jõuda. Või oligi? Ta oli püüdja ja mõned ütlesid, et tema viskekäsi oli nagu kummist. Ta keskendus, venitas ja venitas, kuni ta selle kätte sai.

Signaal oli tugev, kui ta verised sõrmed vajutasid 9-1-1, siis katkes ühendus. Selleks, et nad teda leiaksid, pidi ta kasutama uut täiustatud teenust. Ta tippis E9-1-1. See andis ametivõimudele loa pääseda ligi tema asukohale, telefoninumbrile ja aadressile.

„Hädaabiteenistus. Mis on teie hädaolukord?“

„Abi! Me vajame abi! Palun. Minu vanemad!“

„Ütle kõigepealt, kui vana sa oled? Mis su nimi on?"

„Ma olen kaksteist. Mind kutsutakse E-Z."

„Palun kontrollige oma aadressi ja telefoninumbrit."

Ta tegi seda.

„Tere E-Z. Räägi mulle oma vanematest. Kas sa saad neid näha? Kas nad on teadvusel?"

„Ma, ma ei näe neid. Puu kukkus autole, neile ja minu jalgadele. Abi. Palun."

„Me saame nüüd teie asukoha."

E-Z sulges silmad.

„E-Z?" Valjemini: „E-Z!"

Poiss tuli enesele. „Ma, vabandust, ma."

„Me saadame helikopteri. Püüa ärkvel püsida. Abi on teel."

„Tänan teid." Ta silmad vajusid kinni, ta sundis neid avama. „Ma pean ärkvel jääma. Ta käskis ärkvel püsida." Ta tahtis ainult magada, magada, et kogu valu lõpetada.

Tema kohal värelesid kaks tuld, üks roheline ja üks kollane, tema silmade ees. Hetkeks arvas ta, et näeb pisikesi tiibu lehvitamas, kui need kaks objekti hõljusid.

„Tal on halvasti," ütles roheline, liikudes lähemalt vaatama.

„Aitame teda," ütles kollane kõrgemale hõljudes.

E-Z tõstis käe, et lüüa vilkuvale valgusele. Kõrge heli valutas tema kõrvu.

„Kas sa oled nõus meid aitama?" tuled laulsid.

„Jah. Aidake mind."

Siis läks kõik mustaks.

EFFEKT

Sam, E-Z onu oli haiglas, kui ta ärkas. Poiss ei esitanud küsimust - kus tema vanemad olid -, sest ta ei tahtnud vastust kuulda. Kui ta ei teadnud, võis ta teeselda, et neil on kõik korras. Et nad tulevad tema tuppa ja heidavad talle iga hetk käed ümber. Kuid tagantjärele teadis ta, tegelikult uskus ta, et nad on surnud. Ta kujutas seda oma peas ette, kuidas ta viskab teki tagasi ja jookseb nende juurde ning nad tulevad kokku ja kallistavad üheskoos ja nutavad, kui õnnelikud nad on. Aga oota, miks ta ei suutnud varbaid liigutada? Ta proovis uuesti, keskendudes kõvasti, kuid midagi ei juhtunud.

Sam, kes vaatas, ütles: „Seda ei olegi lihtne öelda,“ samal ajal võitles ta nuttide vastu.

„Mu jalad,“ ütles E-Z, “ma, ma ei tunne neid.“

Onu Sam pigistas vennapoja kätt. „Sinu jalad...“

„Oh ei. Ära ütle mulle. Lihtsalt ära räägi.“

Ta väänas käe onu käest lahti. Ta kattis oma näo, luues barjääri enda ja maailma vahele, kui pisarad üle põskede jooksid.

Onu Sam kõhkles. Tema vennapoeg oli juba nutmas, juba leinas ja ometi pidi ta talle oma vanematest rääkima. Ei olnud lihtsat viisi, kuidas seda öelda, nii et ta pomises: „Sinu vanemad. Mu vend ja su ema... nad ei elanud."

Teadmine ja sõnade kuulmine olid kaks eri asja. Üks tegi sellest fakti. E-Z viskas pea tagasi ja ulgus nagu haavatud loom, värises ja tahtis ära joosta, kuhu iganes. Lihtsalt minema.

„E-Z, ma olen sinu jaoks siin."

„Ei! See ei ole tõsi. Sa valetad. Miks sa mulle valetad?" Ta rabeles, punnitas rusikad kokku ja lõi need madratsi sisse, kui ta raevus ja raevutses, ilma et ta oleks peatunud.

Sam vajutas nuppu voodi lähedal. Ta püüdis teda rahustada, kuid E-Z oli kontrolli alt väljas, peksis ja vandus. Kaks õde jõudsid kohale; üks sisestas nõela, samal ajal kui teine koos Samiga püüdis teda paigal hoida ja sosistas vaikselt, et kõik saab korda.

Sam vaatas, kuidas tema vennapoeg unenägude riigis või kus iganes ta nüüd oligi - naeratas. Ta hellitas seda naeratust, mõeldes, et läheb veel aega, enne kui ta seda vennapoja näol uuesti näeb. Ees ootas pikk ja raske tee. Tema vennapoeg pidi seisma silmitsi päevaga, mil tema elu lagunes pea ees. Kui ta seda tegi, võis ta võidelda ja koos võisid nad ehitada talle täiesti uue elu. Uus - teistsugune - mitte sama. Mitte miski ei oleks enam kunagi sama.

Kõik sellepärast, et nad olid valel ajal vales kohas. Looduse ohvrid: puu. Puu, mis sai looduse relvaks inimese hoolimatuse tõttu. Puu oli olnud surnud, juured maapinnast kõrgemal, mis oli juba aastaid tähelepanu eest võidelnud. Ja kui talle öeldi, et see oli tähistatud X-ga, et see kevadel maha raiuda - ta tahtis karjuda.

Selle asemel helistas ta parimale advokaadile, keda ta tundis. Ta tahtis, et keegi maksaks - et ta võtaks arve kahe liiga vara katkenud elu eest ning tema vennapoja purustatud jalgade ja elu eest.

Aga mis oli mõte? Minevikku ei saanud miski muuta - kuid tulevikus aitaks ta oma vennapojal leida oma tee. Sel hetkel sõnastas Sam plaani.

Sam meenutas Harry Potteri täiskasvanud versiooni (ilma armita.) E-Z ainsa elusoleva sugulasena võtaks ta enda peale vennapoja hoolduse. Rolli, mille ta oli varem hooletusse jätnud. Ta üritaks olla nagu vanem vend Martin - mitte asendada teda.

Ta raputas vabandusi, mis sisemiselt mullitasid. Püüdes teda tööga vastutusest vabastada. Ta läheks ära, kustutaks kõik kohustused. Siis saaks ta lõpetada enda süüdistamise. Vihkida ennast kogu kaotatud aja eest.

Samal ajal kui tema vennapoeg edasi magas, helistas ta oma tarkvarafirma tegevjuhile. Oma valdkonna tipptasemel vanemprogrammeerija - ta lootis, et nad jõuavad kompromissile. Ta ütles neile, mida ta tahab teha.

„Muidugi, Sam. Sa võid töötada eemalt. Midagi ei muutu. Teete seda, mida peate tegema. Me oleme sinuga koos. Perekond kõigepealt - alati."

Kui ta ühenduse katkestas, pöördus ta tagasi oma vennapoja voodi juurde. Praegu kolib ta perekonna koju, et E-Z saaks jääda oma sõprade ja kooli lähedusse. Koos paneksid nad tükid uuesti kokku ja ehitaksid tema elu uuesti üles. Seda juhul, kui ta ei läheks täiesti närvi. Poissmehena polnud tal peaaegu mingit kogemust lastega - teismelistest rääkimata.

✳✳✳

Pärasthaiglast lahkumist - saatuse sunnil - ei jäänud neil muud üle, kui luua side, mis ületas vere piirid.

E-Z pidas vastu, eitades, et suudab seda kõike ise teha. Lõpuks ei jäänud tal muud üle, kui pakutud abi vastu võtta.

Sam astus üles - oli tema jaoks olemas - nagu oleks ta teadnud, mida tema vennapoeg vajas, enne kui too küsis.

Ja ta oli E-Z jaoks olemas tema elu teisel kõige hullemal päeval - kui talle öeldi, et ta ei saa enam kunagi kõndida.

„Tulge sisse," ütles dr Hammersmith, üks parimaid ortopeedilisi neuroloogi-kirurge.

Ratastoolis astus E-Z sisse, talle järgnes Sam.

Hammersmith oli kuulus selle poolest, et ta parandab parandamatuid ja ta kavatses teda parandada. Varasematel konsultatsioonidel oli ta noorukile lubanud, et ta hakkab taas pesapalli mängima.

„Mul on kahju," ütles Hammersmith. Pärast paar sekundit kestnud ebamugavat vaikust täitis ta selle mõne paberi segamisega.

„Mida sa täpselt kahetsed?" E-Z uuris, surudes kogu jõuga oma istmel edasi. Kuna ta ei suutnud seda teha, jäi ta paigale.

„See, mida ta küsis," ütles Sam, liikudes oma istmel vaevata edasi.

Hammersmith puhastas kurku. „Me lootsime, et kuna kõik toimib normaalselt, võib halvatus olla ajutine. Sellepärast saatsin teid rohkemate testide tegemiseks ja soovitasin füsioteraapiat. Nüüd pole kahtlustki, mul on kahju sulle E-Z öelda, aga sa ei saa enam kunagi kõndida."

„Kuidas te saate temaga seda teha?" Sam küsis.

Tema sõnade lõplikkus vajus sisse. „Võta mind siit välja, onu Sam!"

„Oota," ütles Hammersmith, suutmata neile silma vaadata. „Ma palusin abi, kolleegidelt üle maailma. Nende järeldus oli sama."

„Suur tänu."

„E-Z, teil on aeg edasi liikuda. Ma ei taha sulle enam valelikku lootust anda. "

Sam tõusis püsti, pannes käed ratastooli käepidemetele.

„Saame teise arvamuse ja kolmanda ja neljanda!"

„Sa võid seda teha," ütles Hammersmith, "aga me juba tegime seda. Kui oleks midagi uut, seal väljas - midagi, mida me saaksime ära kasutada -, siis me teeksime seda. Asjad võivad teie eluajal E-Z muutuda. Tüvirakkude uurimise valdkonnas tehakse edusamme. Seniks ei taha ma, et sa elaksid oma elu „kui" ja „võib" jaoks."

Siis suunatud Samile,

„Ära lase oma vennapojal oma elu raisata. Aita tal end uuesti üles ehitada ja tagasi elavate maale jõuda. Oh, ja ma ei taha seda mainida, aga me vajame varsti ratastooli tagasi - tundub, et meil on sellest veidi puudus. Kui te ei viitsiks teistsuguseid korraldusi teha."

„Hea küll," ütles Sam, kui nad Hammersmithi kontorist sõnatult lahkusid. Ta pani ratastooli pagasiruumi, kinnitas nende turvavööd ja käivitas auto.

„Kõik saab korda."

E-Z, kelle põskedel jooksid pisarad, pühkis need ära. „Mul on kahju."

„Sa ei pea minu ees kunagi vabandama, lapsuke, et sa oma tundeid näitad."

Sam lõi rusikad roolile, siis tõmbus parkimiskohast välja rehve vingudes.

Nad sõitsid paar hetke sõnatult edasi, siis sirutas ta käe ja lülitas raadio sisse. See lõhestas nende kahe vahelise vaikuse ja andis E-Z-le võimaluse seda välja hüüda ilma enesetunne tundmata.

Selleks ajaks, kui nad koduteele keerasid, olid nad rahulikud ja näljased. Plaan oli vaadata paar saadet ja tellida pitsa.

Paar päeva hiljem saabus uhiuus ratastool.

$$*** $$

E-Z uue ratastooli juures**põlesid**kaks tuld: üks kollane ja üks roheline.

„See ei kõlba, piip-piip.“

„Ma olen nõus, see ei kõlba üldse. Ta vajab midagi kergemat, tugevamat, tulekindlat, kuulikindlat ja absorbeerivat, zoom-zoom.“

„*Tead-kuidas-mis* ütles, et me ei tohi aega raisata - nii et teeme seda, enne kui inimene üles ärkab, piiks-pipi.“

Tuled tantsisid ümber ratastooli. Üks asendas metalli ja teine rehvid. Kui nad lõpetasid protsessi, nägi tool välja nagu enne, kuid ei olnud.

E-Z sosistas unes.

„Lähme siit välja! Beep beep!“

„Kohe sinu järel! Zoom-zoom!“

Ja nii nad tegidki, samal ajal kui nooruk edasi magas.

$$* * *$$

Aastahiljem ja nüüd tundus E-Z-le, et onu Sam oli alati seal olnud. Mitte et ta oleks asendanud tema vanemaid. Ei, ta ei oleks seda kunagi suutnud, tegelikult ei üritanudki ta seda teha - aga nad said hakkama. Nad olid sõbrad. Nad olid midagi enamat, nad olid perekond. Ainus perekond, mis kolmeteistkümneaastasel oli maailmas alles jäänud.

„Ma tahan sind tänada," ütles ta, püüdes mitte pisarateni jõuda.

„Sa ei pea mind tänama, lapsuke."

„Aga ma pean, onu Sam, ilma sinuta oleksin ma rätiku sisse visanud."

„Sa oled tugevamast materjalist kui see."

„Ma ei ole. Pärast õnnetust saan ma hirmu, ma mõtlen tõesti hirmu. Mul on olnud õudusunenägusid."

„Me kõik kardame; aitab, kui sa sellest räägid. Ma mõtlen, kui sa tahad minuga sellest rääkida."

„See juhtub mõnikord öösel - kui sa magad. Ma ei taha sind äratada."

„Ma olen kõrval ja seinad ei ole nii paksud. Lihtsalt hüüa mind ja ma olen seal. Ma ei pane pahaks."

„Tänan, ma loodan, et mul ei pea seda tegema, aga hea teada."

Nad läksid tagasi televiisori vaatamise juurde ja ei arutanud seda teemat enam kunagi.

Kuni ühel ööl, kui E-Z ärkas karjudes üles ja Sam oli nagu lubatud seal.

Ta lülitas valguse sisse. „Ma olen siin. Kas sul on kõik korras?"

E-Z klammerdus voodiserva külge, nagu keegi, kes on kohe-kohe üle kalju minemas. Ta aitas ta tagasi madratsile.

„Kas nüüd on parem?"

„Jah, aitäh."

„Tahad sellest rääkida? Ma võin kakao teha."

„Vahukommidega?"

„Läheb iseenesestmõistetavalt. Tulen kohe tagasi."

„Okei." E-Z sulges korraks silmad ja kõrged hääled jätkusid. Ta kattis kõrvad ja vaatas, kuidas kollased ja rohelised tuled tema silme ees tantsisid. Ta võttis käed ära, kuuldes onu paljajalu, kui need mööda koridori plaksutasid.

„Siin," ütles Sam, pannes vennapojale tassi kuuma kakao kätte. Ta parkis end ratastooli, kus ta lonksutas ja ohkas.

Vasaku käega patsutas E-Z õhku, peaaegu roiskides oma joogi välja.

„Mida sa teed?"

„Kas sa ei kuule seda? Seda kõrvulukustavat heli?"

Sam kuulas tähelepanelikult, ei midagi. Ta raputas pead. „Kui sa kuuled midagi imelikku, miks sa siis üritad seda ära pühkida?" "Kui sa kuuled midagi imelikku, siis miks sa üritad seda ära pühkida?"

E-Z keskendus oma kuumale joogile, siis neelas ta minimarmelaadi alla. „Sa ei näe siis vist tulesid?"

„Tuled? Millised tuled?"

„Kaks tuld: üks roheline ja üks kollane. Umbes su sõrme otsa suurused. Siin sisse ja välja - alates õnnetusest. Lõhkuvad mu kõrvadel ja vilguvad mu silmade ees. Ärritavad mind."

Sam läks pealaele ja vaatas vennapoja vaatepunktist. Ta ei oodanud, et ta midagi näeb - ja muidugi ei näinudki -, vaid püüdis rahustada. „Ei, aga räägi mulle rohkem, et ma saaksin paremini aru, kuidas see algas."

„Õnnetuse ajal nägin kahte tuld, kollast ja rohelist ja, ärge naerake, aga ma arvan, et nad rääkisid mulle. Sellepärast on mul olnud õudusunenäod."

„Millised tuled? Sa mõtled, nagu jõulutuled?"

„Äh, ei, mitte nagu jõulutuled. See ei ole midagi. Need on nüüd kadunud. Tõenäoliselt posttraumaatiline stressihäire või tagasilöök."

„PTSD või flashback on kaks väga erinevat asja. Ma ei tea, kas, sa peaksid kellegagi rääkima. Ma mõtlen kedagi, peale minu."

„Sa mõtled nagu mu sõbrad?"

„Ei, ma mõtlen professionaali."

POP.

POP.

Nad olid jälle tagasi. Vilkudes tema nina ees ja tehes talle silmad risti. Ta hoidis end tagasi. Püüdis neid mitte minema lüüa. Kui Sam võttis ühe käega oma tassi ja tundsid teise käega tema otsaesist, lõi ta õhku. „Mine minust eemale!"

Sam vaatas, kuidas tema vennapoeg jäätus nagu jääskulptuur talvefestivalil. Sam nipsutas sõrmedega silmade ees, kuid mingit reaktsiooni ei tulnud. E-Z ohkas ja nõjatus tagasi, hingas sügavalt sisse ja norskas sekunditega nagu sõdur. Sam tõmbas katte üles. Ta suudles oma vennapoega otsaesisele ja läks siis tagasi oma tuppa. Lõpuks vajus ta magama.

Järgmisel päeval soovitas Sam, et E-Z kirjutaks oma tunded üles, võib-olla päevikusse. Vahepeal küsitleks ta, kas ta võiks broneerida aja professionaali juurde.

„Sa mõtled psühholoogi?“

„Või psühholoogi. Ja vahepeal kirjuta see üles. Kui sa näed neid, kuidas nad välja näevad - kirjuta vaatlused üles.“

„Päevik, ma mõtlen, kellega ma sarnaneksin, Oprah Winfreyga?“ “Päevik, ma mõtlen, kellega ma sarnaneksin, Oprah Winfreyga?“

„Ei,“ ütles Sam. „Kiddo, sul on õudusunenäod, sa kuuled kõrgeid hääli ja näed tulesid. Need võivad olla märk, nagu sa ütlesid, PTSD-st või millestki meditsiinilisest. Ma pean asja uurima ja rääkima su arstiga, küsima tema nõu. Vahepeal võib aidata oma mõtete üleskirjutamine, päeviku pidamine. Paljud mehed on kirjutanud päevikuid või pidanud päevikut.“

„Nimetage üks, kelle nime ma ära tunneksin?“

„Vaatame, Leonardo da Vinci, Marco Polo, Charles Darwin.“

„Ma mõtlen kedagi sellest sajandist.“

„Sa mainisid juba Oprah'd.“

$$***$$

E-Z vaimne tervis paranes pärast paari seanssi terapeudi/nõustaja juures. Ta oli tore ja ei mõistnud teismelise üle kohut, nagu ta kartis. Selle asemel pakkus ta soovitusi ja konkreetseid strateegiaid, et teda rahustada ja aidata. Ta, nagu ka tema onu, soovitas tal kõik üles kirjutada - päevikusse või päevikusse.

Selle asemel kirjutas ta kooliülesande jaoks lühikese jutu, mis oli inspireeritud tema ema lemmiklinnust: tuvist. Pärast seda, kui ta sai kirjatööle hinde A+, kandideeris õpetaja tema jutuga kogu provintsi hõlmavale kirjutamiskonkursile. Alguses oli ta pahane, et õpetaja oli tema jutu sisse pannud ilma teda küsimata. Aga kui ta võitis, oli ta uskumatult õnnelik. Pärast seda kandideeris tema õpetaja tema jutuga üleriigilisele konkursile.

Samal ajal, kui tema vennapoeg süvenes kirjutamise kunsti, hakkas Sam tegelema uue hobiga: genealoogiaga. Ühel õhtul, kui nad õhtusöögi juures olid, puhkes ta välja:

„Nüüd, kus sa oled kirjutanud lühijutu ja saavutanud edu, peaksid ehk proovima kirjutada romaani.“

„Mina? Romaani? Mitte mingil juhul.“

„Sul on kirjanikuvere," paljastas onu Sam. „Jälgides meie ajalugu, avastasin, et me oleme sugulased ainsale Charles Dickensile."

„Võib-olla peaksid SINA siis romaani kirjutama." Ta naeris.

„Mina ei ole see, kellel on auhinnatud novellid."

Tema taldriku kohal vilkusid rohelised ja kollased tuled. Vähemalt ei kuulnud ta seda kõrget müra, mille saatel onu Sam döriseis.

„.... Lõppude lõpuks, sina ja mina, me oleme Charles Dickensi nõod läbi aegade. Vaata, mida kõike sa oled ületanud. Sa oled hämmastav laps - mida sul on kaotada?"

Tema nimi on Ezekiel Dickens ja see on tema lugu.

PEATÜKK 1

Oma esimese kolmeteistkümne eluaasta jooksul tunti **teda** mitme nime all. Hesekiel, tema sünninimi. E-Z, tema hüüdnimi. Tema pesapallimeeskonna püüdja. Lühijuttude kirjutaja. Oma vanemate poeg. Onu vennapoeg. Parim sõber. Nüüd oli tal uus nimi.

Mitte et ta oleks „c" sõna vastu pahane. Tegelikult eelistas ta mõnda alternatiivi vähem. Nagu kommentaarid, mida mõned inimesed ütlesid, sest nad pidasid neid poliitiliselt korrektseks. „Oh, seal on see laps, kes on ratastooliga seotud." Nad ütlesid seda talle osutades - nagu arvaksid, et ta on ka kuulmispuudega. Või nad ütlesid: „Mul oli kahju kuulda, et sa oled nüüd ratastoolis." See pani teda põrnitsema. Aga see, mis ta üle ääre saatis, oli: „Oh, sa oled see laps, kes kasutab nüüd ratastooli." Igaühe, eriti noorema inimese nägemine ratastoolis tekitas mõnes inimeses ebamugavustunnet. Kui nad nii tundsid, siis miks *pidid* nad midagi ütlema?

See tekitas mälestuse ammustest aegadest. Mälestus tema vanematest, kes vaatasid ühel vihmasel laupäeva pärastlõunal televiisorist filmi „Bambi". Ema tegi oma kuulsaid popkornipalle. Neil oli limonaadi, M&Ms,

vahukommid ja isa lemmik Twizzlers. Jänes Thumper ütles: „Kui sa ei saa midagi ilusat öelda, siis ära ütle üldse midagi." Kui Bambi ema suri, oli see esimene kord, kui ta nägi oma ema ja isa filmi pärast nutmas. Kuna ta oli nende käitumisest nii šokeeritud, ei valanud ta ise ühtegi pisarat.

Mõned jonnakad koolis, kutsusid teda „puupoisiks". Mõned olid kaasvõistlejad, kes kunagi vaatasid teda üles, kui ta oli kuningas plaadi taga. Ta vihkas puupoisile viitamist. Ta ei tundnud endast kahju (enamasti mitte) ja ta ei tahtnud ka, et keegi temast kahju tunneks.

Kui tuli aeg, et ta sel esimesel päeval kooli tagasi tuleks, tegi ta seda oma sõprade abiga. PJ (lühend Paul Jonesist) ja Arden toetasid ja tõukasid teda vastavalt vajadusele. Peagi tunti neid Tornado Trio nime all. Peamiselt sellepärast, et kuhu iganes nad läksid, tekkis kaos. Siis õppis E-Z ootamatusi ootama.

Nii et kui tema sõbrad ühel hommikul paar kuud hiljem talle kooli järele tulid - ja siis ütlesid, et nad ei lähe -, ei olnud ta väga üllatunud. Kui nad ütlesid, et peavad talle silmad kinni siduma - seda ei oodanud ta.

Tagaistmel küsis ta. „Kuhu me läheme?" Vastust ei tulnud. „Kas mulle meeldib see?"

„Jah," ütlesid tema sõbrad.

„Miks siis mantlipärija?"

„Sest see on üllatus," ütles PJ.

„Ja sa hindad seda rohkem, kui me seal oleme."

„Noh, ma ei saa ära joosta." Ta irvitas.

Ardeni ema parkis. „Aitäh, ema," ütles ta.

„Helista mulle, kui tahad, et ma sulle järele tuleksin," ütles ta.

Kaks sõpra aitasid E-Zi tema ratastooli ja läksid minema.

„Kas see on ainult mulle, või tundub see tool iga kord, kui me selle välja võtame, kergem?" küsis Arden.

„See oled sina!" PJ vastas.

Kui nad üle ebatasase maapinna liikusid, võis E-Z tunda värskelt niidetud muru lõhna. Kui ta sõbrad sidusid silmad kinni - ta oli pesapalliväljakul. Tema silmadesse valgusid pisarad, kui ta nägi oma endisi meeskonnakaaslasi, vastasmeeskonda ja treener Ludlow'd. Nad olid täielikus vormiriietuses, rivis piki värskelt kriidiga tähistatud põhijoont.

„Tere tulemast tagasi!" juubeldasid nad.

E-Z pühkis pisarad varrukaga ära, kui tool mänguväljakule lähemale liikus. Sellest ajast peale, kui õnnetus oli võtnud temalt unistuse mängida professionaalset pesapalli, oli ta mängu vältinud. Kopsuga kurgus oli ta nii täis emotsiooni, et ei suutnud hinge tõmmata.

„Ta ei leia sõnu," ütles PJ, andes Ardenile küünarnukiga tõuke.

„See on esimene kord."

„Aitäh, poisid. Te ei eksinud selles, et see on üllatus."

„Oodake siin," käskisid sõbrad.

E-Z jäi üksi vaatama pesapalliväljaku vaadet. Koht, mis oli kunagi olnud tema lemmikpaik maa peal. Ta kergitas taas pisaraid, vaadates rohelist muru päikesevalguses helkivat. Ta pühkis need ära, kui sõbrad tulid tagasi, kaasas kotitäis varustust.

Arden kummardus: „Üllatus, sõber, sa püüad täna!"

„Mida sa mõtled? Ma ei saa selles mängida!" ütles ta, paiskates käed ratastooli kätele.

„Siin, vaata seda, kuni me sind varustame," ütles PJ, kui ta andis telefoni üle ja vajutas play.

E-Z vaatas hämmastunult, kuidas temasugused mängijad, nagu ta ise, pesapalliväljakule jõudsid. Ta vaatas lähemalt nende toole, millel olid modifitseeritud rattad. Üks mängija rullus plaadile, ühendas palli ja sööstis ümber aluste.

„Vau! See on vinge!"

„Kui nemad suudavad seda teha, siis suudad ka sina!" Arden ütles, kui ta pani oma sõbrale põlvekaitsmed jalga, samal ajal kui PJ kinnitas rinnakaitse. Väljakule minnes viskasid sõbrad talle püüdja maski ja kinda.

„Lööja üles!" Treener Ludlow hüüdis.

Viskaja viskas esimese kiire palli otse tsooni ja ta püüdis selle.

Teine viske oli pop-up. E-Z läks selle peale, sööstis üle, tõstes end üles. Jõudes. Ta üllatas isegi ennast, kui ta selle kinni püüdis. Nad ei olnud seda märganud, aga ta oli end üles tõstnud. Tema tagumik oli tooli istmelt lahkunud ja tal polnud aimugi, kuidas ta seda teinud oli.

„Vau," ütles PJ, "see oli suurepärane saak."

„Jah, ilmselt oleks sul see mööda läinud, kui tool poleks olnud."

E-Z naeratas ja jätkas mängimist. Kui mäng oli lõppenud, tundis ta end hästi. Normaalne. Ta tänas poisse selle eest, et nad teda jälle mängutrenni panid.

„Järgmisel korral löö sa," ütles PJ.

E-Z irvitas, kui Ardeni ema viis nad läbi autojuhi ja siis tagasi kooli. Kui nad kiirustaksid, jõuaksid nad õigeks ajaks enne järgmise tunni algust kohale. Õpilased ummistasid koridori, kui ta oma kapi juurde veeretas.

Tema klassikaaslased kuulsid rehvide plaksutavat heli linoleumpõrandal - ja nad läksid teed lahku.

E-Z oli olnud esimene laps, kes vajas oma koolis ratastooli, kuid ta oli juba enne jalgade kasutamise kaotamist legend. Tal oli kulunud palju aega, et abi paluda, aga kui ta seda tegi, siis sai ta seda ka. Sportlasena oli ta juba nende lugupidamine, ta oli võitnud ise ja meeskonna liikmena hulgaliselt trofeesid. Ta pidi nende austuse uuesti võitma oma uue mina.

Pärast mängu läksid nad tagasi kooli ja lõpetasid päeva. Kuna see oli olnud vaid pool päeva, oli E-Z üsna väsinud, kui Ardeni ema ja tema sõbrad ta pärast kooli maha tõid.

Pärast nende tänamist läks ta sisse.

„Ma olen kodus, onu Sam.“

„Näen, kas sul oli hea päev,“ ütles Sam.

„Jah, see oli hea päev.“ Ta venitas ja haigutas.

„Tule. Mul on sulle midagi näidata. Üllatus.“

„Mitte veel üks,“ ütles E-Z, kui ta järgnes onule koridoris. Möödus esimesena paremal, tema vanemate toast - mis oli määratud ühel päeval külalistetoaks. Seni oli see täpselt selline, nagu nad selle olid jätnud - ja nii see ka jääb, kuni E-Z otsustab teisiti.

Aeg-ajalt pakkus onu Sam, et aitab tal toa läbi käia, kuid vennapoeg ütles alati sama asja.

„Ma teen seda siis, kui olen valmis.“

Sam nõustus vastumeelselt. Ta oli otsustanud, et tema vennapoeg peaks edasi liikuma. See oli esimene samm selle eesmärgi poole. Pärast seda oli ta rääkinud oma nõunikuga, kes ütles, et Sam peaks julgustama E-Z-d rohkem oma vanematest rääkima. Ta ütles, et nende muutmine tema igapäevaelu osaks aitaks tal kiiremini paraneda. Nad jätkasid mööda koridori, möödusid vannitoast ja peatusid kasti või laoruumi juures.

„Ta-dah!" Onu Sam ütles, kui ta teda sisse lükkas.

E-Z oli sõnatu, kui ta võttis vastu äsja ümberkujundatud kontorit. Keskel asetses akna ees, mis vaatas välja aeda, kirjutuslaud. Selle peal seisis uhiuus mängukompuuter ja helisüsteem. Ta libistas oma tooli laua alla - see sobis ideaalselt - ja jooksis sõrmedega mööda klaviatuuri. Lähedal oli printer, virnas paber ja prügikast - kõik käeulatuses välja planeeritud.

Temast vasakul oli raamaturiiul. Ta veeretas end lähemale. Esimesel riiulil olid raamatud kirjutamisest ja klassikast. Ta tundis ära mitu oma vanemate lemmikut. Teisel olid trofeed, sealhulgas auhind tema kirjutamise eest. Kolmas ja neljas sisaldasid kõiki tema lapsepõlve lemmikraamatuid. Kaks alumist riiulit olid tühjad. Tema silmad jooksid mööda raamaturiiuli ülemist osa, ta pidi oma tooli tagasi tõmbama, et näha, mis seal üleval on.

Sam tuli tema kõrval tuppa. Ta pani käe vennapoja õlale.

„Need, ma ei olnud kindel, kas see on liiga vara. I..."

Pièce de résistance: perefoto. Pisar veeres mööda tema põske, kui ta meenutas pildistamise päeva. See oli väikeses fotostuudios kesklinnas. Nad olid kõik riietatud. Isa oma sinises ülikonnas. Ema oma uues sinises kleidis ja punase salliga kaelas. Tema oma hallis ülikonnas - samas, mida ta kandis ka nende matustel.

Ta võitles nohu tagasi, meenutades fotostuudios toimuvat. Stuudios oli kõik jõulumeeleolu - kuigi oli alles juuli. Ta naeratas, mõeldes juustumeelsetele jõulukaunistustele ja võltskaminale. Nädalaid hiljem tuli postiga kaart, kuid tema vanemate jaoks ei jõudnud need jõulud kunagi kohale. Ta keeras oma tooli väljapääsu poole ja suundus koridori, onu tagant järele.

„Ma tean, et see võtab aega. Vabandan, kui läksin liiga vara, aga sellest on möödas üle aasta ja meie, mina ja sinu nõustaja, arvasime, et on aeg."

E-Z läks edasi. Ta tahtis ära minna. Põgeneda oma tuppa ja maailma välja lülitada, siis tuli talle midagi meelde. Midagi üliolulist. Tema onu ei saanud teada selle foto ajalugu. Kui ta oleks teadnud, ei oleks ta seda sinna pannud. Pärast kõike, mida ta oli tema heaks teinud, oli ta talle selgituse võlgu. Ta peatus.

„Me ei kasutanud seda kunagi, see oli mõeldud meie jõulukaardiks, aga need ei jõudnud kunagi jõuludeni."

„Mul on väga kahju. Ma ei teadnud."

„Ma tean, et sa ei teadnud, aga see ei tee seda vähem valusaks."

Nii füüsiliselt kui ka vaimselt kurnatuna liikus ta oma toale lähemale. Tema sisemine dialoog jätkus positiivse kinnitusega. Tuletades talle meelde, et hommikul näeb kõik parem välja. Sest nii oli peaaegu alati.

„See pidi olema koht, kus sa kirjutad. Pea meeles, et sa oled nüüd auhinnatud kirjanik ja sul on kirjanikveri."

Ta oli peaaegu oma tuppa jõudnud - miks ei olnud onu teda ära lasknud? Tema tuju lõkkes.

„Ma kirjutasin ühe lühijutu, aga see ei tähenda, et ma saaksin või tahaksin rohkem kirjutada. Sa ütled, et mu soontes voolab Charles Dickensi veri, aga ma tahan olla L. A. Dodgersi püüdja. See, et mind kutsutakse „puupoisiks" - see ei tähenda, et ma pean leppima. Miks ma peaksin leppima?"

„Ma soovin, et sa ei laseks neil oma pähe pääseda."

„Ma olen puupoiss! Kui see kuradi puu ei oleks!" hüüatas ta, kui ta tegi järsu pöörde ja lõi küünarnukiga vastu seina. Tema mitte nii naljakas, naljakas luu valutas nagu hull.

„Kas sul on kõik korras?"

E-Z urises vastuseks ja läks siis edasi oma tuppa. Ta kavatses ukse enda järel kinni lüüa. Selle asemel kiilus ta pooleldi sisse ja pooleldi välja. Siis lukustusid tema tooli rattad.

„FRICK!"

Sam vabastas tooli sõnagi lausumata. Sulges ukse väljudes.

E-Z haaras mõned purunematud esemed ja viskas need vastu seina. Enda rahustamiseks visualiseeris ta oma vanemaid, kes rääkisid talle, kui uhked nad tema üle on. Ta igatses seda. Aga kui tema isa oleks nüüd siin, siis ta ütleks talle, et ta on selline krati. Tema ema ütleks talle samuti peale, kuid sõbralikumalt ja leebemalt. Ta pühkis pisarad ära. Tundsin häbistust ja tema keha vajus puhtast kurnatusest ratastoolis kokku.

Onu Sam küsis läbi suletud ukse: „Kas sul on kõik korras?"

„Jäta mind rahule!" E-Z vastas. Kuigi ta vajas tema abi. Ilma temata ei saanud ta oma pidžaamasse ega voodisse. Ta pidi magama toolil, oma riietes. Sügaval sisimas teadis ta alati tõde. Kui ta lõpetaks hoolimise, siis lõpetaksid ka kõik teised hoolimise. Siis oleks ta tõeliselt üksi.

Ta veeretas oma tooli akna juurde ja vaatas välja öisele taevale. Muusika. See oli olnud ainus asi, mis neid tõeliselt ühendas kui perekonda. Muidugi olid neil muusikastiilide osas erimeelsused, kuid kui raadiost tuli hea laul, panid nad selle kõrvale.

Üle muru kõndis räpane must kass. Tema ema oli alati tahtnud, et nad läheksid New Yorki ja vaataksid Broadwayl „*Catsit*" . Ta soovis, et nad oleksid koos läinud. Loodi mälestus. Nüüd ei oleks nad seda kunagi teinud. See laul, miski mälestustest pani teda telefoni järele haarama. Ta valis kõva rokihümni, keeras helitugevuse üles. Trummeldas rusikatega rütmi oma tooli käepidemetele, kui ta rabeles ja karjus laulusõnu välja.

Kuni ta rokkis seda nii kõvasti, et veeretas end toolilt välja ja kukkus põrandale. Alguses tahtis ta oma tuba maast madalast nähes nutma hakata. Selle asemel hakkas ta naerma ja ei suutnud lõpetada.

„Sul seal kõik korras?" Sam küsis.

„Uh, ma vajaksin su abi." Tema kõht valutas naerust nii palju.

Sami esimene reaktsioon oli ärevus - kui ta nägi oma vennapoega põrandal kõhtu hoidmas. Kui ta mõistis, et ta hoiab seda naerust kinni, vajus ta tema kõrval põrandale.

Hiljem, kui Sam oli lahkumas, ütles ta: „Sul läheb kõik korda, poiss."

„Me saame korda."

Siis sõlmisid nad pakti, et lasevad endale tätoveeringud teha.

PEATÜKK 2

"Sorry, ma ei saa täna teiega pesapalli mängida.“

„Tule,“ ütles Arden. „Sa ei olnud viimasel korral *nii* halb.“

„Kao ära,“ vastas E-Z. Ta võttis kiirust, et oma onule vastu tulla, ja põrkas kokku Mary Garneriga, peahüppajaga.

„Oh, vabandust, Mary.“

See oli esimene kord, kui ta teda pärast õnnetust nägi. Ta vaatas üles, kui tema juuksed langesid nagu kardin üle silmade: need lõhnasid kaneeli ja mee järele.

„Idioot,“ ütles ta. „Vaata, kuhu sa lähed.“

Ta taganes ja marssis minema. Tema saatjaskond järgnes.

Ta naeratas, sirutas kaela, et teda jälgida. Tema sõbrad tulid kõrvale ja tegid sama. Arden vilistas.

Ta heitis pilgu üle õla ja lehvitas nende suunas.

„Jumal, ta on fantastiline,“ ütles PJ.

„Ta on kuum,“ ütles Arden.

„Väga.“

Nüüd koolist lahkudes küsis PJ: „Niisiis, ütle meile, miks sa täna mängida ei taha.“

„Jah, aita meid, mõista," ütles Arden, tõmbas nägu ja ristis silmad. „Me oleme ilma sinuta kasutud."

„Kuulge, onu Sam ja mina tegime pakti. Et teeme täna pärast kooli midagi koos - midagi suurt -."

Tema sõbrad ristasid käed, blokeerides tema tooli tee.

„Sa kavatsed meid ikka veel välja jätta - ja sa isegi ei ütle meile, miks?" Punapea PJ ütles.

„Sa oled täielik jobu."

„Me ei teeks seda sinuga kunagi."

Nad kõndisid minema, kiirendades sammu.

E-Z kiirendas, kuid sellest ei piisanud. „Oota! Me laseme endale tätoveeringuid teha!"

Tema sõbrad peatusid.

„Ma lasen endale ema ja isa mälestuseks tätoveeringu teha - tuvitiivad, üks kummalegi õlale."

„Me tuleme sinuga kaasa!"

„Ma mõtlesin, et te võite arvata, et ma olen nohiklik."

Nad jätkasid kõndimist natuke aega ilma rääkimata.

„Onu Sam kohtub minuga tätoveeringu juures."

PEATÜKK 3

KuiSam nägi oma vennapoega koos sõpradega, oli ta üllatunud.

„Ma arvasin, et see pakt on meie vahel, s.t. saladus?"

„Poisid tahtsid mind mängule viia - ma pidin neile ütlema."

„Okei, ausalt öeldes. Aga mul ei ole kombeks nende vanemate asemel seista või nende vanemate nimel luba anda." Siis PJ-le ja Ardenile: „Ma olen nõus, et te kaks siin olete, aga ainult teie vanemad saavad teie tätoveeringuid heaks kiita."

„Oodake!" PJ ütles. „Ma ei ole kunagi mõelnudki, et me võiksime tätoveeringuid teha."

„Minu omad ütlevad kindlasti ei," ütles Arden. Tema vanematel olid probleemid, mida ta kasutas täiega ära. Ta käitus nii, nagu ei häiriks teda enamasti nende pidev tüli. Aeg-ajalt, kui ta ei suutnud seda enam taluda, otsis ta varjupaika mõne sõbra juures.

„Minu juurde ka." PJ oli vanim ja tal oli kaks viie- ja seitsmeaastast õde. Tema vanemad julgustasid teda head eeskuju näitama ja enamasti ta seda ka tegi. Keskendudes spordiga seotud tulevikule, hoidis ta end kursis.

Jagades valgustushetke, andsid teismelised teineteisele kõrgeid viiki.

„Mida?" küsis Sam.

„Me ütleme neile, miks E-Z seda teeb, ja et me tahame tatoveeringuid, et teda toetada," ütles PJ.

Arden noogutas.

„Oodake korraks. Nii et te kaks kretiini tahate kasutada mu vanemate surma ettekäändena, et lasta end tätoveerida?"

Sam avas suu, kuid sõnad pääsesid tal välja.

PJ ja Arden olid näost punased ja vahtisid kõnniteele.

E-Z laskis neil end vabaks. „Minule sobib."

Sam sulges suu, kui ta ja kaks poissi moodustasid ratastooli ümber poolringi.

„Lubage mulle siiski üht - liblikad ei tohi olla lubatud."

„Hei, mis teil, poisid, liblikate vastu on?" küsis Sam.

PEATÜKK 4

Lühidalt**öeldes veensid PJ ja Arden oma vanemaid, et nad lubaksid endale tätoveeringuid teha.

„Tulen kohe järele," ütles tätoveerija, heites pilgu neile neljale. Peegli ees seisis kopsakas meesterahvas, kes oli lisamas järjekordset tätoveeringut oma arvukale kollektsioonile. See uus oli tal pöidla ja nimetissõrme vahel. „Kas sa oled Sam?" küsis tätoveeringut tegev mees.

Sami kõht tundis end veidi ebamugavalt, sest ta oli lugenud, et käsi on üks kõige valulikumaid kohti, kuhu tätoveeringut teha. „Jah, ma rääkisin sinuga telefonis. See on minu vennapoeg E-Z ja tema sõbrad PJ ja Arden."

„Te kõik neli tahate tätoveeringuid, täna? Sest ma ootasin teist ainult kahte."

„Vabandust. Me võime vajaduse korral asja ümber ajastada või ma saan oma teha mõnel teisel päeval," ütles Sam soovunult.

„Nagu õnneks, tuleb mu tütar varsti appi. Niisiis, tere tulemast Tattoos-R-Us'i. Sa võid seal oodata. Võta endale klaas vett. Seal on ka mõned brošüürid, mida võiksite vaadata. See võib aidata teil otsustada, kuhu soovite oma tätoveeringut. Igal kehapiirkonnal on oma valulävi." Tätoveeringut saav kopsakas kutt naeratas.

„Tänan," vastas Sam, kui nad liikusid ooteala poole. Kui ta istus diivanile, tekitas tema põrkuv põlv PJ-le ja Ardenile jubedust. Nad läksid üle ruumi ja vaatasid teadetetahvlile. Et oma närve rahustada, lobises Sam edasi. „Ma uurisin neid internetist, nad on tegutsenud kakskümmend viis aastat, ja see mees, kellega me rääkisime, on nende omanik. Neil on suurepärane maine Better Business Bureau's. Pealegi on nende veebilehel hulganisti viie tärni arvustusi."

Kõik silmad pöördusid, kui ruumidesse sisenes silmatorkav naine, kes oli riietatud gooti moodi. Ta oli umbes kolmekümnene ja tema näojoontele järgi otsustades omaniku tütar. Tal olid tätoveeringud kõikidel paljastatud kehaosadel ja kõikjal mujal üksikud augulõiked.

„Vabandust, et olen hiljaks jäänud," ütles ta, puudutades isa õlale. Ta heitis pilgu ooteruumi, sosistas talle midagi. Ta kiirgas hambuline naeratus ja pöördus klientide poole.

„Tere, ma olen Josie." Ta sirutas käe ja surus igaühele neist kätt. „See seal on Rocky. Ta on omanik ja mina olen tema tütar."

„Mina olen Sam ja see on minu vennapoeg E-Z ja tema kaks sõpra, PJ ja Arden." Ta langes pigem maha kui istus uuesti maha.

Josie läks talle klaasi vett tooma.

E-Z mõtles, kui valus peab olema tema keelel olev augustamine, siis ütles ta onule: „Sa ei pea seda tegema."

„Kas sa nimetad mind kana?" ütles ta, kogu keha värisedes, kui Josie talle klaasi pihku pani. Kui ta selle huulte poole tõstis, tilgutas ta veidi vett.

„Te olete ju tätoveeringuneitsid, eks?" Josie küsis.

E-Z arvas, et tal on magus hääl, nagu Stevie Nicksil, tema isa lemmiklauljatar Fleetwood Macist, kes laulab nõia Rhiannonist.

Nad ei pidanud vastama, sest nende vaikimine ütles kõik.

„Noh, sa oled Rocky juures suurepärastes kätes. Ta on linna parim tätoveerimiskunstnik. See teeb haiget, poisid. Jah, see teeb haiget. Aga see on nagu see valu, millest John Cougar laulab. Teate - Hurts So Good."

Sam irvitas. „Kui palju see tegelikult haiget teeb?"

„See sõltub sinu valulävest - ja sellest, kus sa seda valida. Seal on brošüür, kus on kaardistatud erinevad kehaosad, mis annavad valu hinnangu."

E-Z tundis, kuidas ta nägu kuumaks läks, ja tema sõprade jume oli sarnase varjundiga. Ta heitis pilgu Sami suunas, märkides tema jume, mis oli muutunud rohekas toonis.

Josie jätkas. „Pärast esimest tätoveeringut võib see sulle meeldida ja sa võid tahta rohkem."

Sam seisatas, tema keha värises hirmust.

„Ta võib vajada veidi värsket õhku," ütles E-Z, korrati onu ukse poole.

Välja jõudes kõndis Sam kõnniteel üles ja alla, süda peksis, nagu tahaks ta rinnast välja hüpata. „Ma soovin jumala eest, et ma suitsetaksin."

„Ma hindan seda, et sa minuga siia alla tuled, tõesti, aga ausalt, sa ei pea seda läbi tegema. Ma tean, et me tegime kokkuleppe ja see on midagi, mida ma tahan teha - ema ja isa mälestuseks -, aga sa ei ole mulle midagi võlgu. Miks mitte minna jalutama, võtta kohvi ja me kirjutame sulle, kui oleme lõpetanud, okei?"

„Ma ütlesin, et olen sinu jaoks olemas, alati. Ma olen nüüd sinu jaoks olemas. Ma vihkan nõelu. Ja puurid. Ma arvasin, et suudan seda teha, aga nüüd saan aru, et hirm on tugevam kui mina. Ma olen selline nõme."

„Sa oled alati minu jaoks olemas olnud, onu Sam. Sa ei pea seda mulle või kellelegi tõestama, saades tätoveeringu, mida sa isegi ei taha. Ja nüüd mine siit välja. Ma helistan sulle, kui me oleme lõpetanud." Ta veeretas end tagasi rambile, sõbrad langesid tema selja taha. Ta heitis üle õla pilgu Samile. Vaene poiss oli jäigastunud nagu kuju.

„Ma saan hakkama. Nüüd, võta kinni."

Sam naeris. „Aga enne kui ma lähen, anna mulle parem see kiri, mille ma eile õhtul kirjutasin, et ma saaksin lisada PJ ja Ardeni nimed. Sest ilma minu loata - keegi teist ei saa tätoveeringuid."

„Hea mõte," ütles E-Z, kui ta andis kirja alla. Nüüd tuli see allkirjastatult uuesti üles. Ta pani selle taskusse ja nad läksid sisse, kus Josie ootas.

„Okei, sa oled järgmine. Kui kavatsed püksi pissida, siis näitan sulle, kus on nüüd tualett."

„Haista," ütles E-Z, kui ta oma tooli oma positsioonile veeretas.

✱✱✱

KuiRocky oli leti juures lõpetamas, ulatas Josie E-Z-le raamatu, mis sisaldas tätoveeringuid.

„Ma tean juba ilma vaatamata. Ma tahaksin tuvi tiiba, mõlemale õlale." Seal olid nad jälle, rohelised ja kollased tuled. Ta tahtis nii väga neid ära lüüa, aga ta ei tahtnud, et Josie teda ka hulluks peab.

Josie lehitses raamatut. „Kas need on need, mida sa silmas pidasid?"

Ta noogutas, siis vaatas ta peeglist, kuidas naine käsi pesi ja siis mustad kindad selga pani. Ta võttis tindikausid steriilsest pakendist välja ja asetas need lauale.

„Kas teil on märkus, teie vanemalt või eestkostjalt? Ma eeldan, et te ei ole veel kaheksateistkümneaastane?"

E-Z naeratas ja ulatas talle märkuse.

„Kõik paistab olevat korras. Nüüd tähtsamate asjade juurde. Kas sul on karvane selg?" Ta naeratas. „Kui on, siis peame selle kõigepealt puhastama ja raseerima. Ma mõtlen kogu su selga."

„Kindlasti mitte."

Tema sõprade naeratamine ooteruumist pani ta samuti naeratama. Vahepeal kadus Josie tagaruumi ja seal kõlas muusika. Hetkeks kõlas Another Brick in the Wall, siis ei mingit muusikat.

„Hei, miks sa seda tegid?" küsis ta.

„Ma vihkan kõike, mis on Pink Floydilt." Ta jätkas asjade seadistamist.

„Seda ei saa öelda, kui sa pole kunagi kuulanud Dark Side of the Mooni."

„Ma kuulasin, see oli jama," ütles naine, kui ta talle särgi üle pea tõmbas. „Oh!"

POP.

POP.

Ja kaks tuld kadusid.

Rocky kõndis kohale ja jäi tema kõrvale seisma. „Mis kurat?"

„Mis kurat, tõepoolest," ütles Josie.

Mis tõi PJ ja Ardeni kohale.

„Ma ei saa aru, E-Z. Miks sa peaksid valetama?"

„Muidugi ei valetaks - E-Z ei valeta kunagi," ütles Arden.

„MIS!?" E-Z küsis, püüdes oma tooliga manööverdada, et ta saaks näha, mida nad näevad. „Valetada? Mille kohta? Ütle mulle, mis iganes see on. Ma võin seda võtta."

Josie küsis: „Miks sa valetasid, et oled tätoveeringuneitsi?"

***

„**Ma** ei teinud seda!" E-Z torkas, ilma et ta oleks teadnud, mida ta mõtles.

„Oot," ütles Arden. „Tule, kutt, kui sa valetasid, siis peab sul olema hea põhjus."

„Jig on üles kasvanud!" "Jig on üles kasvanud!" PJ ütles. „Kuigi, ta ei saanud neid ilma täiskasvanu loata kätte."

Rocky haaras käepeegli ja asetas selle nii, et E-Z näeks, mida nad näevad. Kaks tätoveeringut, üks tema paremal õlal ja teine vasakul. Tiivad.

„Mida?"

„Ta ütles mulle, et tahab tiibu," ütles Josie. „Ma arvasin, et sa oled kena poiss."

„Olengi! Ausalt öeldes pole mul aimugi, kuidas nad sinna sattusid, ja need ei ole sellised tiivad, mida ma tahtsin. Ma tahtsin tuvitiibu. Need näevad pigem välja nagu, inglitiivad."

„Tule, sõber," ütles Rocky. „Need tegi profi. Mõni aeg tagasi. Ja need on üsna erakordsed inglitiivad. Minu komplimendid sellele, kes neid tegi. Ütle neile, kui nad kunagi tööd otsivad, et nad minuga kohtuksid."

„Risti südamega, ma ei teinud tätoveeringuid. See on esimene kord, kui ma üldse tätoveeringute juures käin. Küsi mu onult. Ta toetab mind. Ta teab.“

„Mitte midagi sellest ei ole mõtet,“ ütles Arden.

Rocky raputas pead. „Tunnista vähemalt ise, poiss.“

„Kas te kaks tahate tätoveeringuid?“ Josie küsis, käed puusadel.

„Ei,“ vastasid nad.

„Mehed on sellised valetajad,“ ütles Josie, kui nad ukse enda järel kinni panid.

„Ära pane tähele, kullake, meil on nagunii aeg õhtusöögile minna.“ Siis pani ta uksele SULETUD sildi.

✳✳✳

Sam tagasi, et näha kolme poissi stuudio ees ootamas. Nende kehakeel oli kummaline. Punapäine PJ oli käed ristis, oliivipunane Arden aga käed puusadel. Vahepeal oli tema vennapoeg pisarate äärel.

„Jumal tänatud, onu Sam, jumal tänatud, et sa tagasi oled."

Ta tormas lähemale. „Oh ei, kas see oli kohutavalt valus? See leevendub paari päevaga. Kõik saab korda. Las ma vaatan nüüd." Ta vilistas, kui vennapoeg kummardus ettepoole, et ta saaks särki tõsta. „Kurat, need pidid ju valusad olema."

„Tõenäoliselt küll," ütles PJ.

„Kui ta need *esimest korda* sai."

„Esimest korda? Mis?"

„Tal olid need juba siis, kui ta särgi ära võttis."

„Mida me ei saa aru, on see, kuidas?"

„Mida sa mõtled? Ma võin teile kinnitada, et eile ei olnud tal neid veel."

„Näete, ma ju ütlesin teile, et onu Sam toetab mind." Kui nad teda ei usu, siis usuvad nad tema onu, aga miks nad arvasid, et ta valetaks? Nad teadsid, et ta ei ole valetaja.

„Rocky sõnul on tal need asjad juba mõnda aega olemas olnud."

„Näed, kuidas need on kõik ära paranenud?" PJ ütles. „Rocky ja Josie olid ärritunud, ja neil oli selleks täielik õigus, sest E-Z tundus olevat sama üllatunud kui meie."

„Ja teie kaks," küsis Sam, "kuidas teie tätoveeringud läksid?"

„Me otsustasime, et ei lähe edasi," ütles PJ.

„See ei tundunud õige."

Sam ütles: „Räägi meile, mis juhtus. Selgita ennast, mees, sest ma ei saa sellest ei peast ega jutust aru."

„Ma ei saa. Onu Sam, sa ju tead, et neid ei olnud eile seal. Mul ei ole seletust. Kõik, mida ma tahan, on koju minna." Ta hakkas liikuma, rummutades oma tooli rattaid, kiiremini, kiiremini veel kiiremini. Ta tahtis ära minna, kuhugi ära. Kui nad teda ei uskunud, siis kurat nendega.

Kui ta lähenes tänava otsale, muutus valgusfoori rohelisest punaseks. Väike tüdruk oli juba omaette edasisuunas üle tee minemas. Ta astus kõnniteelt maha, kui haagissuvila ümber nurga keeras. Tema ratastool tõusis maast lahti ja tulistas tema poole. Ta sirutas käe, haaras tüdrukust kinni. Just õigel ajal, et päästa ta sõiduki rataste alla minekust.

Nüüd väljaspool ohtu, ratastool puudutas tagasi maad ja ta kandis naise ohutusse kohta. Tema ees seisis tavalisest suurem valge luik. See näitas talle tiibadega põialt ja lendas siis minema.

„Luik," ütles väike tüdruk, kui ta oma vanemate järele vaatas.

E-Z kasutas võimalust sulanduda rahvahulga sisse ja kaduda nurga taha, siis lõi ta oma rattaid kõvemini kui kunagi varem ja oli peagi paari kvartali kaugusel.

„Kas sa nägid seda?" hüüatas Arden, kui ta nurga juures peatuma tuli. „Ai," ütles ta, kui naine tema taga talle vastu põrkas. „Ai!" kuulis ta enda taga, teised jalakäijad tema taga põrkasid kokku.

PJ hoidis end paigal, kui tagapool olev mees talle otsa sõitis. Ardenile ütles ta: „Jah, ma nägin seda... aga ma ei ole kindel, mida ma nägin. Tätoveeringud olid üks asi, see oli... mis? Ime?"

„See oli optiline illusioon," ütles Sam, kui tema telefon vibreeris. See oli sõnum E-Z-lt, mis palus teda niipea riistapoe parkla lähedal kätte saada. „E-Z vajab mind, kas te suudate jälle koju tagasi jõuda?"

„Muidugi, pole probleemi, Sam."

„Ma loodan, et ta on korras."

Sam tegi tagasitee auto juurde, püüdes säilitada jahedust, kui ta üritas loogiliselt aru saada, mis tal just juhtus.

Kumbki poiss ei tahtnud rääkida sellest, mida nad olid näinud - E-Z'i ratastooli lendu.

„Kas te nägite seda?" sosistasid teised nende taga, kui rahvahulk kogunes.

„Oleksin soovinud oma telefoni valmis hoida," ütles üks naine.

Teine naine mikrofoni ja kaameraga surus end ettepoole. Kui valgusfoori muutus, läks ta üle tee, talle järgnes pisarates paar - väikeste tüdrukute vanemad. Nende taga oli matkaauto juht.

„Jumal tänatud, et sa olid seal," hüüdis ta. „Ma ei näinud teda. Sa oled kangelaspoiss. Tänan teid."

„Ema!" hüüdis laps, kui ema teda sülle tõmbas. Ta ja tema abikaasa kallistasid teda tihedalt, kui reporter liikus ja kaameraoperaator jäädvustas hetke.

Lähedal nuttis mees, kes oli teda peaaegu löönud. Reporter ja fotograaf rääkisid temaga. „Ta päästis ta ja mind. Poiss, poiss ratastoolis."

Nad püüdsid teda leida, kuid ta oli kadunud. Ta peitis end nagu kurjategija. Oodates, et onu Samu tuleb ja päästab ta. Püüdes aru saada, mis oli juhtunud. Püüdis mitte välja kukkuda.

Tagasi sündmuskohal, kaks tuld, üks roheline ja üks kollane, pühkisid kõigi läheduses olevate inimeste meeled. Siis hävitasid nad kõik salvestatud filmimaterjalid.

„Mida me siin teeme?" küsis reporter.

„Ei aimugi," vastas kaameramees.

Teel koju, E-Z justkui, tundis end kangelasena. Kuid ta teadis, et tõeline kangelane oli tool; tema ratastool, mis oli põgenenud.

E-Z Dickens oli tätoveeringu ingel.

$$* * *$$

Ma lendasin onu Sami. Ma tõesti lendasin."

" Sam sõitis sissesõiduteele ja parkis.

„Sa nägid seda, eks? Sa nägid, kuidas ma selle väikese tüdruku päästsin. Ma ei oleks saanud õigel ajal kohale jõuda, ja mu ratastool teadis seda, tõstis end maast lahti ja kihutas tema poole."

„Jah, ma nägin seda. See oli erakordne. Ma mõtlen seda, kuidas sa selle väikese tüdruku õnnetusest päästsid. Aga su tool ei tõstnud end üles. See oli hoogu, mis sind edasi ajas. Tänu adrenaliinirünnakule ja sellele, kui kiiresti sa pidid sinna jõudmiseks liikuma, tundus, et sa lendasid - aga sa ei lennanud."

„Ma lendasin. Tool lahkus maast."

„E-Z tule. Sa tead ja ma tean, et sa ei lennanud. Sa pead seda teadma. Ma mõtlen, mis sa arvad, et sa oled? Üks kuradi ingel?"

Sam väljus autost, tõmbas ratastooli pagasiruumist välja ja tuli ümberringi, et aidata vennapoeg sinna sisse. Seda tehes kriipis E-Zi parem õlg vastu ukse serva ja ta karjus valust.

„Vesi!" karjus ta. „Tundub, nagu ma läheksin põlema."

Sam jooksis kööki ja tuli tagasi veepudeliga.

E-Z kallas selle talle õlale. See leevendas veidi, siis tundus tema teine õlg nagu põleks. Ta valas ülejäänud pudeli sellele peale. Sam lükkas ta majja, samal ajal kui E-Z püüdis tal särki seljast rebida. Sam aitas tal seda üle pea tõmmata.

„Oh ei!" Sam hüüdis, kattes oma nina. Tema vennapoja õlavarred nägid nüüd välja ja lõhnasid nagu söestunud grill-liha. Ta kiirustas kööki, et tuua veel vett.

Teel karjus E-Z ja karjus ikka ja jälle, kuni ta minestas.

PEATÜKK 5

Oli pime ja ta oli täiesti üksi, ainult kuu vari ulatus tema kohal üle taeva.

Tema käed olid risti rinnal, nagu ta oli näinud surnukehi lahtise kirstu matustel asetatuna. Ta raputas need välja. Nüüd lõdvestunult asetas ta need oma ratastooli käetugedele, vaid avastas, et ta ei ole selles. Hirmus, et ta kukub ümber; ta pani käed uuesti rinnale risti. Aga oota, ta ei kukkunud ümber, kui ta need enne lahti keeras - ta tegi seda uuesti ja jäi püsti.

E-Z hoidis ühte kätt kindlalt rinnal, samal ajal kui teine, tema parem käsi, sirutas end nii kaugele, kui kaugele see ulatub. Tema sõrmeotsad puutusid kokku millegi jaheda ja metalse. Vasaku käega tegi ta sama, leides taas metalli. Ettepoole kummardudes puudutas ta enda ees olevat seina ja tegi sama ka enda taga. Kui ta ringi liikus, nihkus iste tema all, andes ja võttes järele nagu vedrustussüsteem. See oli see süsteem, mis hoidis teda püsti, või oli see?

PFFT.

Udu heli, mis paiskus õhku. See oli soe, tugevdas tema lõhnataju, ujutades teda lavendli- ja tsitrusviljade buketiga.

Ta vajus sügavasse unne, milles ta nägi unenägusid, mis ei olnud unenäod, sest need olid mälestused. Õnnetus - see kordus uuesti - kordus. Ta viskas pea tagasi ja ulgus.

„Üks hetk, palun," ütles naise hääl.

See oli robotihääl, nagu kuuldavasti lindistusel, kui inimest ei ole kohal.

Ta kartis liiga palju, et uuesti uinuda, ja küsis: „Kes on seal? Palun. Kus ma olen?"

„Sa oled siin," ütles hääl ja kikerdas siis. Naer kõlas silohõngulisest konteinerist, löödi ta kõrvu, kui see tuli ja läks.

Kui see lakkas, otsustas ta end välja murda. Kasutades kogu oma jõudu, sirutas ta käed välja ja lükkas. See tundus hea. Teha midagi, ükskõik mida - esialgu -, kuni klaustrofoobia sai ülekaalu.

PFFT.

Pihustus, seekord lähemal, läks otse tema silmadesse. Sidrunhape kõrvetas ja pisarad voolasid, nagu oleks ta sibulat tükeldanud, ning ta tõusis püsti.

Oot, oodake...

Ta kukkus uuesti maha. Ta vingerdas varbaid. Ta tegi seda uuesti. Ta sirutas parema jala välja. Siis vasaku jala. Nad töötasid. Tema jalad töötasid. Ta tõstis end üles...

Hääl, seekord meeshääl, ütles: „Palun jääge istuma."

Ta pigistas end paremale reiele, siis vasakule. Kes oleks osanud arvata, et üks või kaks näpistust võivad nii hästi mõjuda? Keegi ei suutnud teda peatada. Kuni ta sai jalgu kasutada, seisis ta uuesti.

Tema kohal kostis müra, nagu liiguks lift. Heli muutus valjemaks. Ta vaatas üles. Silo lagi tuli alla. Üha suuremaks ja suuremaks. Lõpuks jäi see täielikult seisma.

„Istuge," nõudis meeshääl.

E-Z tõstis end püsti, kuid lagi tungis alla - kuni ta ei suutnud enam seista. Ta istus kannatlikult, oodates, et asi tõmbub tagasi nagu lift, mis tõuseb ülespoole - aga see ei liigutanud end.

PFFT.

„Laske mind välja!"

„Lisage laudanumit," ütles naise hääl.

Seinad peatusid, siis pritsis ta ekstra pikk annus välja.

PPPFFFTTT.

See oli viimane heli, mida ta kuulis.

✳✳✳

Back oma voodis - imestades, et ta on hulluks läinud ja kujutab ette, et kogu see silojuhtum oli E-Z. See tundus tõeline, see lõhnas tõeliselt. Ja need kaks häält - miks nad ei näidanud end? Ta kratsis pead, nähes oma silmade ees kahte valgust. Nagu varemgi, üks oli roheline ja teine kollane.

„Halloo?" sosistas ta, kui teda ründas kõrge vingumine nagu sääskede nuhtlus. Ta lükkas parema käe tagasi, lüües võimsa löögiga vastu. Kuid enne kui see tabas, jäi ta seisma, käsi keset õhku. Tema silmad klaasistusid, nagu hüpnotiseeritud kana.

POP.

POP.

Tuled muutusid kaheks olendiks. Kumbki lükkas õlgu ja E-Z kukkus padjale, kus ta sulges silmad ja magas.

„Me peaksime seda nüüd tegema, piip-piip," ütles endine kollane valgus.

„Veendume kõigepealt, et ta magab, zoom-zoom," ütles endine roheline valgus.

„Okei, asume tööle, piiks-pipi."

„Kas meil on tema nõusolek, zoom-zoom?"

„Ta ütles, et jah, aga ta ei mäleta. Ma kardan, et see ei ole siduv kokkulepe. See võib olla ainult osaline, ja *teadagi, kes* vihkab osalisi. Rääkimata sellest, et inimese osalised jääksid piiksu-piksu vahele."

„Jah, ta meeldib mulle liiga palju, et lasta tal saada betwixt ja betweener zoom-zoom."

„Meeldida pole siinkohal midagi pistmist. Ära unusta, mis luigega juhtus. Rääkimata - miks inimesed ütlevad, mida ei tohi mainida, enne kui nad mainivad seda, mida nad ei taha öelda?" Vastust ootamata. „Me oleksime hädas ja *tead-kuidas-kuidas* oleks väga pahane beep-beep."

„Aga inimesel on juba oma tätoveeritud tiivad. Katsed ei alga, enne kui subjekt on nõus." Ta nipsas sõrmedega ja raamat ilmus. Ta lehvitas oma tiibu, tekitades tuule, mis pööras lehekülgi. „Vaata, siin on kirjas, et tiivad paigaldatakse alles ENNE, kui subjekt on nõusoleku saanud. Nii et kui ta ütles „jah", siis see pidi olema lepingu sõlmimine zoom-zoom." Ta tõstis käed üles ja raamat lendas üles, nagu oleks ta tahtnud vastu lage lüüa, kuid selle asemel kadus läbi selle.

Nad lendasid, üks maandus E-Zi õlale ja teine tema pea peale.

„Ma ei teinud seda," ütles ta silmi avamata.

„Magada veel, zoom-zoom," ütles ta, puudutades tema silmi.

„Shhhh, piip-pipi."

„Ema tule tagasi. Palun tule tagasi!"

„Ta on väga rahutu, zoom-zoom."

„Ta unistab, piiks-piiks."

E-Z avas suu ja norskas nagu elevandipoeg. Tuul hoidis neid kõrgel - polnud vaja tiibu lehvitada. Nad kikerdasid, kuni ta suu kinni pani. Saates nad vabalangevusse. Vapustades meeletult, tulid nad kiiresti tagasi.

„Oh ei, ta kiristab hambaid, piip-piip.“

„Inimestel on kummalised harjumused, zoom-zoom.“

„See inimlaps on piisavalt läbi elanud. Neid õigusi manustades tunneb ta vähem valu, piiks-piiks.“

Esimene olend lendas E-Zi rinnale ja maandus, lõug ettepoole surutud ja käed puusadel. Olend pöördus korra, päripäeva. Pöörles kiiremini, tema tiibade lehvimisest kostis laul. Laul oli madal virisemine. Kurb laul minevikust, mis tähistas elu, mida enam ei olnud. Olend nõjatus tagasi, pea toetus E-Zi rinnale. Pöörlemine lakkas, kuid laul kõlas edasi.

Teine olend ühines, tehes sama rituaali, samal ajal pööreldes vastupäeva. Nad lõid uue laulu, ilma piiksu-piiksude ja zoom-zoomideta. Sest kui nad laulsid, ei olnud onomatopoeetikat vaja. Samas kui igapäevases vestluses inimestega oli see vajalik. See laul kattus teise lauluga ja muutus rõõmsaks, kõrgete helide pidutsemiseks. Oodiks tulevastele asjadele, veel elamata elule. Laul tulevikule.

Nende kuldsetest silmakoobastest purskas teemantitolmu. Nad pöördusid täiuslikus sünkroonis. Teemantitolm pritsis nende silmadest E-Zi magavale kehale. Vahetus jätkus, kuni see kattis ta pealaest jalatallani teemantitolmuga.

Teismeline jätkas sügavalt magamist. Kuni teemantitolm läbistas tema liha - siis avas ta suu, et karjuda, kuid häält ei kostunud.

„Ta ärkab üles, piip-piip.“

„Tõsta teda, zoom-zoom.“

Koos tõstsid nad ta üles, kui ta avas oma klaasistunud silmad.

„Magage veel, piiks-pipi." "Magage veel, piiks-pipi."

„Ära tunne valu, zoom-zoom."

Tema keha kallistades võtsid kaks olendit tema valu enda sisse.

„Tõuse üles, piiks-piiks," käskis ta.

Ja ratastool, tõusis üles. Ja E-Zi keha alla asetudes ootas ta. Kui veretilgad alla vajusid, püüdis tool selle kinni. Neelas selle endasse. Tarbis selle ära - nagu oleks see elusolend.

Kui tooli võimsus kasvas, sai ka see tugevamaks. Varsti suutis tool oma peremeest õhus hoida. See võimaldas kahel olendil oma ülesannet täita. Nende ülesanne oli ühendada tool ja inimene. Siduda neid igavesti teemantitolmu, vere ja valu jõuga.

Kui teismelise keha värises, paranesid tema nahal olevad läbilõiked. Ülesanne oli lõpule viidud. Teemantitolm oli osa tema olemusest. Nii et muusika seiskus.

„See on tehtud. Nüüd on ta kuulikindel. Ja tal on supervõime, piip-piip."

„Jah, ja see on hea, zoom-zoom."

Ratastool naasis põrandale ja teismeline oma voodile.

„Ta ei mäleta seda, aga tema tõelised tiivad hakkavad väga varsti toimima, piiks-piiks."

„Mis saab teistest kõrvalmõjudest? Millal need algavad ja kas need on märgatavad zoom-zoom?"

„Seda ma ei tea. Tal võivad tekkida füüsilised muutused... see on risk, mida tasub võtta, et vähendada valu, beep-beep."

„Nõus zoom-zoom."

Kurnatud, kugeldasid kaks olendit E-Zi rinnale ja jäid magama. Teadmata, et nad olid seal, kui ta hommikul sirutas - nad kukkusid põrandale.

„Ups, vabandust," ütles ta tiivuliste olendite poole, enne kui ta end ümber keeras ja uuesti magama läks.

$$\ast\ast\ast$$

"Kas sa oled ärkvel?" küsis Sam, enne kui ta ukse pisut avas. Tema vennapoeg norskas, kuid tema tool ei olnud seal, kuhu ta selle oli jätnud, kui ta teda voodisse aitas. Ta kehitas õlgu ja läks tagasi oma tuppa, kus ta luges paar peatükki David Copperfieldi. Tunde hiljem pöördus ta tagasi vennapoja tuppa.

„Koputa, koputa."

„Uh, head hommikut," ütles E-Z.

„Kas ma võin sisse tulla?"

„Muidugi."

„Kas sa magasid hästi?"

„Ma arvan küll." Ta sirutas end ja nõjatus siis vastu pealauda.

„Kuidas su tool siia sattus? Ma arvasin, et parkisin selle vastu seina."

Ta kehitas õlgu.

„Ja vaata käetugesid - kas sa värvisid neid?"

Ta kummardus, nägi punast tooni, kehitas jälle õlgu. „Mis minuga juhtus?"

„Sa kukkusid ära. Ma ei saa aru, miks. Sa ütlesid, et tundsid, nagu oleksid õlad põlenud. Otsisin netist sinu kirjelduse põhjal ja välja ilmus homöopaatiline ravim. Hämmastav, mida kõike sealt leida võib. Ma segasin pihustuspudelis lavendliõli vee ja aaloega ning pumpasin seda otse teie nahale. Ütlesid, et see annab koheselt leevendust. Nad ei teinud nalja, sest sa lõdvestusid ja jäid magama."

„Tänan, ma tunnen end nüüd palju paremini." Ta püüdis voodist välja tulla, kuid zzzzzs lendas tema peas ringi nagu oleks ta Wile E. Coyote. „Ma arvan, et jään veel mõneks ajaks voodisse."

„Hea mõte. Kas ma saan sulle midagi tuua?"

„Natuke röstsaia? Maasikamoosiga?"

„Muidugi, lapsuke." Ta lahkus toast, öeldes, et tuleb varsti tagasi. Kui ta toiduga kandikul tagasi tuli, püüdis vennapoeg süüa, kuid ei suutnud midagi kinni hoida.

„Võib-olla ainult natuke vett."

Sam tõi pudeli, millest E-Z üritas juua, isegi seda ei suutnud ta alla hoida.

„Arvan, et ma jätkan puhkamist." Tema silmad jäid avatuks, vahtides ettepoole midagi. „Mis kell on?"

„Kell on viis hommikul ja täna on laupäev. Sa oled olnud kaksteist tundi väljas. Sa hirmutasid mind."

Ühendus, lavendel mõlemas kohas, tundus E-Z-le kummaline. Kas ta oli kogenud reaalset ristumist? See oli liiga suur kokkusattumus, seda juhul, kui silo oli tõesti olemas. Või oli see olnud unenägu? Pigem õudusunenägu. Aga tema jalad töötasid selle metallkonteineri sees. Ta läheks kohe tagasi - võtaks mis tahes riski -, et oma jalgu uuesti kasutada.

„E-Z?"

„Äh, mida? Ma. Ausalt öeldes arvan, et tahaksin silmad kinni panna ja veel veidi puhata.“

Sam lahkus toast, sulgedes ukse enda järel.

E-Z triivis teadvusest sisse ja välja, samal ajal kui õnnetus mängis loopis. Valgeid tiibu kandev Stevie Nicks pakkus saatemuusikat. Samal ajal kui taustal põrnitsesid kaks tuld - üks roheline ja üks kollane - üles ja alla.

✻✻✻

Järgmiste päevade jooksul püüdis ta oma peas tükke kokku panna, koostades ühisosa nimekirja:

1. Valged tiivad - õlgadele tätoveeritud valged tiivad. Stevie Nicksil olid unes valged tiivad.

2. Lavendel - onu Sam kasutas põletuste leevendamiseks lavendlit ja aaloed. Silos pritsis lavendlit õhku, et teda rahustada.

3. Kollased ja rohelised tuled. Ta nägi neid pärast õnnetust ja oma toas.

4. Ratastool - oli lennanud, et ta saaks väikese tüdruku päästa. Kui ta oli püüdja, oli tema tagumik lahkunud toolist, et ta saaks palli püüda.

5. Käetoed - olid nüüd punased. Ei mingeid sarnaseid juhtumeid. Ei mingit seletust.

6. Põletustunne õlgadel/tatoveeringute ilmumine õlgadele. Selgitus puudub.

Ta ei uskunud enam jumalasse, mitte pärast õnnetust. Ükski jumal ei laseks puul tema vanemaid purustada. Nad olid head inimesed, ei teinud kunagi kellelegi haiget. See, mis tema jalgadega juhtus, oli teisejärguline. Iga jumal, kes oleks midagi väärt, oleks ulatanud oma käe ja peatanud selle enne, kui see juhtus.

Välja arvatud juhul, kui jumal oli olemas, siis oli ta lõunatamas. Jah, eks ole.

Tema kehaga toimusid muutused ja ta tahtis vastuseid. Sügaval sisimas teadis ta, et ainus viis neid saada oli minna tagasi sellesse neetud silosse - kui see oli olemas.

PEATÜKK 6

Nekstra hommikul hõljus E-Z oma voodi kohal õhus, sest tema tiivad olid võrsunud. Teel, et vaadata oma uusi lisandeid garderoobi peeglist, oleks ta peaaegu vastu seina põrganud.

„Kas seal on kõik korras?" Sam hüüdis oma kõrvalruumist.

„Jah," ütles ta külili lennates, kui imetles oma uut lennuvõimet. Sulgedest pungad paelusid teda. Eriti see, kuidas nad teda edasi paiskasid, nagu oleksid nad tema kehaga ühte saanud. Ta tundis end rohkem linnu kui inglina ja püüdis meenutada, mida ta koolis ornitoloogia kohta õppis. Ta teadis, et enamikul lindudel on esmased suled, võib-olla kümme. Ilma primaarsete sulgedeta ei saaks nad lennata. Tema tiibadel oli rohkem kui kümme esmast sulge ja ka rohkem teiseseid. Ta proovis pöörata vasakule, siis paremale, hinnates oma manööverdamisvõimet. Ta tundis end raskusteta ja lendas oma ruumis ringi. hõljus ratastooli kohal - mida ta enam ei vajanud. Nende tiibadega võis ta hõljuda üle maailma. Asetades käed puusadele, nagu Superman, suunas ta end ukse suunas. Ta jõudis sinna, kui Sam selle avas.

„Sa ehmatasid mind pooleldi surnuks!" ütles Sam, peaaegu nahast välja hüpates.

Ootamatult tabatud teismeline püüdis olukorda kontrolli all hoida. Ta muutis suunda, kavatsedes minna voodi juurde. Üleminek ei olnud aga nii lihtne, kui ta lootis, ja ta läks vabalangevusse.

Sam jooksis ratastooli juurde, liigutades seda edasi-tagasi, et hoida seda vennapoja all.

E-Z toibus ja tõusis uuesti üles.

„Sa tule siia alla, kohe!" Sam hüüdis, vehkides rusikatega õhus.

Ta lendas voodi poole ja tegi turvalise maandumise. Tema tiivad sulgusid nagu muusikata akordion. „See oli nii lõbus. Ma ei jõua ära oodata, et kooli lennata."

Sam kukkus vennapoja toolile. „Mis see kõik oli? Ja kas sa tõesti arvad, et sa suudad neid asju kooli lennata? Sa oleksid ju naeruväärne."

„Nad harjuksid sellega ja selle asemel, et mind „puupoiss" kutsuda - nad võiksid mind kutsuda lennupoisiks. Jah, see meeldib mulle."

„Sellest, mida ma nägin, oli see ebaõnnestunud katse. Ja kärbsepoiss kõlab naeruväärselt."

„See oli minu esimene katse. Ma saan veel hakkama."

Sam raputas pead, kui uudishimu sai temast võitu ja möödus tema emotsioonidest, et põgeneda.

„Kas ma võin lähemalt vaadata? Ma mõtlen, ilma et sa maha võtaksid?" Ta küsis püsti seistes, kui E-Z oma keha tema poole pööras. „Nad on läinud. Täielikult. Ma mõtlen tätoveeringuid. Need on asendatud tõeliste tiibadega - ja sa oskad lennata. Oh poiss!" Ta istus maha, enne kui kukkus.

„Ma ärkasin üles, tiivad tulid välja ja järgmine asi, mida ma teadsin, oli see, et ma lendasin."

„See on maagia. Peab olema. Või äkki me näeme unes, sa oled minu unes või mina sinu unes ja varsti me ärkame üles ja..." Sam püüdis oma vennapoja pärast rahulikuna püsida, kuid sisemiselt peksis ta süda.

„See ei ole unenägu."

„Kuidas nad välja pugesid? Kas sa pidid midagi ütlema? Ma mõtlen, kas on mingid võlusõnad, mida sa pead ütlema?"

„Ma ei mäleta, et oleksin midagi öelnud. Arvan, et võin siiski proovida." Ta mõtles paar sekundit, poseerides nagu Rodini Mõtleja. „Oota, ma proovin midagi." Ta vehkis õhku saagita liigutusega: „Autem!"

„Millal sa ladina keelt õppisid?"

„Minu telefonis on tasuta rakendus."

„Mina ka, ma õpin prantsuse keelt. Proovi en haut."

„En haut!" Ikka mitte midagi. „Tõstke mind üles! Qui exaltas me!" Ärritunult ristas ta käed. „Hea, et sa käisid sisse ja nägid mind lendamas, muidu sa ei usuks mind!" "Ma arvan, et see on hea, et sa käisid sisse ja nägid mind lendamas, muidu sa ei usuks mind!" Ta imestas, mida PJ ja Arden teevad - ta polnud neid päevi näinud. Järgmine asi, mida ta teadis, oli see, et tema tiivad avanesid ja ta hõljus oma voodi kohal.

„Ro-ro," ütles Sam, kui tiivad tagasi tõmbusid ja E-Z põrandale kukkus.

„See oleks olnud lahe aeg, et sa mu toolist kinni haaraksid."

Sam naeratas. „Lihtsam öelda kui teha. Vabandust. Oled sa korras?"

„Ma ei ole vigastatud. Ma mõtlen füüsiliselt, aga vaimselt, kes teab?" Ta naeris. „Kas sa võiksid mulle toolile appi anda?"

Sam tõstis ta üles, asetas ta turvaliselt toolile. Kui ta tagasi nõjatus, tõmbusid tiivad selle asemel, et lõpuni tagasi tõmbuda, täies jõus tagasi. E-Z tõusis üles, lendles ringi nagu Tinkerbell.

„Nii et nii see ongi, eks?" ütles Sam.

„Ma pean sellega hakkama saama - pole kindel, miks - aga..."

„Noh, kui oled valmis, tule alla ja me läheme hommikusöögile. Ma võtan oma sülearvuti kaasa ja me saame natuke uurida."

„Uh, see on tark mõte. Me võiksime minna Ann's Cafe'sse. Ja ma *tuleksin* alla - kui saaksin." E-Z tõmbus tagasi, kui E-Z oli otse tema ratastooli kohal. „Seda ma nimetan nüüd teenistuseks," ütles ta, kui ta end õrnalt toolile langetas.

Nad vestlesid, samal ajal kui ta riietus. Siis läks E-Z vannituppa, samal ajal kui Sam end valmis tegi.

Kui nad majast välja ja Anni kohviku poole suundusid, oli E-Z kahel meelel. Esiteks, et ta igatses sinna minna, ja teiseks: „Ma pole seal ammu käinud. Mitte alates sellest ajast, kui..."

„Ma tean, poiss. Oled sa kindel, et see pole liiga vara?"

Hommikusöök Ann's Café's oli olnud tema pere traditsioon. Lisaks sellele, et see avati varakult kell kuus hommikul, oli see jalutuskäigu kaugusel. Sees olid privaatsed kabinetid, mis olid kaetud kunstnahaga ja punase ruudulise laudlinaga. Tema isa ütles alati, et see koht oli „kaugeleulatuva" teemaga. Jukeboxidest mängis kuuekümnendate aastate muusika - see oli üles seatud, nii et inimesed ei pidanud maksma. Ja seinad olid täis Marilyn Monroe'i, James Deani ja Marlon Brando plakateid. Menüü oli tohutu, seal oli kõike, alates Club Sandwichidest kuni juustuburgerite ja fondüürideni. Aga tema isiklikud lemmikud olid ekstra paksud shokid ja õunapannkoogid.

Niipea, kui ta neid nägi, tuli omanik Ann kohe kohale. „Ma olen sinust puudust tundnud." Ta heitis käed ümber mehe.

„See on minu onu Sam, Ann." Nad surusid kätt. „Tänan muide kaardi ja lillede eest, see oli väga tähelepanelik."

Tema silmad täitusid pisaratega. „Tule nüüd siia. Mul on sinu jaoks ideaalne laud."

See asus vaikses nurgas, nii et ta ei pidanud muretsema, et tema tool köögipersonalile või patroonidele takistuseks oleks.

„Ma panen kohe teie tavalise roa valmis. Tead, mida sa soovid, Sam, või peaksin ma tagasi tulema?"

„Mida sa võtad?"

„Õunapannkooke a la mode. Need on maailma parimad ja Ann toob alati ekstra siirupit ja kaneeli."

„See kõlab hästi, aga ma arvan, et ma võtan igav peekonit ja mune, kõrvale seeni." "See kõlab hästi, aga ma arvan, et ma võtan igav peekonit ja mune, kõrvale seeni."

„Selge," ütles Ann. „Ja kas sa lähed šokolaadipaksu shake'ile?" Ta noogutas. „Kohvi sulle, Sam? "

„Musta," vastas ta. „Ja aitäh, et sa mind nii teretulnud oled."

„Iga onu E-Z on siin teretulnud."

Pärast seda, kui Ann oli läinud jooke tooma, pomises ta: „Onu Sam, ma arvan, et ma muutun ingliks."

„Sa peaksid kõigepealt surema," ütles ta, kui Ann joogid lauale pani ja läks tagasi köögi poole.

„Võib-olla ma tõesti surin, autoõnnetuses. Paariks minutiks. Kes teab, kui kaua kulub ingliks muutumiseks? Filmides, kui sa jõuad Pärliväravasse, võib suur mees asja ümber pöörata ja sind kohe jälle siia alla saata. Seda juhul, kui sa usud sellistesse asjadesse - mida ma ei usu."

„Mina ka mitte. Selliseid asju nagu inglid ei ole olemas. Ka mitte kuradid. Muud kui meie igaühe sees. Ma mõtlen, et meis kõigis on head ja meis kõigis on halba. See teebki meid inimesteks. Mis puutub suremisse, siis oleksid nad mulle öelnud, kui nad peaksid sind elustama. Nad ei öelnud midagi sellist."

„Kuidas seletada siis seda, et äkki ilmusid tätoveeringud ja nüüd on need muutunud tõelisteks tiibadeks? Eile ei olnud mul neid veel. Mis siis juhtus eilse ja tänase päeva vahel? Mitte midagi, mis õigustaks uute lisade kasvu."

„Mitte midagi, mida sa oskad arvata," ütles Sam. Ta naeris.

E-Z torkas pannkooki ja topis selle suhu, lastes siirupil mööda lõuga alla voolata. Ann tegi end vaikseks.

„Noh, sa ei näe praegu kindlasti väga ingellik välja," ütles Sam, võttes kahvliga munarooga. „Mm, need on tõesti head." Pärast veel paari suutäit, haaras ta oma kohvrisse ja tõmbas sealt välja sülearvuti. Ta klõpsas selle sisse ja sisestas „define ingel". Ta keeras ekraani, et nad saaksid infot söömise ajal lugeda.

„Sõnumitooja, eriti jumala sõnumitooja," luges Sam, "isik, kes täidab jumala missiooni või tegutseb nagu jumala poolt saadetud."

„Tegutseb justkui," kordas E-Z, kui ta veel rohkem pannkooke suhu toppis.

Sam luges: „Mitteametlik isik, eriti naine, kes on lahke, puhas või ilus. Sa oled üsna ilus, oma blondide juuste ja siniste silmadega."

„Ole vait."

„Tavapärane kujutis." Ta tegi pausi. „ Ükskõik millist neist olenditest, keda kujutatakse tiibadega inimkujul." Sam võttis veel ühe lonksu kohvi, õigel ajal, kui Ann oma tassi uuesti täitis.

„Te saate seedehäired, kui loete ja sööte samal ajal."

E-Z naeris.

Sam ütles: „Ei, ma töötan infotehnoloogias, nii et ma olen päris hea multitasking'is."

Ann ohkas ja läks minema.

„Mida nad mõtlevad selle all, et „need olendid"?" E-Z küsis.

„See ütleb, et keskaegses ingliteoloogias jagati inglid auastmeteks. Üheksa järjestust: seeravid, kerubid, troonid, domineerimised (mida nimetatakse ka domineerimisteks)." Ta tegi pausi, võttis lonksu vett. Siis jätkas: „voorused, vürstkonnad (mida nimetatakse ka vürstkondadeks), peainglid ja inglid."

„Vau! Proovige neid kiiresti kümme korda öelda." Ta naeratas. „Mul polnud aimugi, et ingleid on nii palju erinevaid."

„Minul ka mitte. See toit on nii hea, et ma mõtlen kogu aeg, kas sa ja mina näeme unes."

„Sa mõtled, et sa soovid, et me unistaksime - ja mu tiivad kaoksid ära?"

„Nad võiksid sama kiiresti lahkuda, kui nad tulid." Ta tõmbas sülearvuti lähemale ja tippis „Inimesele kasvavad inglitiivad". E-Z irvitas, kuid kummardus lähemale, et näha, mis avaneb. Sam klõpsas teadusartiklile.

„Nagu ma ütlesin, mingeid tõendeid inglitiibade kohta ei ole. Ma ei arvanudki seda. Ma arvan, et see vahejuhtum, tead, kui ma väikese tüdruku päästsin - oli nendega midagi pistmist - ilmus. See oli vallandaja, sest põlemine algas kohe pärast seda, kui ma koju jõudsin, ja siis, noh, ülejäänu teate."

„Kuidas teil kahel siin läheb?" Ann küsis.

„Ma tellisin teile veel kaks pannkooki, E-Z, nagu tavaliselt. Kui te ei saa rohkem süüa?"

„Täiuslik."

„Ja kuidas on lood sinuga, Sam?"

„Lihtsalt täiendavalt," ütles ta, pakkudes oma tühja kruusi, mille naine võttis ära ja tuli tagasi ääreni täis. Köögis helises kell ja ta läks pannkooke tagasi võtma.

E-Z kallas neile vahtrasiirupit, millele järgnes lusikatäis võid. „Sa oled kõige parem," ütles ta Annile. Ta naeratas ja jättis nad sööma.

Onu Sam jälgis oma vennapoega tähelepanelikult. Ta soovis, et oleks tellinud õunapannkooke, aga ta oli juba täis.

„Mida?"

„Ma ei tea, see on nii, et kui sa maitsed toitu, siis su nägu süttib nagu ingel jõulupuul."

E-Z pani kahvli maha. „Väga naljakas. Sa oled tõeline koomik."

Kui nad olid söömise lõpetanud, küsis Sam: „Kas sa oled pärast inglite kohta lugemist oma arvamust muutnud? Ma mõtlen, kas sa ikka veel arvad, et sa muutud üheks. Ja kui jah, siis mida sa kavatsed selle suhtes ette võtta?"

„Mida sa mõtled, teha? Mul on tiivad, võiksin neid ka kasutada."

„Minu arvates on nii, et kui sa neid ei kasuta, kui sa eitad nende olemasolu - siis nad kaovad ära."

E-Z raputas pead. „See ei tule kõne alla. Sa nägid, mis juhtus. Nad tulid välja, ilma et ma oleksin midagi teinud, ja ma ütlesin sulle, et kui ma täna hommikul ärkasin, lendasin ma oma voodi kohal. Ma olin kuradima HÄÄLITANUD."

„E-Z, ma mõtlen tulevikule. Võib-olla pead sa kellegagi rääkima, me peame sellest kellegagi rääkima."

„Õnnetus juhtus üle aasta tagasi, nõustaja ütles, et mul on kõik korras. Pealegi on see kõik uus."

„See võib edasi lükkuda. Midagi võis selle vallandada."

„Vaatame faktid läbi. Number üks, mul olid tätoveeringud, kui ma ei saanud tätoveeringuid. Number kaks, mu tool tõusis maast lahti ja ma päästsin väikese tüdruku - lisaks tõstsin ma istmelt maha, et püüda mängu ajal palli. Ma eitasin seda kuni viimase ajani... Number kolm, tätoveeringud põlesid nagu põrgu. Number neli, ilmusid tõelised tiivad. Number viis, ma oskan lennata. Kõlab midagi sellest teile tuttavalt? Ma mõtlen muudel juhtudel."

„Sellest ma ei saa aru. Kuidas see võis juhtuda, aga mõistus on tohutult võimas arvuti. See on see, mis meid loomariigist eristab ja miks inimene on nii kaua ellu jäänud. Olen kuulnud lugusid, kus inimene oli äärmises ohus ja abi saabus. Või kus inimene oli lõksus sõiduki all - ja möödakäija suutis auto üles tõsta, et päästa tema elu."

„Ma olen sellest lugenud; seda nimetatakse hüsteeriliseks jõuks - aga ma pole kunagi kuulnud juhtumist, kus tiivad oleksid kasvanud."

„Võib-olla tiivad, ilmusid, et sind päästa."

„Mille eest? Liiga suurest unest?" Ta naeris. „Õnnetuse puhul oleks need olnud kenasti olemas. Oleksin võinud ema ja isa abi saamiseks lennutada, selle asemel et seal verise palgiga oodata. Mind kinni hoides. See pole mingi ime. Ma, ei tea, mis see on, onu, ma tean ainult, et see on."

„Me vestleme. Hindame. Vahetame ideid. Püüame leida vastuseid."

„Vastuseid oleks tore saada, aga... kes oleks ekspert, keda me võiksime selles olukorras küsida?"

„Kuidas oleks ministrile või preestrile?"

E-Z raputas pead. Ta polnud pärast oma vanemate matuseid kirikus käinud.

„Mida meil on kaotada?"

„Ma arvan, et tasub proovida, aga. Oh, oh."

„Mis see on?"

„Ma tunnen, et see surub vastu õlavarsi. Ma pean minema, ja me ei sõitnud siia. Vabandust, ma pean kiirustama. Kohtume kodus." Ta kiirustas kohvikust välja ja jätkas liikumist, kuni tema kapuutsist purskasid välja tiivad ja ta tõusis maast lahti. Kodus mõistis ta, et tal ei ole võtit, kuid ta ei saanud jääda esikusse - mitte tiibadega, mis olid väljas. Ta proovis ladina keelt, et neid tagasi sisse saada - aga miski ei toiminud. Niisiis, ta lendas üles ja suutis magamistoa aknast sisse pääseda, ilma et keegi teda oleks näinud.

„E-Z!" hüüdis Sam koju jõudes. „E-Z!"

„Ma olen siin üleval."

„Kas sul on kõik korras? Ma jõudsin siia nii kiiresti, kui suutsin.“

„Tule sisse, võta istet. Ei mingit märki, et nad oleksid tagasi tõmbunud - veel.“

Nähes avatud akent. „Ma oletan, et sa lendasid siia üles?“

„Jah, hea, et ma unustasin eile õhtul akna lukustada. Võiksime sama hästi jätkata oma arutelu, kuni ma saan jälle välja minna.“

„Ma tean üht preestrit. Kui keegi saab aidata, siis tema.“

Kaks tundi hiljem olid nad raadiost kostuvate muusikapalade saatel teel preestri juurde. Hozier'i „Take Me to Church“ täitis eetri. Juhus? Nad arvasid, et mitte, ja laulsid laulusõnu täie häälega kaasa. Õnneks ei kuulnud neid keegi, kui aknad olid üleval.

✳✳✳

Kirikusei olnud ligipääsu ratastooliga ja seal oli palju treppe, mida pidi ronima.

„Minge teie suure tamme varju, mina lähen ja otsin isa Hopperi üles," soovitas Sam.

„Kas see on tema õige nimi?" E-Z naeris.

„Niipalju kui mina tean. Jää sina siia ja ma tulen kohe tagasi."

„Teeme seda."

Teismeline võttis telefoni välja. Kuigi ta nautis puu pakutavat varju - see tegi ekraani nägemise võimatuks. Ta paigutas oma tooli ümber, märkas õhus olevat ebatavalist surinat. Müra, mis näis tulevat puu enda poolt.

Ta vaatas üles, püüdes eristada, kas see oli lind, kui helitugevus tõusis ja helitugevus suurenes. Ta lülitas oma telefoni vaikseks. Heli lõppes ja algas uus heli. See oli meloodiline; lummav ja ta langes unenäolisse seisundisse.

Tema pea lonkis ettepoole, kuni uus heli teda äratas. Tema pea kohal kostis sosinat. Hääled, mis voolasid puu lehtedest. Ta lõi käed risti, kui külmavärin läbis teda, mis pani tema tiivad lahti puhkema. Enne kui ta seda märkas, tõusis tema tool maast lahti. Ta kükitas oksi, kui ta tõusis massiivse tamme südamesse.

„Laske mind maha!" käskis ta.

Ta jätkas tõusmist. Kui tema jäsemed puu külge puutusid, tilkus veri tema küünarvartest ja peast alla.

„Stopp! Sa loll..."

„See ei ole väga kena, piip-piip," ütles niru kõrge hääl.

„Ma arvasin, et sa ütlesid, et ta on armas, kui ta on ärkvel zoom-zoom," ütles teine hääl.

„Vau!" E-Z ütles, püüdes end kokku võtta ja vältida täielikku võpatamist. Ta hingas paar korda sügavalt sisse. Rahustas end. „Kes, mis ja kus sa oled?"

„Kes me tõepoolest oleme, piip-piip."

Taas tantsisid tema silme ees samad tuled, roheline ja üks kollane.

Uudishimulikuna ütles ta: „Tere."

Kollane valgus kadus.

Hüüdis.

Siis kadus roheline.

„Mida? Teie kaks, mis te ka ei ole, lõpetage see. Te olete mulle selgituse võlgu. Ma tean, et te olete mind jälitanud. Tulge välja ja astuge mulle vastu!"

POP.

Väike roheline ingeljasarnane asi maandus tema nina peale. Kummaliselt ebameeldiv, peaaegu limburgerilaadne hais lehvis tema suunas. Ta kattis oma nina.

„Tere päevast, E-Z, piip-piip," ütles asi kummardades.

Kui see ütles tema nime, kaotas ta kontrolli oma tiibade üle. Ta võpatas ja kõikus õhus nagu lind, kes õpib lendama. Ta tahtis oma tiivad uuesti välja tõmmata, kuid need ignoreerisid teda. Ta klammerdus oma tooli käepidemetest kinni, kui ta kukkus.

POP!

Nüüd oli neid kaks. Kumbki haaras tal ühest kõrvast ja laskis ta koos tooliga turvaliselt maapinnale.

„Ai," ütles E-Z kõrvu hõõrudes, kui preester ja tema onu nurga taha tulid. „Uh, aitäh, ma arvan."

POP.

POP.

Kaks olendit kadusid.

„E-Z, see on isa Bradley Hopper ja ta tahab aidata."

Hopper sirutas käe, E-Z tegi sama. Kui nende liha ühendati, kadus teismeline.

Hopper ja Sam jäid kõrvuti, silmad klaasistunud. Mõlemad vahtisid olematusse nagu kaks mannekeeni poe väljapanekus.

PEATÜKK 7

E-Z-i jalad puudutasid maad ja alguses oli ta pimestatud valge. Ta pani ühe jala teise ette, kõndides kõigepealt, siis jooksis kohapeal, seejärel murdus täiega jooksu. Ta viskus vastu seina, põrgatades, nagu oleks ta hüppelinnakus.

POP

POP

Ta ei olnud enam üksi. Tema ees olid kaks mitmetiivalist asja, lilledes. Üks oli roheline, teine kollane. Kui ta lähemale astus, pöördusid nende tiivad, nagu kaleidoskoop ümber kuldsete silmade.

Ta puudutas kõigepealt rohelise lille kroonlehtede tiibu. Ta polnud kunagi varem näinud täiesti rohelist lille, rääkimata silmadega lillest. Silmad, mida ta tundis ära nende varasemast kohtumisest. Tiivad kimbutasid tema sõrme ja roheline lill naeris. Ta vältis ninaga liiga lähedale minekut, oodates, et juustulõhn lehvib edasi - aga seda ei juhtunud.

Teisel lillel, kollasel, oli rohkem kroonlehtede-tiibu kui teisel. Õielehed reageerisid tema puudutusele, nagu korallid, mis liiguvad ookeanis. Selle kuldsetel silmadel olid kindlad ripsmed. Ta kummardus, et lähemalt vaadata.

Kui ta jätkas nende kahe vaatlemist, täitis õhku PFFT. Sellega koos tuli välja võimas ja kõige haiglasem magus hais, mis tekitas temas iiveldust. Ta taganes, kattis oma nina ja pühkis silmadest nõretava haisu.

Kollane lill rääkis. „Minu nimi on Reiki ja me tõime sind siia piip-piip."

„Kus täpselt on siin? Ja miks mu jalad töötavad?"

„Ei ole tähtis, kus, E-Z Dickens, ega miks sa oled, nagu sa oled beep-beep."

Ta läks üle toa ja võttis parema käega kollase lille ja vasakuga rohelise. WHOOSH! Seekord tabas teda torkiv udu ja ta hakkas aevastama ning aevastas edasi.

„Palun pange meid maha, enne kui te meid maha lasete, piip-piip."

„Seal on nööbikarp, seal, zoom-zoom."

„Oh, vabandust." Ta pani need maha, võttis taskurätiku - aga tal polnud seda enam vaja. Ta hoidis distantsi, toetas selja vastu valget seina.

„Me tõime sind nüüd siia, piip-piip."

„Ma olen Hadz, muide, zoom-zoom."

„Sest sul oli vaja teada, piip-pipi."

„Et sa ei tohi preestriga rääkida, oma tiibadest zoom-zoom."

„Tegelikult ei tohi sa mitte kellegagi rääkida millestki beep-beep."

Kätt seinale pannes kõndis ta, mõeldes samal ajal. „Kõigepealt, miks sa ütled piip-pipi ja zoom-zoom?"

Reiki ja Hadz pööritasid silmi. „Kas te pole kuulnud onomatopoeetikast?"

„Muidugi olen.“

„Siis peaksid sa teadma, piip-pipi.“

„Et see lisab põnevust, tegevust ja huvi, zoom-zoom.“

„Et lugeja kuuleb ja mäletab, piiks-piiks.“

„Mida sa tahad, et nad teaksid, zoom-zoom.“

Ta naeris. „See on tõsi, kui sa loed midagi, aga mitte vajalik vestluses. Ma mäletan, mida Reiki ütleb, sest ta ütleb seda, ja ma mäletan, mida Hadz ütleb, sest ta ütleb seda. Ma eeldan, et üks teist on tüdruk ja teine on poiss - kas see on õige?“

„Jah,“ kinnitas Hadz. „Mina olen tüdruk. Uhh, mul on hea meel, et ma ei pea pidevalt zoom-zoomi ütlema.“

„Ja mina olen poiss. Mul jääb puudu, et ütlen piiks-piiks.“

„Sa võid neid öelda, kui tahad, aga see on natuke tüütu ja vestluse ajal võib kordamine olla igav.“

„Me ei taha olla igav!“

„See kaotaks meie eesmärgi, et teid siia tuua.“

„Okei,“ ütles E-Z. „Nii, nüüd tagasi selle juurde, mida sa ütlesid enne, kui me hakkasime rääkima kirjandusvahendist.“ Nad noogutasid. „Kui ma ei saa kellelegi rääkida sellest, mis minuga toimub, siis olen ma üksi selles asjas - mis iganes see ka poleks. Ma päästsin väikese tüdruku. Ma oletan, et see oli kuidagi seotud sinuga?“

„Jah, selles oletuses on sul õigus, piiks, ooop, vabandust.“

„Ma tahan teada, mis see on ja miks see minuga juhtub?“

„Sulge silmad,“ ütles Hadz.

„Teen seda, aga ei mingeid nalja.“

Lilled kikerdasid.

Tema jalad lahkusid maast ja ta maandus teises ruumis. Selles ruumis, nagu varemgi, oli ta esialgu pimestatud valge. Kui ta silmad harjusid ümbritsevaga, märkas ta raamatuid. Riiulid ja riiulid, mis olid kuhjatud köiteid taevani.

„Ära karda," ütles Hadz.

Ta ei kartnud. Tegelikult oli ta vaimustuses. Sest selles ruumis ei saanud ta mitte ainult oma jalgu kasutada, vaid ta tundis, kuidas veri läbi nende pulseerib. Tema meeled teravnesid; vana raamatu lõhn hõljus tema suunas. Ta nuusutas magusat prunus dulcis'e (magusa mandli) parfüümi. Planifooliaga (vanilje) segunedes moodustas see täiusliku anisooli. Tema süda peksis, veri pumpas - ta ei tundnud end kunagi elusamana. Ta tahtis jääda, igaveseks.

Tema kingade sees pakkus talle rõõmu iga varba liikumine. Talle meenus mäng, mida ta väikese poisina mängis. Ta võttis kingad ja sokid jalast ja puudutas iga varvast, öeldes riimiga: „See väike põrsas läks turule."

„Ta on hulluks läinud," ütles Reiki, kui E-Z hüüdis: "Pipi!"

„Andke talle hetkeks aega. See on päris hämmastav koht."

E-Z pani oma sokid tagasi. Ta liugles mööda valgeid põrandaid, mis olid läikivad nagu jääplaat, ringi. Ta naeris, kui ta end vastu esimest, siis teist seina paiskas, põrkas ja maandus põrandale. Ta ei suutnud naeru lõpetada, kuni märkas, et tema kohal olevate raamatutega toimub midagi kummalist. Ta raputas pead, kui üks neist lendas riiulilt tema kätte. See oli tema esivanema Charles Dickensi raamat. Raamat avanes iseenesest, lehvitas algusest lõpuni ja lendas siis tagasi sinna, kust ta oli tulnud.

„Tere tulemast inglite raamatukokku," ütles Reiki.

„Vau! Lihtsalt vau! Te kaks olete siis inglid?"

„Sa oled õige," ütles Hadz. „Ja te olete siin, sest meid on määratud teie mentoriteks."

„Määratud? Määratud kelle poolt? Jumal?" Ta irvitas.

Hadz ja Reiki vaatasid teineteisele otsa, raputades oma lillepead.

„Meie eesmärk."

„On selgitada teile oma missiooni."

„Samuti, et näidata teile teed. Aidata teid," ütlesid nad koos.

„Missioon? Mis missioon?" Tema mõtted hajusid. Ta kuulis peas Mission Impossible'i teemat. Nägi Tom Cruise'i, keda kaabliga arvutiruumi paisatakse. „Hei. Oodake korraks! Te kaks olite ju minu toas? Ja te jälgisite mind alates õnnetusest."

„Me ootasime õiget aega, et end tutvustada," ütles Reiki. „Me lootsime seda teha vähem ametlikul viisil, aga kui sa olid...."

„...läksid preestriga rääkima, pidime edasi pressima."

„Noh, te võtsite kindlasti aega. Ma arvasin, et ma hallutsin," ütles ta valjemini, kui ta oleks tahtnud.

POP.

Reiki kadus.

„Vaata nüüd, mida sa tegid!" Hadz ütles.

POP.

Kuna nad olid kadunud ja tal polnud aimugi, kuhu, millal või kas nad tagasi tulevad. Siiski ei kavatsenud ta minutitki raisata. Ta löödi põrandale ja tegi kakskümmend punnitamist, millele järgnes sama palju hüppeliigeseid. Tema silmad kirvendasid pimestusest ja ta soovis, et tal oleksid päikeseprillid.

TIK-TOKK.

Õhust ilmus päikeseprillid. Ta pani need selga, samal ajal kui tema kõht korises. Ta tegi selfie'i, siis kontrollis ta aega. Kellaga juhtus midagi imelikku. See oli hulluks läinud. Ja numbrid ei lakanud kunagi muutumast. Tema kõht korises jälle.

TIK-TAK.

Juustuburger ja friikartulid ilmusid, nüüd olid ta käed täis. Ta mõtles šokolaadipaksu shake'ile, mille peal oli maraschino-kirss.

TIK-TOKK.

Ekstra suur shake, mille peal oli kirss, saabus valgele lauale, mida varem polnud seal olnud. Või oli see olnud? Võib-olla ei olnud ta seda märganud, sest mõlemad olid valged.

Enne kui ta sööma hakkas, nautis ta selle lõhna, siis iga hammustusega selle maitset. See oli nagu ta poleks kunagi varem juustuburgerit või friikartuleid söönud. Ja kirss, maitses nii magusalt, millele järgnes šokolaadine šokolaad. Ta ahmis oma söögi püsti seistes. Toit maitses alati paremini, kui seda seistes süüa. See tellimus maitses nii hästi; see oli naeruväärne.

Kui ta lõpetas, ei tänanud ta kedagi söögi eest. Siis pööras ta oma tähelepanu raamatukogu ja, valge redeli poole, mida ta polnud varem märganud. Ainuüksi sellele mõtlemisest piisas, et redel liikus talle lähemale, nagu tahaks see talle kasulik olla. Ta ronis pardale ja see liikus nagu ketas Ouija laual, möödudes raamatute riiulite kaupa. Siis peatus see.

Ronides luges ta raamatute pealkirju selgedel. Need, mis olid otse tema ees, olid Charles Dickensilt, igal köitel oli oma tiibade paar.

Üks lendas tema poole, *A Christmas Carol*. Ta lehitses paar lehekülge, et näidata talle, et tegemist on 19. detsembril 1843 ilmunud esimese väljaandega. Kui see jätkas lehekülgede liigutamist, imestas ta illustratsioonide üle. Kui üksikasjalikud need olid ja ka värvilised. Ja taustal, ühel joonistusel Tiny Timi ja tema perekonna taga, liikus midagi. Silmad. Kaks paari. Hadz ja Reiki! Ta oleks raamatu peaaegu maha lasknud. Kuna tal olid tiivad, läks ta tagasi sinna, kus ta riiulil elas. Vahepeal kaotas ta tasakaalu, kukkus redelilt alla ja rippus elu eest. Kui ta oli jälle stabiilne, tuli ta järk-järgult alla ja pani jalad kindlalt maale. Ta imestas, miks tema tiivad ei ole talle appi hüpanud. Kõigil teistel olid siin töötavad tiivad, tegelikult oli inglitel mitu paari tiibu. Sealses maailmas ei töötanud tema jalad, aga tal olid tiivad, mis töötasid. Siin, kus ta ka ei olnud, tema jalad küll töötasid, kuid tema tiivad olid nüüdseks välja lülitatud.

Ta kratsis pead. Kui vaid onu Samu oleks siin. Ja ometi ei saanud ta temaga rääkida. See oli keelatud. Aga miks? Mida nad võisid talle teha? Inglid olid teda õnnetusest saadik jälitanud. Ta oletas, et nad olid head inglid, sest nad ei olnud talle haiget teinud - veel. Koduvalu tormas tema peale nagu hiiglaslik laine, mis ähvardas teda endaga kaasa haarata.

„Ma tahan koju!" hüüdis ta, kui tema telefon vibreeris. Enne kui ta jõudis selle lahti teha...

POP.

Reiki haaras selle ja viskas selle...

POP.

Hadzile, kes viskas selle vastu kõige kaugemat valget seina. See põrkas, kukkus põrandale ja purunes tükkideks.

„Sa oled mulle uue telefoni eest nelisada dollarit võlgu! Ma loodan, et teil, inglastel, on sularaha."

Hadz sirutas käe ja lõi E-Z'ile tiibadega näkku. Suled tiksusid, selle asemel et teda vigastada. „Nüüd sina, E-Z Dickens, istu siia." Valge tool surus vastu tema jalgu, sundides teda istuma.

„Ja ära ole enam munn," ütles Reiki.

„Vau! Kas inglid võivad seda öelda? Mis inglid te üldse olete? Koolituses olevad inglid? Kas mina olen see mees, kes aitab sul tiivad välja teenida?"

Ta mõistis, et neil on juba tiivad. Tegelikult mitu paari. Nii et mõte, mida ta üritas öelda, tundus mõttetu, kui nad tema kohal hõljusid.

„Kas mina olen see mees, kes sind aitab, või peaksid sa mind aitama? Sest kui sa oled, mida sa ütlesid, et oled, siis teed sa kohutavat tööd. Ma ei hakka lähiajal kummagi eest head sõna sekka ütlema."

„Me ootame vabandust."

„Noh, te ootate seda, veel kaua. Sest ma olen janune."

TIK-TOKK.

Juurde ilmus kruus juuretis õlut jäätunud klaasis. Ta jõi selle ühe lonksuga alla. „Sest sa tõid mind siia ilma minu nõusolekuta. Ja..."

„KÕRVALINE!" Ütles kähisev hääl, kui ta ühest valgest seinast ümberkaudses.

Ta oli sama pikk kui lagi. Tegelikult pikem. Ta oli kõver, kuid samas tohutu suur ja suursugune. Tema tiivad hõõrusid vastu seina ja lage. „Hoidke oma KEEL!" nõudis ülisuur ingel, tõmmates oma tiibu SWOOSHiga E-Zi poole, kuni ta oli otse tema näo ees.

***

E-Z Dickens, teid on siia minu ette kutsutud,“ ütles
„ tohutu ingel. „Ma olen Ophaniel, kuu ja tähtede
valitseja. Ja need, on minu alluvad. Sa EI TOHI neid
häbematult kohelda. Te PEATE kohtlema neid lahkelt ja
austusega, sest nad on minu SILMAD ja KÕRVAD teie
jaoks. Ilma nendeta ei ole te MITTE midagi.“

Ta toppis arusaamatu lause välja, võideldes
põgenemissoovi vastu.

„ÄRGE katkestage, kuni ma ei ole rääkinud lõpuni,“
käskis Ophaniel.

Ta noogutas, keha värisedes, liiga hirmul, et sõnagi
öelda.

„E-Z,“ kostis tema hääl ägedalt. „Teid on päästetud. Me
oleme sind päästnud, eesmärgiga.“

Reiki ja Hadz lendasid lähemale ja istusid Ophanieli
õlgadele.

„Ole vait,“ käskis Ophaniel.

Nad voltisid oma tiivad kokku, kummardusid, et mitte
sõna vahele jätta.

E-Z tegi endale mõttes märkuse küsida neilt, kuidas ta oma tiibu sama tõhusalt kokku voltida kui nemad oma. Seda juhul, kui ta oma tiivad tagasi saab.

Ophaniel jätkas. „Kui su vanemad surid, E-Z Dickens, oleksid pidanud ka sina surema. See oli sinu saatus. Üks, mida me oma eesmärgi nimel muutsime. Me kaitsesime edukalt sinu juhtumit. Me lubasime, et sa teed tähelepanuväärseid asju. Et sa aitaksid teisi. Me päästsime sind ja saime võlgu. Võlg, mille sa enamasti täies ulatuses tasusid, andes oma jalad üle."

Loobusite? See kõlas nii, nagu oleks tal olnud valikuvõimalus. Et ta oli teinud lõpliku otsuse mitte enam kunagi kõndida, mis oli vale. Ta avas suu, et rääkida, kuid Ophanieli hääl ägas edasi.

„Sul on ikka veel võlg, võlg, mille sa meile võlgnenud oled."

E-Z tõmbas suure hingeõhu sisse. Ta tahtis rääkida, kuid ei suutnud. Tema huuled liikusid, kuid häält ei tulnud. Kuidas see, ingel, julges tema eest otsuseid teha ja öelda, et võlg on võlgu?

„Me andsime sulle tööriistad - võimsa tooli. Selle, et sind aidata. Et sa saaksid ühel päeval olla siin koos oma vanematega ja kõndida koos meiega, koos nendega, igaveseks." Ophaniel kõhkles paar sekundit, et lasta sellel endasse vajuda. „Sa võid täna küsida minult ühe küsimuse, aga ainult ühe. Tee see hea."

Selle asemel, et oma küsimuse üle järele mõelda, puhkes E-Z välja: „Millal ma oma vanemaid jälle näen?"

„Kui oled oma võla täielikult tasunud."

„Veel üks küsimus, palun."

„Küsimuste jaoks on aega ja vastuste jaoks on aega. Praegu oled sa minu alluvate hoole all. Sa võid neile küsimusi esitada ja nad võivad otsustada vastata. Või nad võivad otsustada mitte vastata. See on nende valik, kas vastata jah või ei. Samamoodi on teil valik, kas vastata neile, kui nad teile küsimusi esitavad. Käsitlege neid nii, nagu tahaksite, et teid koheldaks, ja ärge avaldage üksikasju selle koha või meie kohtumise kohta. Ärge rääkige sellest, mitte millestki sellest ühelegi inimesele. Ma kordan, hoia need asjad ainult enda teada.“

Ta ei suutnud ikka veel rääkida. Ilma seda küsimata jätkas Ophaniel oma järgmisele küsimusele vastamist.

„Kui sa seda lubadust rikud, siis on su tiivad nagu pasta - nõrgad - ja sa ei suuda kunagi oma võlga tagasi maksta.“

Ta mõtles välja veel ühe küsimuse.

„Jah, kui sa päästsid selle väikese tüdruku - põletamine - oli osa sellest. Sinu tiivad peavad põlema, tugevnema, siduma sinuga, nii, et sa oled valmis järgmiseks väljakutseks.“

Ta mõtles, mis siis, kui ma ei taha.

Ophaniel naeris ja lendas kõrgeimale kohale. Siis kadus ta läbi lae.

PEATÜKK 8

Nekstra asi, mida ta teadis, oli ta tagasi oma ratastoolis ja seisis preestri ees.

„Uh, onu Sam, me peame minema. KOHE.“

„Oh,“ ütles Sam, kui ta vaatas, kuidas ta vennapoeg ratastega minema sõidab. „Ma vabandan, et raiskasin teie aega, ta… ta peab koju minema.“ Sam kiirustas edasi, samal ajal kui Hopper talle järele jäi. Ta kiirendas tempot, jõudis vennapojale järele ja võttis käepidemed enda kätte ja lükkas ratastooli. Hopper jooksis ja kõndis peagi nende kõrval, kuigi hingetuna.

„Ma näen, sul pole siis tõesti tiibu E-Z.“

Ta vaatas üle õla, tõstis teeskluslaasi huultele ja pööritas siis silmi.

„Mul ei ole joogiprobleemi,“ ütles Sam trotslikult.

Taas pööritas teismeline silmi, kui nad parkimisalale lähenesid. Preester ei järgnenud.

Kui nad jõudsid autoni, ütles Sam, püüdes samal ajal hinge tõmmata: „Mis kuradi kuradi asi see oli?“, kui ta avas ukse ja aitas vennapoja sisse.

„Lähme kõigepealt siit välja.“ Ta hoidis aega kinni, sest ta ei suutnud talle öelda, mis juhtus. Ta pidi välja mõtlema veenva vale - ja ta polnud kunagi hea valetaja. Tema ema tabas ta alati ära, sest tema kõrvad läksid alati punaseks, kui ta valetas.

„Ma ootan selgitust," ütles Sam, haarates roolist tugevamini kinni.

Auto kõlaritest kostis „Don't Look Back", Bostoni ansambel.

„Vabandust, ma pidin minema. Ma ei usu, et Hopper saaks aidata, ja ma ei tahtnud, et ta teaks midagi enamat, kui sa talle juba ütlesid."

„Sa pole ikka veel seletanud, miks sa vihjasid, et mul on alkoholiprobleem."

„Oh, seda. See tuli mulle pähe ja ma ütlesin seda mõtlemata. Vabandan."

„Ma olen uhke selle üle, et ma ei tarbi alkoholi. Muidugi, ma võtan aeg-ajalt ühe õlle. Et olla seltskondlik tööürituse. Aga ma ei ole nagu teised I.T. viinakütid. Ja ei hakka kunagi olema."

E-Z ei mõelnud sellele, mida onu Sam ütles. Selle asemel käis ta läbi teabe, mida Ophaniel oli talle rääkinud. Ta oli võlgu, inglitele, tema päästmise eest, ja ta oli oma jalad elu eest ära vahetanud. Inglite tehing, oli nende enda jaoks - ja nüüd ootasid nad, et ta võlga tasuks - aga kuidas?

Ta teadis kindlalt vaid seda, et ta pidi võitma. Ükskõik, milliseid ülesandeid nad talle ette heitsid, ta pidi neist üle saama. Reiki ja Hadzi abiga - nii väikesed kui nad ka ei olnud - maksaks ta võlgu. Siis, kui mitte midagi muud, näeks ta oma vanemaid uuesti. Ta eeldas, et see tähendab, et ta sureb ja nad kohtuvad taevas, kui selline koht on olemas. Ta saaks selle varsti teada.

PEATÜKK 9

B aks taas kodus, läks teismeline kohe oma tuppa.

„Kui vajad minu abi," oli kõik, mis Sam suutis välja öelda, enne kui vennapoeg ukse kinni lõi.

E-Z kattis näo kätega. See oli olnud midagi, et ta oli jälle jalad tagasi saanud. Ta lõi rusikad käetugedele, kui tema tiivad välja tulid ja lendasid ta voodi juurde. „Tänan," ütles ta neile, nagu oleksid nad eraldi ja mitte osa temast.

„Ettevaatust," ütles Hadz, kes oli puhanud oma padjal. Ingel lendas valgusti juurde ja ütles: „Ärka üles, ta on kodus."

E-Z lebas nüüd mugavalt oma voodil, silmad kinni, peaaegu unes.

„Täna öösel sa lendad," laulis ingel.

„Vaata, mul on olnud väsitav päev, nagu sa tead, ja ma tahan ainult magada."

„Sa võid võtta viieminutilise uinaku," ütles Reiki.

„Siis ongi üles ja hooga!" "Siis ongi üles ja hooga!"

Ta oli peaaegu jälle magama jäänud, kui Sam sisse tormas. „Vabandust, et häirin sind, aga PJ ja Arden ütlevad, et nad on sind terve päeva püüdnud kätte saada. Kas su aku on tühi?"

„Äh, ei, ma kaotasin oma telefoni," ütles ta, vaadates pahaselt oma kahele abilisele otsa.

„Valetaja, valetaja, püksid põlema," torkasid nad. Sam ei kuulnud nende kõrgeid hääli, kuna ta ei reageerinud. E-Z ajas nad eemale.

„Sellepärast ma ostangi alati oma plaaniga kindlustuse. Ärge muretsege, me hangime teile homme asendaja. Sul on nagunii aeg uuendada. Sa võid jätta sama telefoninumbri. Ma annan poistele teada, et sa võtad siis ühendust."

„Tänan, onu Sam. Head ööd."

„Head ööd E-Z."

PEATÜKK 10

Unenäos oli ta koos vanematega suusareisil. See oli tegelikult mälestus, kuid ta elas seda uuesti läbi unenäona.

E-Z oli kuueaastane. Suusainstruktor õpetas talle ja tema emale kõiki liigutusi. Samal ajal tegi tema isa - kes ei olnud samasugune algaja nagu nemad - oma teed mööda lumist mäge alla.

Nad õppisid suusatama beebimäel - nii nimetasid nad katsemäge.

„Kas te olete valmis?" küsis instruktor, "et minna ühele suurele mäele?"

Nad ütlesid, et on. Nad arvasid, et olid. Aga ütlemine ja tegemine on kaks eri asja.

Esimesel katsel ei jõudnud nad kaugele, enne kui üks neist kukkus. See oli tema ema, ja kui ta maha kukkus, istus ta naerdes külma lume peal. Mees aitas ta üles ja nad läksid uuesti.

Seekord oli E-Z see, kes kukkus, istutades oma näo külma valgesse kraami. Ta raputas selle maha, juhendaja aitas ta üles, samal ajal kui ema läks mööda, pritsides teel lund.

Ta võttis seda kui väljakutset ja kihutas mööda, möödudes emast naeratades.

Järgmine asi, mida ta teadis, oli ema tema selja taga. Ta tabas mõnda pakendatud puudrit - ja jättis ta tolmuks -, leides oma sammu. Ta andis endast siiski kõik, mis tal oli, ja jõudis naisele järele. Nad triivisid allapoole, kõrvuti, siis lahku, siis jälle koos. Kogu aeg naerdesid nagu kaks väikest last.

Mäe jalamil, pealaest jalatallani taevasinisesse riietatud, oli tema isa. Ta paistis silma; sinine killuke ümbritsetud põlise lumega - ratastool käes.

„Lumi," ütles E-Z, hingates sisse veel ühe vahukommi. See maitses veel paremini, kõik sulatatud. Siis tundis ta külma ja ärkas vannis jääga ümbritsetuna üles. Onu Sam oli seal, istus tema kõrval.

„E-Z, seekord sa tõesti ehmatasid mind."

„Mida? Mis juhtus?

„Ma kuulsin mingeid hääli, nii et läksin sind kontrollima. Sinu aken oli laialt lahti, kardinad lehvimas. Ma tundsin su otsaesist ja sa põlesid. Ma kartsin, et sul tekib täielik krambihoog. Isegi su tiivad nägid närbunud välja.

„Ma kaalusin hädaabi kutsumist, kuid otsustasin siis selle vastu. Ma mõtlesin, et ma ei saanud sind hädaabisse viia, mitte nende tiibadega. Ma pidin sind ratastooli panema ja vanni jääga täitma ning vaatama, kas ma saan su temperatuuri alla. Ma käisin väljas ja hankisin jääd, küsisin annetusi sõpradelt naabruskonnas. Nad on olnud äärmiselt abivalmid."

„Ma tunnen end nüüd paremini, aitäh," ütles ta, püüdes püsti tõusta. Ta ei jõudnud kaugele, enne kui ta jälle maha kukkus.

„Sa pead mulle ütlema, mis toimub.“

„Ma ei saa, onu Sam. Sa pead mind usaldama.“

Teismeline üritas uuesti püsti tõusta. „Oota siin,“ ütles Sam, kui ta vannitoast väljus ja ratastooliga tagasi tuli. „Siin.“ Ta pistis termomeetri vennapojale suhu. „Kui see on normaalne, võid sa toolile istuda.“

See oli normaalne, seega tõsteti E-Z, hommikumantel ümber mähituna, vannist välja ja toolile. Tema tiivad laienesid, siis lõdvestusid paika ja nad ei tundunud enam, nagu oleksid nad põlenud.

Elutuppa minnes heitis ta pilgu uudistele.

„Eile õhtul toimus lennuõnnetus,“ ütles pressiesindaja. „Nad nimetavad seda imeliseks maandumiseks, aga siin on mõned toorandmed, mille üks meie vaatajatest on pildistanud, kui see juhtus.“

Ta vaatas klippi, mis näitas lennukit maandumas, kuid midagi muud ei olnud - ei mingit kaadrit. Ta tundis kergendust ja läks tagasi oma tuppa.

„Tulen kohe tagasi, et aidata sul end riidesse panna.“

Ta soovis nii väga, et saaks onule kõike rääkida - aga ta ei saanud. „Tänan,“ ütles ta pärast riietumist.

„Ma olen alati su seljataga.“

„Kohe tagasi,“ ütles teismeline. „Ma arvan, et lähen oma kontorisse, et midagi kirjutada.“

„Hea mõte, mul on kodused tööd ümber maja, mida tahaksin täna ära teha.“ Ta hakkas minema, siis pöördus ta tagasi. „Tead, lapsuke, sa ei pea kohe romaani koostama. Sa võid pidada päevikut või päevikut. Kirjuta üles asju, mida sa ühel päeval võib-olla unustad. Nagu väärtuslikud mälestused.“

„Ma mõtlesin, et kirjutan midagi ja nimetan seda Tätoveeringuks."

„See meeldib mulle."

Oma kontoris istus ta hetkeks ja mõtles lennukile - mõtles, kuidas ta oli suutnud teha seda, mida temalt nõuti. Ta ei oleks suutnud seda teha ilma luige ja tema linnusõprade abita või ilma oma tooli abita. Isegi need kaks tahte-inglit olid omal moel aidanud, ergutades teda tagaplaanil.

Ta keskendus kirjutamisele ja tippis pealkirja sisse: Tattoo Angel.

Tema sõrmed tahtsid rohkem kirjutada, kuid mõtted tahtsid rändama minna. Ta nõjatus toolile tagasi ja vahtis tühja ekraani. Ta vajas fantastilist esimest lauset, nagu tema esivanem Charles Dickens oli kirjutanud - „Ma olen sündinud.

Kui ta ei suutnud millalgi hiljem enam valge ekraani nägemist taluda, kirjutas ta -

Ma soovin, et ma poleks kunagi sündinud.

Ja ta jätkas trükkimist.

Ma ei saa enam käia.

Ma ei mängi kunagi professionaalset pesapalli või jäähokit ega saa spordistipendiumi.

Ma ei saa joosta.

Ma ei saa hüpata.

On nii palju asju, mida ma ei saa teha.

Mida ma kunagi ei tee.

Ta lõpetas trükkimise, nähes ekraani paremal ülaosas midagi, mis liikus allapoole. Voolav.

Pisarad. Pisikesed pisarad.

Ühinemine. Kasvavad üha suuremaks ja suuremaks.

Kukkuvad mööda ekraani alla.

Ta arvas, et kuulis midagi - keeras helitugevust.

"WAH! WAH! WAH!" laulis kõrge hääl.

Teine hääl ühines.

"WAH-WAH!

WAH-WAH!

WAH-WAH!"

E-Z lülitas arvuti välja.

See oli olnud vaid räuskamine ja ta tundis end selle eest paremini. Igaüks vajas aeg-ajalt haletsust. See oli tema süsteemist väljas.

Ühe asja teadis ta kindlalt - kirjanikuna polnud ta mingi Charles Dickens.

Charles Dickens ei osanud siiski lennata.

$$* * *$$

„Waake up, on aeg minna!“ Reiki ütles, lennates akna juurde.

Hadz ootas avatud akna juures. „Valmis?“

Nii, nad ootasid, et ta hüppab, oma maja kolmandalt korruselt. „Ma ei lähe sinna välja! Vaata, kui kõrgel me oleme.“

„Sa unustad, et sul on tiivad.“

„Ja kui sa kukud, siis sa saad aru.“

Vähemalt oli ta ikka veel riides, kui nad ta ratastooli langetasid. Ta värises, vaatas alla ja imestas, kuidas tema tiivad pidid nii teda kui ka tema tooli õhus hoidma.

„Mis saab minu ratastoolist?“

„Mäletate, mida Ophaniel ütles? Nüüd - mine välja!“

Kui ta oli väljas, sirutasid ta tiivad täielikult välja. Üle tema õlgade võis ta näha tiibu tegutsemas.

Väikesed, kuid tugevad olendid tõstsid teda üles, üha kõrgemale ja kõrgemale, juhtides teismelist üle öise taeva, samal ajal kui heledad tähesilmad vaatasid talle otsa. Kui nad arvasid, et ta on valmis, lasid nad ta lahti.

„Ma oskan lennata,“ ütles ta. „Ma oskan tõesti lennata!“

„Lõpeta näitlemine," ütles Reiki, "ja hakka programmiga kaasa minema."

„Ma teeksin seda, kui ma teaksin, mis see on," ohkas ta.

Hadz lendas edasi. E-Z ja Reiki tõusid kooli kohal, pesapalliväljaku juures. Edasi linna südamiku poole. Lennuvälja lähedal asuva lennuraja tuled konkureerisid otse tema kohal olevate tähtedega.

„Sul läheb väga hästi," ütles Reiki.

„Aitäh."

Tema tähelepanu äratas nende ees asuva džumbažetooni mootori väljalangemise heli.

„Vaadake seal, see lennuk on hädas. Soovin, et mul oleks telefon, et abi kutsuda." Mootor praksatas ja lennuk langes veidi, siis tasandus.

„Sul pole telefoni vaja. Tere tulemast oma teisele katsumusele."

„Sa ootad, et ma, mida? Lennukit seljas kanda? Ma ei suuda lennukit päästa, mul pole piisavalt jõudu. Ma ei saa seda teha."

„Hea küll," ütles Hadz, kellele nad nüüd järele jõudsid.

„Üks asi, mida sa peaksid siiski teadma, kui sa neid ei päästa - kõik pardalolijad hukkuvad."

„Kõik 293 reisijat. Mehed, naised ja lapsed."

„Lisaks kaks koera ja üks kass," lisas Reiki.

Tema pea täitus karjumistega, mis kostsid lennukis viibivatelt inimestelt. Kuidas ta neid kuulis, läbi paksude metallseinte? Koerad haukusid ja üks kass niutsatas. Üks laps nutis.

„Lõpeta see, lülita see välja ja ma teen seda."

„Me ei lülita seda välja."

„Aga see lõpeb, kui te panete lennuki ohutult maha lennujaamas, sealpool.“

„Me usume sinusse,“ ütles Hadz.

„Aga kas nad ei näe mind? Kui nad mind näevad, on mäng läbi, ma mõtlen Ophanieli tingimustega - ma ei saa kunagi oma vanemaid näha.“

„Sind näha?“

„See on sinu vähim mure!“

„Ja nüüd ära mine,“ ütles Hadz. „Oh, ja seda võib sul vaja minna.“

Nüüd oli tal turvavöö, mis hoidis teda ratastoolis, kui ta üle taeva langeva lennuki suunas kihutas.

„Me vaatame,“ hüüdsid nad.

„Kas sa aitad mind, kui ma sind vajan?“

„Need on sinu katsumused, mis omistatakse sulle ja ainult sulle. Me oleme siin, et sulle kaasa elada. Palju õnne.“

„Oodake, kas te ei kavatse mulle mingeid korralikke õppetunde anda? Näitad mulle, mida ma pean tegema?“

POP.

POP.

„Aitäh!“ hüüdis ta.

‹‹‹✱✱✱›››

✱✱✱

Lennuväljal, lennujuhtimistornis, märkas üks lennujuht, et lennuk on hädas. Kuna ta ei saanud piloodiga ühendust võtta, märkas ta oma radaril tundmatut lendavat objekti.

Kasutades inspiratsiooniks Supermani ja Mighty Mouse'i, tõstis E-Z käed üles. Ta asetas end võimsa metalllooma keha alla ja võttis kogu oma jõu kokku.

„Ma mõtlesin, et sul oleks abi vaja," ütles tavalisest suurem luik. Ta noogutas ja linnud lendasid mitmest suunast. Kui džumba joatoru temaga ühendust võttis, seadsid tõelised linnud end vastavusse. Aitasid tal lennukit paigal hoida. Stabiliseerida seda, et ta ja tema tool saaksid selle kogu kaalu kanda.

Sees veeretasid asjad nagu marmorikillud. Ta pidi kiirustama ja soovis, et tal oleks teine komplekt tiibu või võimsamad tiivad. Oleks ta vaid valges ruumis. Ta keskendus ülesandele ja valmistas end vaimselt laskumiseks ette. Heites pilgu alla, märkas ta, et ka tema toolil olid tiivad, nii jalatugede kui ka rataste peal. „Aitäh," sosistas ta kellelegi. Siis lindudele: „Ma sain selle nüüd kätte, aitäh teile abi eest."

Nüüd valmis, tõi ta jumbo alla, hoides seda kindlalt ja tasa. Ta puudutas lennuki esiosa alla asfaltkattele. Siis, kuna maandumisvarustus ei olnud veel laskunud, pidi ta minema teelt ära. Ta sirutas parema käe välja, nii kaugele kui võimalik, ja asetas oma tooli lennuki keskkohast eemale. Ta laskis alla lennuki keskosa, siis saba. Ta tegi seda! Jah! Ta liikus eemale igast suunast lähenevate karjuvate sireenide hirmutavate helide saatel, mis kostsid tuletõrjeautode, kiirabiautode ja politseiautode näol.

Enne kui nad teda märkasid, lendas ta minema. Tänulikud reisijad sees juubeldasid, pildistasid ja jäädvustasid teda oma telefonidega. Varsti oli ta koos Hadzi ja Reikiga tagasi.

„Sa tegid väga hästi. Me oleme sinu üle uhked, protegee.“

Ta naeratas, kuni ta tiivad tundusid, nagu oleks keegi need põlema pannud. Järgmine asi, mida ta teadis, oli põlemine ja see tegi nii valusalt haiget, et ta tahtis surra. Ta soovis surma. Igatses seda. Nüüd vabas languses, tool allapoole suunatud, hoidis ta silmad lahti ja ootas, et tema huuled suudleksid maad. Siis kandsid teda kaks inglit, kes viisid ta koju ja panid magama.

Valu ei vähenenud, kuid E-Z teadis, et täna ta ei sure. Ta oleks turvaline veel üheks päevaks. Teine katsumus. Ta pidi vaid selle üle elama.

$$*** $$

„Millal hakkab teemantitolm tööle?“ küsis Hadz. „Ta on ikka veel tohutult valus.“

„See oli uus ravi, nii et ma ei oska öelda, millal - aga see hakkab mõjuma - lõpuks.“

„Loodan, et ta nii kaua vastu peab!“

„Onu Sami abiga saab ta sellest üle. Kui see hakkab mõjuma, näeme märke. Mõned füüsilised muutused.“

E-Z jätkas norskamist

POP.

POP.

Ja jälle olid nad kadunud.

PEATÜKK 11

Päev**hiljem** oli E-Z oma päeva planeerinud. Kõigepealt pidi ta oma seljakoti valmis tegema laupäevaseks väljasõiduks parki. Ta sööks hommikusööki, kirjutaks veidi ja läheks siis välja. Seljakotti ette valmistades kuulis ta Hadzi ja Reiki kõrgeid hääli, enne kui ta neid nägi.

„Ma kuulen teid," ütles ta.

POP.

Hadz ilmus esimesena.

POP.

Siis Reiki - mõlemad oma täielikult muundunud ingellikus suursuguuses.

„Tere hommikust," laulsid nad haiglaselt magusas ükskõiksuses.

E-Z toppis märkmiku oma seljakotti ja mõned pliiatsid neid eirates. Ta lootis leida pargis midagi inspireerivat, millest kirjutada. Ta sirutas käe alla, et seljakotti kinni tõmmata, kui märkas, et kaks inglit istuvad tõmblukul.

„Oh, vabandust. Ma peaaegu ei näinud teid seal."

„Uhh, see oli lähedal," ütles Reiki.

Hadz värises liiga palju, et sõnagi välja öelda.

Nad lendasid tema õlgadele, kui ta oma tooli suletud ukse poole suunas.

„Me peame sinuga rääkima," ütles Hadz.

„See on... tähtis. Me tegime midagi..."

„Minuga?"

Nad hõljusid tema silmade ees.

„Jah. Kui sa paar nädalat tagasi magasid."

„Paar nädalat tagasi! Okei, ma kuulan..." Tegelikult püüdis ta mitte lõhkuda. Mõte sellest, et nad talle midagi teevad. Samal ajal, kui ta magas. Ilma tema loata. See oli kohutav usalduse rikkumine. Ta surus rusikad kokku. Vaikus. Ta ristas käed. Ta ei kavatsenud seda neile lihtsaks teha.

Sam koputas uksele: „Hommikusöök E-Z, kas vajate abi?"

„Ei, mul on kõik korras. Tulen paari minuti pärast." Vaikus vaigistas väljastpoolt kostvaid helisid, kui Sam naasis kööki.

„Esiteks," ütles Hadz, "me tegime seda ainult selleks, et sind aidata."

„Katsetega. Me tegime midagi, et aidata teil oma eesmärke saavutada."

„Sa mõtled, et oleksite võinud mind aidata, lennukiga? Ma oleksin kindlasti teie abi vajanud. Õnneks õnnestus meil see tänu sellele luigele ja lindudele."

„Äh, jah, selle kohta, abi ei ole lubatud - ei sõpradelt ega lindudelt. Me teatasime kõnealusest juhtumist pädevatele asutustele."

E-Z raputas pead, ta ei suutnud uskuda, mida kuulis. „Ärge öelge mulle, et keegi tegi haiget luigele või lindudele? Parem, kui sa mulle seda ei ütle... Oh ja miks täpselt see luik rääkis minuga, inglise keeles. Ta tegi seda, mida sa tead."

„See asi on konfidentsiaalne," ütles Hadz, lehvitades käed puusadele asetatud näo lähedal. Reiki võttis sama hoiaku ja nende tiivad puudutasid tema silmalaudu.

„Hei, lõpeta see," ütles ta valjemini, kui ta oli kavatsenud.

„On seal kõik korras?" Sam küsis läbi suletud ukse.

„Mul on kõik korras," ütles ta, vehkides käega näo ees, lennutades olendeid üle ruumi. Reiki põrkas vastu seina ja libises alla. Hadz juba kaugemal üritas Reiki kinni püüda, kuid liiga hilja. Mõlemad inglid kukkusid ja maandusid põrandale.

„Vabandust," ütles teismeline. Ta nihutas oma ratastooli neile lähemale. Ta imestas, kas neil käisid peas tähed ringi nagu vanaaegsetel multifilmitegelastel. Talle meeldis see, kui see juhtus Wile E. Coyote'iga. Nad kõhklesid veidi, nii et ta pani nad voodile. Kui inglid taastusid, ütles ta: „Vabandust veel kord. Ma ei tahtnud teid lüüa. Teie tiivad kimbutasid mu silmi."

„Jah, tegid!" Reiki ütles.

„Ja me, ei unusta seda."

Ta tundis end halvasti. Nad olid nii väikesed; ta ei teadnud, et pelgalt näpuga võib neid niimoodi lendu saata. See oli nagu oleks ta neid pargist välja löönud ja ta oli neid vaevu puudutanud.

„Sellest..." ütles Reiki.

Hadz sekundeeris: „Kui sa magasid, viisime sinuga läbi rituaali."

E-Z säilitas taas jaheduse, kuid vaevu. „Rituaal, mida sa ütlesid?" Nad vaatasid teda süüdlaslikult. „Kui te oleksite inimene, siis visataksegi teid mu loata tegemiste eest maha. See on rünnak alaealise vastu. Sa oleksid vanglas..."

Inglid värisesid ja hoidsid üksteisest kinni.

„Meil ei olnud valikut."

„Me tegime seda teie enda huvides."

„Ma saan sellest aru, aga praegu ei ole teie vabandamine aktsepteeritud."

„Üsna õiglane," ütlesid inglid. „Praegu." Nad laulsid: „Me kutsusime välja jõud, suured ja illusioonilised jõud teie kohal ja teie ümber. Palusime neid, et nad annaksid sulle abi, suurendades su jõudu, julgust ja tarkust. Lihtsamalt öeldes uskusime, et sul on rohkem vaja ja nii me seda sinu jaoks välja manasime."

„Aitäh. Vabandust ikka veel EI aktsepteeri."

„Me tegime seda nii, et see tekitaks sulle võimalikult vähe ebamugavust," ütles Hadz.

E-Z kaalus seda viimast teavet. Samal ajal vaatas ta oma ratastooli. See tundus nüüd tõepoolest teistsugune, peale käetugede ilmselge värvimuutuse.

„Mis mu tooliga viimasel ajal juhtunud on?" küsis ta. „Nagu oleks tal oma mõistus."

Inglid värisesid jälle.

„Mida sa tegid? Täpselt? Sest ma kahtlustan, et sa mitte ainult ei rünnanud mind, vaid ründasid ka mu tooli."

Lõpuks seletasid inglid kõik teemantitolmu ja vere kohta. Võimudest, mis olid talle ja toolile omistatud. „Kui ülesande raskused suurenevad, pead sa suurendama."

„Ma juba tean, sellepärast on mu tiivad põlenud. Suureneb temperatuur iga ülesande järel. Aga ma ütlen endale ikka ja jälle, et see kõik on seda väärt, kui ma saan oma vanemaid jälle näha."

„Kui sa sooritad katsed ettenähtud aja jooksul. Ja järgid juhiseid täpselt," ütles Hadz.

„Oot," ütles E-Z, paiskates käed käetugedele. „Keegi ei öelnud, et on tähtaeg. Mitte Valges toas. Mitte mingil ajal. Ja kui on olemas reeglistik, mida ma peaksin järgima, siis anna see mulle kätte, et ma saaksin seda lugeda. Samuti ei ole kummalgi poolel mingit kohustust olnud. Keegi ei öelnud, mitu lõpetatud katset on vaja, et sõlmida leping. Me peame kõik kirja panema? Kas on olemas selline asi nagu Ingeli advokaat või veel parem Ingeli õigusabi?"

Hadz naeris. „Muidugi, meil on olemas Ingeljuristid, aga selleks peab olema Ingel, et saada seda."

Reiki ütles: „Esimese ülesande täitsid sa ilma kellegi abita. Sa päästsid selle väikese tüdruku elu oma tooli, tahtejõu ja õnne algatusel. Need kolm asja saavad sind ainult nii kaugele viia, nii et me saime sulle rohkem tulejõudu. Kõige rohkem, mida me oskasime paluda."

„Kõige rohkem, mida me võisime riskida teile anda."

„Hei, mida sa mõtled riskida? Sa tahad öelda, et see rituaal võib mulle kahju teha?"

„Me tegime sulle teene. Me panime end ohtu, et sind aidata. Kui sa ei suuda meile praegu andestada, siis ühel päeval andestad."

„Räägi minu küsimuse vältimisest! Kas oled kunagi mõelnud, kas minna ingelpoliitikasse - kui selline asi üldse olemas on?"

Hadz ütles. „Inimesed sinu ümber võivad märgata teatud muutusi sinu füüsilises välimuses."

„Jah, võivad," ütles Reiki irvitades.

„Mida sa mõtled füüsiliste muutuste all?" hüüdis ta.

POP.

POP.

Ja nad olid kadunud.

E-Z oli jälle üksi. Ukse poole liikudes mõtles ta, mida nad tähendavad. Mis iganes see oli, ta saaks selle varsti teada. Vahepeal mõtles ta sellele, et tema tool oli nüüd tema veres. Kuidas tool oli tema enda pikendus. Ta suundus kööki, kus onu Sam ootas.

✳✳✳

Noh, see ei läinud päris nii, nagu me plaanisime,“ ütles Reiki. „Ta oli meie peale päris vihane. Ma arvan, et ta ei usalda meid enam kunagi.“

„Ta vajab meid rohkem kui meie teda.“

„Me võiksime tema meeled ära pühkida, nagu me tegime teistega.“

„Kui ta meile ei andesta, ei saa me midagi teha. Tema meelte pühkimine ei ole võimalus. Ilma tema nõusolekuta ja kui, no kui ta sellest teada saab, võõrandaksime ta igaveseks. Ja sa tead, kellele see ei meeldiks.“

„Sul on nagu alati õigus,“ ütles Hadz.

„Kas sa arvad, et keegi märkab täna tema välimuse muutusi?“

„Me märkasime, eks ole!“

„Võib-olla oleksime pidanud talle ütlema, vähemalt tema juuste kohta. see oleks võinud teda meile armsamaks teha. Kui me seletaksime.“

„Ma arvan, et muutused oleksid paremad, kui need tuleksid kellegi teise kui meie poolt.“

„Inimesed on väga kummalised,“ ütles Reiki.

„Et nad on. Aga nendega töötamine on ainus viis, kuidas meid tõelisteks ingliteks edendada."

„Meie õnneks on ta päris kena."

PEATÜKK 12

E-Z torkas oma kahvli pannkookidega täidetud taldrikusse. Ta oli näljas, nagu poleks ta päevi söönud. Ja janune. Ta viskas klaasi klaasi järel apelsinimahla tagasi. Ta täitis oma taldriku pannkookidega uuesti, jätkas söömist, kuni need olid kõik ära söödud.

Sam naeris, kui nägi oma vennapoega, siis jätkas võiga kaetud röstsaia torkimist oma kohvi sisse.

„Mis on nii naljakas?" E-Z küsis.

„Uh, ei vist midagi."

Köögis kostis vaid luristamist, lõikamist ja närimist. Peale selle tiksus nende taga seinal kell.

„Mida?" E-Z nõudis, märkades, et onu irvitab ja varjab seda käe taha.

„Midagi on sinu, noh, tead küll, täna hommikul teisiti. Tahad sa mulle midagi öelda? Näiteks miks?"

Kaks olendit pugesid sisse ja istusid kumbki E-Z õlgadele. Nad salakuulasid ja talle ei meeldinud nende kutsumata sissetungimine üldse, nii et ta lükkas nad eemale.

POP.

POP.

Nad kadusid.

„Ei ole kindel, mida sa mõtled."

Sam valas endale veel ühe tassi kohvi. „Kas see on tüdruku jaoks? Sest iga tüdruk, peaks sind aktsepteerima sellisena, nagu sa oled."

E-Z naeris. „Ei mingit tüdrukut. Sa oled täiesti eksinud."

Mõlemad vaikisid veel mõned hetked, baar tiksus kell.

„Ma pakkisin koti ja lähen parki pärast seda, kui olen täna hommikul natuke kirjutanud. Võtan kaasa märkmiku ja mõned pliiatsid, juhuks kui park mind inspireerib."

„Kõlab nagu plaan, aga kõigepealt aitad sa mul koristada," ütles Sam laualt püsti tõustes.

Teismeline lükkas oma tooli tagasi, koos koristasid nad kiiresti. E-Z läks oma kontorisse ja sulges ukse enda järel, kui kõlas uksekell.

Sam lasi Ardeni ja PJ sisse. „Ta on oma kontoris tööl. Kas ta ootab teid? Kui ta ootab, siis ei öelnud ta mulle sellest midagi."

„Ma saatsin talle sõnumi, aga ta ei vastanud," ütles PJ.

„Nii et me mõtlesime, et käime täna tema juures. Veendume, et tal on natuke lõbus. See mees töötab liiga palju. Ema ütles, et sõidutab meid sinna. Peame lihtsalt E-Z-ga üle vaatama ja siis talle helistama."

„Mu vennapoeg on väga huvitatud sellest raamatust, mida ta kirjutab. Tal võib olla vastuväiteid."

„Nii või teisiti võtame ta täna siit ära," ütles PJ.

„Ta kavatses minna parki, pärast seda, kui ta on natuke kirjutanud. Aga mine alla, ta võib sind seal hiljem kohtuda?" Sam pöördus tagasi kööki, võttes sügavkülmikust hakkliha. Ta kontrollis kapist kastme, spagettide, munade, sibula, riivsaia ja spinati järele. Tal oli kõik vajalik olemas, et hiljem spagette ja lihapalle teha.

Pärast mantlite ülesriputamist suundusid kaks poissi mööda koridori.

Sam kehitas õlgu oma mantlisse. Ta oli muru lõikamist juba mõnda aega edasi lükanud. Täna oli see päev, mil ta selle eest hoolt kandis.

E-Z püüdis kirjutada, kuid loovus ei voolanud. Kui tema sõbrad saabusid - ta oli rõõmus, et nad teda katkestasid. Ta avas Facebooki, teeseldes, et vaatab uuendusi. „Uh, tere, poisid." Ta pööras oma tooli nende poole.

„Vau, mees, mis kuradi asi su juustega juhtus? Kas te käisite ilma meieta ilusalongis?"

„Kas sa näitasid neile fotot ja palusid ümberpööratud Pepe Le Pewi välimust?"

„Ja su kulmud ka! Ma isegi ei teadnud, et neid saab värvida?"

E-Z ajas sõrmedega läbi juuste, omades null aimu, millest nad räägivad. Oot - kas see oligi see, mida Sam silmas pidas?

„Ja tema silmad, need on ka teistsugused."

Arden kummardus: „Jah, neil on kuldsed täpid. Ülihea!"

„Hei, mees, taganema, palun," ütles E-Z. „Te kaks ajate mind närvi. Minu ruumi tungimine ei ole lahe."

„Vähemalt ei haise ta nagu Pepe," ütles Arden taganedes. PJ liitus temaga teisel pool tuba, kus nad omavahel sosistasid.

„Kas me võime pilti teha?"

E-Z naeratas ja ütles: „Mozzarella."

PJ näitas Ardenile tehtud pilti. „Näe!" ütlesid nad suurt paljastust tehes.

E-Z ei suutnud uskuda, mida ta nägi. Tema heledatel juustel oli keskel must triip ja hallid laigud templitel. Hall!

Ta suurendas, neil oli õigus, tema silmades olid kuldsed laigud. Tema mõtetes vilksatas tagasi teemantitolm, kas nii nägi välja teemantitolm? Need kaks idiootlikku inglit tegid seda! Ja parem, kui nad teavad, kuidas seda parandada! Järgmine kord, kui ta neid näeb, paneb ta nad maksma. Vahepeal püüdis ta olukorda hajutada.

„Suur asi. Mul oli raske öö."

Arden küsis: „Mida sa meile ei ütle?"

PJ lisas: „Su juuksed muutuvad halliks ja sa oled ikka veel keskkoolis. Arvad, et see on normaalne?"

„Ma arvan, et tal on õigus, me teeme tühja asja. Mida su onu selle kohta ütles?"

„Ta ei märganud - või kui märkaski, siis ei öelnud midagi."

„Mida? Tahad öelda, et Sam ei märganudki?"

„Kas ta silmad olid lahti?"

E-Z püüdis meenutada. Kõigepealt oli onu Sam küsinud, kas tal on talle midagi öelda. Kas ta mõtles seda?

„Üks hetk," ütles E-Z, kui ta suundus vannituppa. Ta kasutas peegli kümnekordset suurendust, et vaadata lähemalt. Ta haigutas. Tähed või laigud tema silmades olid teistsugused. Mitte kahjulikud, tegelikult muutsid need ta lahedaks. Ta uuris halle juukseid mööda tema ohakaid.

Mis siis? Ta oli oma vanemate surmaga palju läbi elanud. Lisaks veel keskkooli igapäevane surve. Ja ratastooliga harjumine. Rääkimata arhide ja katsumustega tegelemisest.

Tema juuste enneaegne halliks muutumine ei olnud probleem. Ta liigutas peeglit, ajades sõrmedega läbi oma juuste. Tekstuur oli teistsugune, kui ta puudutas musta triipu. See tundus jämedalt, harjased. Pole probleem, ta lükkas sellele veidi geeli peale ja...

Väljas löödi muruniiduk käima. Sam tegi lõpuks seda kardetud tööd. Enne õnnetust oli muru niitmine olnud E-Z kõige vihkavam töö.

„JAH!" Sam hüüdis, kui muruniiduk köhis seisma.

E-Z tool tormas esiukse poole, mis lendas iseenesest lahti. Ta võttis hoo maha, jättis trepist mööda ja maandus Sami selja taga murule.

„Kurat!" Sam hüüdis. Ta oli muruniidukiga vastu kivi löönud, mis lendas üles ja tabas teda silma lähedale. Veretilgad tilkusid ta põsele ja kogunesid murule.

Ratastool liikus sinna, kus veri oli, ja luristas seda ratastega üles.

„Kas sa oled korras?"

„Ma olen korras," ütles Sam. Ta kaevas taskusse, tõmbas välja taskurätiku ja hoidis seda oma haavale.

Arden ja PJ jõudsid kohale. „Me kuulsime karjumist."

„Mul on kõik korras, tõesti," ütles Sam. „Väike õnnetus. Pole vaja muretseda ega muretseda. Lähme tagasi sisse."

Ta haaras ratastooli käepidemetest ja lükkas. Seda oli murul äärmiselt raske manööverdada.

Vahepeal tõi Arden muruniidukit ja paigutas selle kuuri.

„Kas sa oled kaalus juurde võtnud?" PJ küsis, märkades, et Samil on raskusi.

„Ma sõin täna hommikul paarkümmend pannkooki."

„Võib-olla on must triip raskem kui su tavalised juuksed?" Arden ütles neile naeratades tagasi tulles.

„Oh, nad märkasid," ütles Sam.

„Jah, nad on mind selle pärast narrinud, sest nad saabusid. Miks sa midagi ei öelnud?"

Nüüd võttis E-Z seest välja plaastri ja pani selle onu haavale.

„See oli peenike muutus," ütles Sam. „Ei!" E-Z naeratas. „Oh, ja kas sa oled kunagi kaalunud õe elukutse omandamist? Sul on õrn puudutus."

PJ ja Arden irvitasid.

PEATÜKK 13

E-Z ja tema sõbrad pöördusid tagasi oma kontorisse. Ta otsustas jääda kodu lähedale, juhuks kui Sam teda vajab. Sam oli liiga hõivatud õhtusöögi valmistamisega, et mõelda sellele, mis võis muruniidukiga juhtuda.

„Õhtusöök on valmis," helistas ta paar tundi hiljem. „Tulge ja võtke see kätte."

E-Z juhatas: „See lõhnab imemaitsevalt!"

Nad istusid maha ja jagasid toitu ja maitseaineid.

„Sul on seal juba päris korralik sära," ütles Arden Samile.

Sam, kes seni ei teadnud, et tal on nähtav haav ja kandis seda nüüd uhkusega. Ta torkas veel ühte lihapalli ja pani selle oma taldrikule.

„Mis seal üldse juhtus," uuris PJ.

„See oli kivi. Jäi niidukisse kinni ja tabas mind." Ta jätkas oma toidu taldrikule lükkamist. „Kuidas kirjutamine käib?" küsis ta vennapojalt, pöörates tähelepanu endast eemale.

„Mul ei olnud täna hommikul aega sellega tegeleda."

Sam vahetas teemat ja küsis, kas koolis või meeskonnas on midagi toimumas.

„Meil on täna õhtul trenn," ütles PJ.

„Ja me loodame, et E-Z saab homme mängus kinni."

E-Z raputas kindla eitena pead ja jätkas söömist.

„Üks sööt, ainult üks ja kui sa ei taha edasi mängida, siis on see meie jaoks okei," ütles Arden.

„Hea mõte," ütles onu Sam. „Kasta oma varba sisse. Kui see ei tundu õige, tule välja. Mida sul kaotada on?"

PJ avas suu, et midagi öelda, kuid otsustas mitte öelda. Ta torkas lihapalli oma kuklasse. Ta näris, jõi ühe lonksu. „Kui sa oled seal, E-Z, tõstad sa kõigi moraali. Poisid arvavad sinust palju. Alati on, alati on ja jääb."

„Okei," ütles E-Z. „Ma istun pingil, kui sa arvad, et see aitab. Pärast õhtusööki läheme parki ja harjutame natuke. Vaatame, kuidas läheb."

„Üsna õiglane," ütles PJ.

Nad tänasid Sami suurepärase õhtusöögi eest.

„Sa tegid süüa, nii et me koristame," pakkus Arden.

E-Z ja PJ vahetasid pilke.

Kui Sam oli kuuldavusest väljas, ütles PJ: „Sa oled selline pusimisvõõras."

Arden pritsis PJ suunas veidi vett, kuid E-Z sai suurema osa sellest näole.

PJ tagastas pritsme, mis pritsis üle köögipõranda, tabades Sami kingi.

„Mopp ja ämber on kapis," ütles ta, haarates väljudes oma mantli.

Nad lõpetasid koristamise, selleks ajaks olid nad enamasti kuivanud, välja arvatud E-Z, kes vahetas oma särgi. Lõpuks jõudsid nad pesapalliväljakule, mis oli juba hõivatud.

„Suurepärane," ütles E-Z. „Lähme."

Kõrvalseisus olid paar tüdrukut vastasmeeskonna cheerleading-rühmast. Üks, punaste juustega tüdruk, vaatas E-Z suunas. Ta tegi käru ja maandus kergelt.

„Arvan, et me võiksime natuke aega jääda," ütles E-Z.

Nad suundusid üle väljaku pinkide juurde. Nad pidid vähemalt tere ütlema, muidu näeksid nad välja nagu idioodid.

Väike punajuukseline tüdruk sosistas midagi oma sõbrannale ja nad kigatsesid.

E-Z oli kindel, et nad naersid tema üle.

„Meil on seltskond," ütles punajuukseline tüdruk.

„Jah, sebrakarvadega ratastoolimees ja kaks nohikut," hüüdis kolmas baasimees. Ta ootas, et kõik naeraksid tema ontliku nalja üle, aga keegi ei naernud.

„Ära pane teda tähele," ütles punajuukselise tüdruku sõber. „Ta on haletsusväärne."

„Lööge minema," karjus vasakpoolne väljakumängija. „Siin ei ole ruumi rammu jaoks."

E-Z ignoreeris kõiki kommentaare. Tema tool aga mitte. Ta surus, pööritas nagu härg, kes üritab karjasest välja murda. „Vau!" ütles ta, kui tool nagu metsik hobune põrutas.

Arden haaras tooli käepidemetest kinni ja tool võttis taas oma normaalse toimimise üles.

Lauaplaadi taga kukkus püüdja lendu ja viskas söötu. „Ma näen, et teil on vaja korralikku püüdjat," ütles E-Z.

Cheerleaderid kikerdasid.

„Andke mulle viis minutit plaadi taga, ainult viis. Kui ma suudan kinni püüda iga viske, mille te minu poole saadate, siis teeme teile teene ja jääme."

„Ja kui sa ei püüa?" küsis pitcher.

Püüdja võttis maski maha. „Te ostate meile burgerid ja friikartulid."

„Ja shake'id," lisas esimene baasimees.

„Lepime," ütles E-Z, kui tema tool edasi lükkas.

Ta istus kannatlikult, samal ajal kui Arden oma põlvekaitsmed kinni pani. PJ tõmbas rinnakaitse üle pea ja pani püüdja maski näole. E-Z surus oma rusika püüdja kinda sisse.

„Just, viska mulle pall," käskis E-Z.

„Ma loodan, et sa tead, mida sa teed, kutt," ütlesid Arden ja PJ.

„Usalda mind," ütles E-Z. Ta veeretas end positsioonile plaadi taha. „Lööja valmis!"

Pitcher viipas Ardenile, et ta lööks. Ta valis reketi ja astus löögiplaadile.

E-Z andis pitcherile märku, et ta viskaks kõrge kiirpalli. Selle asemel viskas pitcher kõverpalli ja see oli täpselt tsoonis. Arden jäi löögist ilma, kuid mitte täielikult, sest ta ühendas palli tiksuga ja see lendas tagasi. E-Z tõusis toolil püsti ja haaras selle kinni.

„Vau!" hüüdis pitcher. „Tore päästmine."

„Õnnelik," ütles esimene baasimees.

Juubilarid liikusid lähemale.

Teine pitch Ardenile, ta poppis paremale väljakule.

PJ astus löögile ja lõi välja. E-Z püüdis kõik pallid hõlpsasti, kuid viimane pitch läks vildiks ja ta oleks peaaegu kaotanud selle. PJ oli suundunud esimesele, kuid E-Z viskas palli maha ja ta oli out.

Nad mängisid, kuni oli liiga pime, et palli enam näha.

Pärast mängu otsustasid nad, et see on viik. Nad läksid lähedal asuvasse söögikohta ja igaüks maksis oma toidu eest ise.

„Me tapame teid hõmses mängus ära," kiidelnud meeskonna kapten Brad Whipper.

„Kas te mängite E-Z?" Larry Fox, esimene baasimees, küsis.

„Oh, ta mängib kindlasti," ütlesid Arden ja PJ.

„Kindlasti."

Punaste juustega tüdruk oli Sally Swoon ja ta sosistas midagi Ardenile, kes raputas pead. „Küsi ise," ütles ta.

„Küsige minult mida?"

Tema põsed punastasid.

„Sa tahad teada, mis juhtus, eks?"

Ta noogutas. „Kas sa palusid oma juuksuril seda teha või nad…"

„Tegid vea?" küsis ta.

Ta noogutas.

„Ma ärkasin täna hommikul üles ja see oli selline. Loo lõpp."

„Tõmba teine," ütles mängija. „Nüüd ütle meile, miks sa ratastoolis oled."

E-Z rääkis oma loo. Kõik jäid vaikima, kui ta seda tegi. Keegi ei söönud ega joonud. Kui ta lõpetas, kartis ta, et kõik suhtuvad temasse erinevalt, kuid seda ei tehtud.

Nad rääkisid eelseisvatest maailmameistrivõistlustest ja muust spordiga seotud jutuajamisest.

Hiljem, kui ta sõbrad teda koju saatsid, olid nad kõik vait. Ta ütles poistele head ööd ja läks tagasi oma tuppa. Ta püüdis vaadata televiisorit, natuke kirjutada, kuid ükskõik, mida ta ka ei teinud, mõtles ta kogu aeg kõigele, mida ta kaotas. Ta langes tagasi voodisse ja vahtis lage ning vajus lõpuks magama.

PEATÜKK 14

E-Z magas, unes.

„Ärka üles E-Z! Ärka üles!" Reiki ütles, hüpates tema rinnal üles-alla.

„Lõpeta see ära!" hüüdis ta.

Hadz pritsis talle vett näkku.

Ta raputas seda maha. „Teil kahel on vaja natuke seletada ja korda teha. Pange mu juuksed tagasi nii, nagu nad olid. Ja mu silmad ka!"

„Ei ole aega!" Nad ütlesid, kui tema tool ümber keeras, ta sinna sisse kukkus ja siis juba avatud aknast välja lendas.

„Ma pole isegi riietatud!" E-Z hüüatas.

Reiki ja Hadz naeratasid ja käskisid E-Z-l soovida, mida ta tahab selga panna. Kui ta uuesti alla vaatas, olid tal seljas teksad, vöö ja t-särk. Ta vaatas oma jalgu, kus tema jooksukingad oma pitsid kinni sidusid. Kui nad üle taeva hõljusid, tänas E-Z neid.

„Nii et sa andestad meile?" Hadz küsis.

„Andke aega," ütles Reiki.

E-Z noogutas, kui tema tool aina kõrgemale ja kõrgemale tõusis. Lennuki kohal, möödudes lennukist. Ilmselt mitte nende sihtkoha üle. Nad lendasid edasi, kuni tema ratastool tõmbus täiega kinni, siis osutas ta end allapoole.

„Seal see on," ütles Reiki.

Allpool seisis rühm inimesi kõrgete büroohoonete ees rühmas.

„Kas sa tunned seda?" E-Z küsis, märkades, et õhk ümberringi oli teistsugune. See vibreeris energiast.

„Jah," ütles Hadz.

„Hea, et sa seda seekord märkasid," ütles Reiki.

„Sa mõtled, et teistel kordadel oli vibratsioon?"

„Jah, aga kui su võimed kasvavad, suudad sa kohad nullida."

„Ja mitte ainult sina, ka su tool suudab neid tajuda."

„Sa tahad öelda, et mul on super-duper nutikas tool? Ma teadsin, et see on moditud, aga see on vinge!"

Inglid naersid.

Tool kihutas edasi, samal ajal kui nende all kõlasid paugud. Nad nägid inimesi jooksmas, karjumas, kukkumas.

E-Z ja tema tool lendasid kaose suunas, vastu tulevasse kuulipritsesse. Ta võpatas, kui ratastool neid tõrjus. Ta mõtles, mis juhtuks, kui tool ühega mööda lööks.

„Me oleme üsna kindlad, et sa oled kuulikindel," ütles Reiki ilma tema küsimata. „See oli osa rituaalist."

„Ja teemantitolm peaks toimima."

„Üsna kindel?" ütles ta, lootes, et neil on õigus. „Kui see toimib, siis on see hea kompromiss minu juuste olukorrale!"

Kunagised inglid naersid.

PEATÜKK 15

Hon ratastool lükkas edasi alla, nullides ühe mehe hoone katusel. Ta oli tulistanud allolevasse rahvahulka ja nende poole, kui nad talle lähenesid. Ratastool tõmbus ettepoole, E-Z kuulis kummalist heli, nagu oleks lennuk laskeseadmeid alla lasknud. See tuli ratastoolist, kui metallkast kukkus alla ja maandus mehe peal. Püss lendas tema käest üle katuse, enne kui seadeldis kinni haaras. Mees üritas E-Z ja ratastooli seljast ära tõmmata, kuid miski ei õnnestunud.

Kauguses kõlas sireen, mis muutus siis üha valjemini ja valjemini, kui see lõiku sulges.

„Kui ma sind üles lasen," küsis E-Z, "kas sa siis käituda?"

Kuigi mees noogutas nõusolevalt, keeldus ratastool liikumast.

E-Z-l oli vaja relv välja lülitada ja enne politsei saabumist sealt minema saada. Ta imestas, kas keegi allpool oli vigastatud. Ta eeldas, et kiirabi on teel. Kuid tema ja tema tool võisid raskelt vigastatuid palju kiiremini haiglasse lennutada.

Ta vahtis teisel pool katust asuvat relva. Ta keskendus, siis sirutas käe välja. Nagu oleks tema käsi olnud magnet, lendas relv sinna sisse ja ta lülitas relva sõlme sidudes välja. E-Z võttis vöö ära ja sidus sellega laskuri käed selja taha.

Tool tõusis õhku ja lendas minema nagu rakett, kui katusel olevad uksed lendasid lahti. Modifitseeritud seadeldis tõusis õhku, hõljudes õhus, samal ajal kui E-Z vaatas, kuidas SWAT-üksus laskurile peale liikus ja ta kinni võttis. Pilk ohvitseri näol, kes leidis sõlme seotud relva, oli hindamatu.

Sekundi või kaks kõhkles ta oma volitusi kaaludes, kuid all olid vigastatud inimesed ja ta võis neid kiiremini aidata kui keegi teine ning seda ta ka tegi. Ta muretseks tagajärgede pärast hiljem ja loodaks, et nad mõistavad.

E-Z maandus rahvahulga lähedal. Ta korjas kokku neli kõige raskemini vigastatut ja kuna nad olid teadvuseta, kasutas ta osa oma tiibadest, et hoida neid turvaliselt oma tooli peal, kui nad üle taeva lendasid.

Tool imas endasse vigastatud reisijate vere, kui see nende haavadest tilkus. Nende veri ühines E-Z ja Sam Dickensi verega. See ühinemine surus kuulid nende kehadest välja ja nende haavad hakkasid paranema.

Kulus mitu minutit, enne kui nad jõudsid haiglasse. Selleks ajaks, kui nad kohale jõudsid, olid kõik patsiendid paranenud, nagu poleks nende vigastusi kunagi juhtunudki. Nad heitsid käed E-Zi ümber ja tänasid teda.

Haigla parklas hüppas igaüks neist ratastoolist maha.

Hooldajad seisid sissepääsu juures kanderaamidega valmis.

E-Z heitis pilgu nende suunas. Ta lehvitas ja lendas siis taevasse. Tema all kostitasid need, keda ta oli päästnud, tema viipamist. Ta lootis, et ootavad saatjad on liiga pahased, et neid ei olegi vaja.

„Aitäh,“ hüüdis üks noormees, lehvitades.

„Loodan, et näen teid veel kord,“ hüüatas keskealine naine.

„Te olete tõeline kangelane!“ ütles üks mees, kes meenutas talle onu Sami.

„Sa meenutad mulle mu pojapoega - välja arvatud see imelik triip su juustes!“ ütles üks vanem naine.

Teenindajad tulid nelja poole ja küsisid: „Kas keegi vajab abi?“

Noormees ütles: „Te ei usu, aga mind lasti maha - kaks korda mõni aeg tagasi. Arvan, et ma kukkusin välja. Kui ma ärkasin üles,“ ta tõmbas oma särgi esiosa üles, mis oli verine, “olid haavad kadunud.“

Eakas naine, kelle kleit oli verega määrdunud, selgitas, kuidas teda oli löödud südame lähedale.

„Ma oleksin surnud, kui see poiss ratastoolis poleks mu elu päästnud.“

Kahe teise patsiendi lood olid võrreldavad. Nad kiitsid E-Z-d ja tänasid teda veel kord. Kuigi ta polnud enam nende juures.

„Ma arvan, et te kõik peaksite ikkagi haiglasse tulema,“ ütles esimene hooldaja.

Teine hooldaja ütles: „Jah, te olete läbinud traumaatilise kogemuse. Te peaksite käima arsti juures ja saama luba.“

Kõik neli varem vigastatud kodanikku lubasid teenindajatel end sisse aidata. Nad püüdsid neljast kõige vanemat kanderaamile tõsta.

„Ma olen terve nagu püstijalu!“ hüüatas vanem naine.

Nad järgnesid talle haiglasse.

$$* * *$$

Mepeaksime seda kohe tegema,“ ütles Reiki.

"   „See on küll kurb. Ta tegi nii tähelepanuväärseid asju ja nüüd ei mäleta seda keegi.“

Nad pühkisid kõigi läheduses olevate inimeste meeled.

„Ta tegi hämmastavat tööd.“

„Jah, ta oli hästi valitud,“ ütles Hadz.

E-Z pöördus koju tagasi, lennates sinna nii kiiresti kui võimalik. Ta teadis, et valu tuleb, aga mitte seda, kui suur see seekord on. Ta jõudis vaevu aknast sisse ja voodisse, enne kui tema õlad põlesid, põhjustades tema minestamist.

Inglid tulid tagasi, sosistades rahustavaid sõnu, kui ta unes hüüdis. Kui valu muutus liiga suureks, leevendasid nad seda, võttes selle enda kätte.

„See on katse number kolm lõpetatud,“ ütles Reiki. „Ta saab neist kergelt läbi.“

„Tõsi, aga me peame veenduma, et teda ei tuvastata. Teda võib näha, aga me peame mälestused ära pühkima. Ma olen siiski mures, et me võime kedagi vahele jätta.“

„Kui me kustutame kõigi läheduses olevate inimeste mõtted, peaks kõik olema korras.“

PEATÜKK 16

Nekstra hommikul sõi E-Z teravilja, kui Sam tuli kööki.

„Kohv lõhnab kindlasti hästi,“ ütles Sam.

Teismeline valas onule tassi täis. „Mida?“ küsis ta déjà-vu-tundega.

„Mis, mis?“ Sam küsis, kui ta tassi veidi koort lisas.

„Sa vahid mind,“ ütles E-Z. Ta raputas pead. Kas ta oli mardipäevas? Filmis, kus päev kordub üha uuesti ja uuesti, Bill Murrayga?

„Oh, see. Kas sa tahad mulle midagi öelda?“ Ta kukutas suhkrutüki oma kohvi sisse.

Onust mööda vaadates lusikas ta suhu maisihelbeid. „Ei tea, mida sa mõtled.“

Sam ootas, kuni vennapoeg hommikusöögi söömisega lõpule jõudis. „Ma vaatasin sulle eile õhtul järele ja su voodi oli tühi ning aken oli lahti. Kuidas sa oma tooliga välja pääsesid, ma ei tea. Igal juhul, kui sa lähed välja, peaksid sa mulle ütlema. Ma vastutan sinu ja sinu asukoha eest. Järgmine kord lubage, et annate mulle teada, kuhu te lähete ja millal te tagasi tulete. See on tavaline viisakus.“

„I...“

POP.

POP.

Hadz ja Reiki ilmusid. Reiki lendas Sami juurde, lehvitades tema silme ees. Mõne sekundi jooksul tundus Sam zombistunud. Siis jätkas ta kohvi joomist. Tõstis klaasi, jõi, pani selle maha. Kordas.

E-Z meenutas linnumängu - kus lind kastab pea klaasi ja joob. Kuidas seda asja üldse kutsuti?

„Dippy bird," ütles Sam. Ta vaatas oma kella.

Mida kuradit? Kas onu võis nüüd tema mõtteid lugeda?

„Kes *ei oska* oma mõtteid lugeda?" Hadz ütles irvitades.

Sam tõusis püsti ja läks klaasistunud silmade ja robotilaadsete liigutustega valamu juurde, loputas oma tassi välja ja pani selle nõudepesumasinasse. Seejärel haaras ta oma autovõtmed ja lahkus sõnagi lausumata.

E-Zi suu jäi lahti, kui ta seda infot töödelda sai, siis nõudis ta: „Okei, te kaks. Mida te mu onu Samiga tegite? Teil polnud õigust... teha... mida iganes te tegite." Ta oli nii vihane, et ta nägu oli punane ja rusikad olid kokku surutud.

POP.

POP.

Ta vihkas seda. Iga kord, kui nad midagi valesti tegid, kadusid nad ja ta pidi nende ees vabandama, et nad tagasi tuleksid, kuigi ta polnud midagi valesti teinud.

„Vabandust," ütles ta. „Palun tulge tagasi."

POP

POP.

„Mis tehtud, see tehtud," ütles ta rahulikult. „Kas ta tõesti luges mu mõtteid?"

Reiki ütles: „Ta luges, aga see oli üksikjuhtum."

„See on hea. Ma ei saaks iialgi midagi ära teha."

„Me oleme sinu tagavaraks, katsete ajal. Meie ülesanne on kaitsta sind ja su sõpru, kaasa arvatud onu Sami.“

„Mida sa temaga tegid?“ küsis ta uuesti, kui uksekell helises. Ta ei liigutanud, ta ootas, et nad tema küsimusele vastaksid. Kella helises uuesti. „Üks hetk,“ ütles ta. „Ütle mulle, mida sa temaga tegid. KOHE!“

„Ma pühkisin ta meeled,“ sosistas Reiki.

„Mida sa tegid!“

„Me pidime seda tegema, et kaitsta sind ja sinu missiooni,“ lisas Hadz.

PJ ja Arden tulid kööki. „Uks oli lukustamata,“ ütles Arden.

„Jah, me ütlesime eile Samile, et võtame teid täna hommikul kätte.“

„Tere hommikust teilegi.“ Ta lükkas end lauast välja.

„Me peame rääkima, kutt. Aga meil on kiire.“

Ta haaras oma seljakoti ja lõunasöögi. Nad läksid välisukse juurde. Trepi ülemisel astmel sööstis tool ettepoole - nagu tahaks ta alla lennata. Ta palus oma sõpradel teda rambist alla aidata. Arden ja PJ aitasid ta auto tagaistmele. Arden paigutas ratastooli pagasiruumi.

„Tere, proua Lester,“ ütles E-Z, kui kolm poissi auto tagaistmele istusid.

„Tere hommikust,“ ütles ta ja keeras siis raadio sisse. Ettekandja rääkis uuest retseptist.

„Kui nad juba teel olid,“ sosistas PJ, “mida sa eile õhtul tegid?“

„Mitte midagi erilist. Sõin. Magasin. Tavaline.“

„Näita talle.“

PJ ulatas oma telefoni ja vajutas play'i.

See oli YouTube'i video. Sellest, kuidas ta oma ratastoolis üle taeva lendab, kandes vigastatud inimesi. Tema tool oli veripunane, liikus nii kiiresti nagu tulekahju. Tema valged tiivad olid nähtavad. Ja selle musta triibu kontrast tema blondide juuste peal rõhutas tema välimust.

„Ei tea," ütles E-Z, samal ajal pead kratsides, ilma et oleks mingit jagatavat selgitust. Ta ootas, et inglid jõuaksid kohale ja pühkiksid tema sõprade meeled - nad ei teinud seda. Ta ootas, et maailm peatuks täielikult - seda ei juhtunud. Ta mõtles, kas ta näeb kunagi oma vanemaid uuesti? Kas see oli katse? Ta keeras telefoni kinni ja andis telefoni tagasi.

„Kutt," ütles Arden, kui ema tagurdas parkimiskohale.

„Kiirusta nüüd, muidu hilineb," ütles ta, kui avas pagasiruumi.

„Kohtumiseni," ütles Arden, kui ema minema sõitis.

Kolm sõpra läksid kooli sisse, ilma et nad oleks rääkinud. Viimane hoiatuskell pidi iga hetk kõlama.

E-Z ratastas end mööda koridori, naeratades iseendale, samal ajal muretsedes selle pärast, kes veel klippi näeb. Kuigi oli hämmastav end tegutsemas näha. Nagu jahedam Superman. Tõeline kangelane. Ta oli inimesi päästnud. Päästis elusid. Tema ja tema ratastool olid võitmatud. Nad olid dünaamiline duo. Ta mõtles, kas nad üldse vajasid kahe wannabe-ingli abi. See oli tundunud hea. Iga üksik hetk. Päästmine. Päästmine. Järjekordse katse edukas lõpuleviimine. Hämmastav. Kui ta vaid saaks oma parimatele sõpradele oma saladuse avaldada.

„E-Z Dickens!" Proua Klaus, tema õpetaja, hüüdis.

„Jah, proua," ütles E-Z, keerates lehekülge, et lugeda õppetükki. Ta imestas, miks ta koolis aega raiskab. Ta ei vajanud seda enam.

$$***$$

Tapüüdis tunni ajal mitte uinuda. Proua Klaus hoidis teda silm peal, rohkem kui tavaliselt. Iga kord, kui ta uinus; ta tõstis häält, nagu oleks ta seda märganud.

Kui kell helises ja tund oli lõppenud, läksid õpilased teed lahku, et ta saaks esimesena uksest väljuda. Ta heitis paarile klassikaaslasele pilgu, et tänada. Vähesed võtsid silmakontakti. Enamik vaatas eemale. Nad ei olnud tema uue staatusega harjunud - veel.

Koridoris ootas hulk kaasõpilasi ja imetlejaid. Välkasid välgud, kui kaamerad ja fototelefonid tegid fotosid. Ta lootis, et koolileht oli kohal. Nad kirjutaksid temast isegi artikli. Oodake korraks. Ta ei näeks oma vanemaid enam kunagi - mitte siis, kui kõik teaksid! Kuidas see juhtus!? Ta surus end läbi. Nad jätkasid aplodeerimist, muutudes aja jooksul valjemaks. Mõned hüüdsid: „Kõne!"

PJ astus kõrvale ja küsis: „Kas sa oled viimasel ajal Facebooki näinud?"

E-Z kehitas õlgu.

„Vaata viimast," ütles PJ, näidates sõbrale pealkirju.

„Kohalik kangelane ratastoolis." Ta peatus liikumast ja klõpsas klippi. Seal seisis, et kohalik kangelane käis

Hartfordi Connecticuti keskkoolis Lincolnis. E-Z sai peagi aru, et õpilased arvasid, et ta on kangelane - ta oligi -, kuid nad ei saanud seda teada. Nad ei pidanud sellest midagi teadma. Nad pidid olema oma meeled ära kustutanud, nagu nad tegid seda onu Samiga. Aga see polnud oluline - ta ei elanud Hartfordi Connecticutis. Nad olid valesti aru saanud. Miks siis tema klassikaaslased aplodeerisid?

Ta surus läbi, nad läksid teelt ära. Ta läks otse välja paduvihma. E-Z mõtles, kas ta võiks kasutada oma toolist saadud uusi võimeid oma isiklikuks kasuks. Kuigi ei olnud mingit kriisi ega kohtuprotsessi, kas ta võiks võluda või rituaalselt end koju viia? Ta mõtles selle üle, kui ta jätkas mööda kõnniteed veeremist. Tema tool aitas tal kunagi ühe väikese tüdruku päästa, enne kui tal üldse erivõimeid oli.

Ta mõtles selliste maagiliste sõnade peale nagu bibbidi-bobbidi-boo ja expelliarmus. Ta proovis mõlemat oma ratastooliga, kuid kumbki neist ei teinud midagi. Ta heitis pilgu üle õla, kuuldes tema selja tagant lähenevaid samme. Ta ootas ühte oma sõpradest - selle asemel oli see üks noorem õpilane, kes küsis: „Kus su tiivad on?"

E-Z naeris: „Mul ei ole tiibu." Märksõna peale tulid tema tiivad välja ja kandsid ta taevasse. Alguses mõtles ta, et oh ei, kuid otsustas siiski kaasa minna ja lehvitas poisile, tagasi kõnniteel. Poiss oli nii elevil, et ei mõelnudki, et võtab telefoni välja, et seda hetke jäädvustada. „Koju!" käskis ta. Punase valguse sähvatus kandis ta üle taeva, otse tema maja juures, sest toolil oli neil veel kusagil olla.

Nad jätkasid lendu, kuni olid otse kaubanduskeskuse kohal. Ta tundis, kuidas õhk nüüd vibreeris, tõmmates teda lähemale, kuhu teda vajati. Tool osutas alla, langetades teda panga alla, ja peatus siis keset õhku. Allpool jätkasid kliendid vuramist - ta oli nende vaateväljast väljas. Ta ei teadnud ikka veel, miks ta siin oli.

Kas see on järjekordne kohtuprotsess? küsis ta. Ta ootas, kuid vastust ei tulnud. Kui see oli järjekordne kohtuprotsess, siis oli nende vahel üha vähem aega. Kus olid need kaks inglit - kas nad ei pidanud teda toetama? Ta mõtles teistele katsumustele. Enamik neist toimus öösel. Pimedas. Mis siis, kui wannabe-inglid ei saanud tulla välja valguse kätte, nagu vampiirid? Ta naeris selle kummalise seose üle ja lootis, et see oli tõsi. Kuidagi ei häirinud teda, et seekord olid ainult tema ja tema tool. E-Z tuli tagasi hetkele. Kliendid karjusid kaubanduskeskuses. Ta lendas ettepoole, pangast välja ja lähedalasuvasse kaubamajja. Koht oli tühi.

Maandudes pöörasid rattad ise teda edasi viies. E-Z püüdis kontrolli alla võtta. Kuid ka tema ratastool tahtis kontrolli. See kiirenes, üha kiiremini ja kiiremini. Lõpuks lubas ta sellel domineerida, kartes, et ta sõrmed saavad rikutud.

Tooli jäi täielikult seisma, kui umbes nelja meetri kaugusel nende ees olid maas laiali kliendid. Enamik neist oli laiali ja näoga maas põrandal. Mõnel olid käed tagumikule asetatud, mõnel olid käed selja taga.

Erinevates asendites nägi ta turvakaameraid, mis näitasid ainult staatilist liikumist. See ei olnud hea märk.

Ratastool tõmbus taas ettepoole, noore naise poole. Ta oli riietatud kamuflaažvarustusse, müts maha tõmmatud silmade kohale. Ta oli heleda välimusega, ilmselt loomulikult blond ja sinisilmne, modelli tüüpi. Ühes käes oli püss ja teises jahipidamisnuga. Tema liikumatult relva käsitsemine häiris teda. See ja tema ülemäärane kommipunase huulepulga kasutamine. See oli määrdunud, muutes jube naeratuse ähvardavaks grimassiks.

E-Z kaalus põrandal olevaid ohusolijaid. Kui kaua nad olid seal olnud? Mida ta ootas? Kas ta oli raha nõudnud? Kes väljaspool poodi, teadis, et see pantvangistseen mängis, sest kaamerad ei töötanud?

Üks põrandal seisvatest meestest jäi talle silma. E-Z pani sõrme huultele. Mees pöördus teistpidi, siis märkas ta põrandal pulseeriva punase tulega telefoni. See salvestas heli. Ta lootis, et tüdruk ei märganud seda - ta nägi välja, et võib iga hetk ära kaotada.

E-Zi tool startis nagu kahurist ja oli peagi tüdruku kohal. Tema relv lendas ühes suunas ja nuga teises. Tooli metallist ümbris kukkus alla.

„Helistage 911," karjus E-Z. Ja põrandal olevatele klientidele: „Uuri siit välja!" Nad jooksid tagasi vaatamata. Nüüd oli ta üksi selle hullu tüdrukuga. „Miks sa seda tegid?" küsis ta.

Tüdruk kumises ühe laulu sõnu, mida ta oli varem kuulnud: „Mulle ei meeldi esmaspäev," siis irvitas, pööritas silmi ja ütles: „Pealegi on see ainult mäng." Ta läks paar sekundit tagasi laulu sumama, silmad kinni. Siis avas ta need ja ütles metsikute silmade ja naeruga: „Oh, ja kui sul on vaja professionaali, kes su juuksed korralikult ära värvib, siis ma tean kedagi."

„Uh, aitäh," ütles ta, ajades sõrmedega läbi oma juuste.

Talle meenus laul, mida tema ema laulis. Tõsi lugu, mis rääkis tulistamisest. Bändi nimi oli hiired või rotid.

Ta raputas pead. Tüdruk tema ees, meenutas tegelast ühest mängust, mida ta oli paar korda mänginud. Isegi kuni määrdunud huulepulgani välja. Ta ei mäletanud, millist, aga ta oli kindel, et naine imiteeris üht mängijat. „Mängu mängimine on üks asi - keegi ei saa haiget. See on tõeline elu. Kui sulle midagi ei meeldi - lõpeta see! Ära tee teistele haiget."

„Hääd," vastas ta, "nagu oleks mul mingit valikut."

Politsei kukkus sisse ja ta pidi minema.

Nad leidsid tüdruku turvakäigu juures mängukonsooliga seotud relvadega kinnipidamisel.

Ta suundus koju, oodates, millal teda tabab tema tiibade kohutav põletus. Ta jõudis kohale, nii kaugele, nii hästi. Aga ta oli nii näljane, et ei suutnud ära oodata, et süüa kõike, mis kätte sai.

Külmkapis oli valmis pool kana, mida ta sõi, oodates, et juust pannil sulaks. Ta sõi grillitud juustu alla. Siis tegi veel ühe, samal ajal kui ta matsutas õuna. Kui ta õuna ära sõi, lusikalis ta vannist jäätist. Valu ei tulnud, kuid tal oleks tõsine kaaluprobleem, kui ta jätkaks niimoodi söömist.

„Onu Sam?" hüüdis ta, vaadates, kas ta on kuskil majas - ei olnud. Ta läks oma kontorisse ja tegi mõned kodutööd, siis mängis paar mängu. Sami polnud ikka veel näha. Ei mingit SMS-i. Ei mingeid kõnesid ega sõnumeid. Sam andis talle alati teada, kui ta hilja koju tuli. Kummaline. Kus ta oli?

PEATÜKK 17

Oli juba pärast südaööd ja setu Samu polnud ikka veel näha. See oli esimene kord, kui ta jättis õhtusöögi valmistamise vahele, rääkimata sellest, et ta ei öelnud E-Z-le, kus ta oli. Ta teadis, kui ärevaks muutub tema vennapoeg, kui asjad on tema kontrolli alt väljas. Sellistel hetkedel sügeles teismelise nahk, nagu oleks veri pinna all keenud.

Oma ratastoolis istudes tegi ta samalaadset sammumist. Veeres oma tooli koridoris üles ja jälle alla. Keeruline oli ümberpööramine, mida ta tegi oma kabinetis. Tagasiteel köögi poole lülitas ta televiisori sisse, et tekitada veidi valget müra. Ta peatus, et vaadata, enne kui ta tagasi koridori läks, ja kehaväline kogemus võttis ta üle.

Ta oli oma ratastoolis elutoas ja vaatas end ratastoolis televiisorist. E-Z raputas pead, püüdes sellest aru saada. Miks ei olnud Hadz ja Reiki oma mälestusi kustutanud? Siis juhtus see - reporter ütles oma nime ja tegeliku aadressi, sealhulgas eeslinna. Seekord sai ta kõik õigesti aru - ja ta ei jäänudki sellega hätta.

„Kolmeteistkümneaastane E-Z Dickens, tahtis saada professionaalseks pesapalluriks. Ja tal olid oskused olemas. Siis võttis õnnetus, võttis temalt vanemad - ja jalad. Nüüd elab orb - kellest sai superkangelane - koos oma ainsa sugulase Samuel Dickensiga.“

Ta tahtis televiisori ekraanile peksta. Nad ütlesid seda, lihtsalt nii. Nagu kõik superkangelased pidid olema orvud. Nagu oleks see eeltingimus. Kui tema telefon helises, lootis ta, et see on Sam - see oli Arden.

„Kas sa vaatad seda?“ küsis ta. „Nad ütlesid KÕIGILE, kus sa elad!“

„Ma tean,“ ütles E-Z. „Halvem on see, et onu Sam on AWOL. Ta helistab mulle alati, ükskõik mis.“

Arden vestles oma isaga. „Jää sinna, isa ja mina tuleme kohe kohale. Sa võid jääda meie juurde, kuni sa ja Sam aru saate, mida teha. Jäta talle sõnum.“

„Tänan, aga ma saan siin hakkama.“

„Isa ütleb, ei mingeid kui, siis ega siis. Ta ütleb, et ajakirjanikud on sinu peal nagu valge riis - mida iganes see tähendab.“

„Ma ei mõelnudki, et reporterid siia tulevad. Okei, ma panen end valmis.“

Ta läks oma tuppa, pakkis ööbimiskoti, seejärel läks kööki, et kirjutada märkus ja panna see külmkapile. Väljas peatus järsku sõiduk, mis vingutas rehve. Uks lõi kinni, siis kostsid paugud, kui klaasikillud akendest välja lendasid. Esiuks lõhkus hingedelt, kui tema tool võttis suuna laskja poole, kes pidas tuld, kui nad lähenesid.

„Ta on lihtsalt laps,“ ütles E-Z, kasutades ära tema kõhklust. Ta haaras relva, sidus selle sõlme ja viskas selle üle muru.

Poiss, kes oli E-Z-st noorem, kasutas püstoli viskamise sekundid ära, et teda maasse tassida.

„Ei ole lahe," ütles E-Z, kui tema tool teda maha lükkas ja metallist puuri poisi peale kukutas, kes nuttis ja palus oma ema järele. „Tagasi," ütles E-Z toolile.

Laps oli kokku rullitud lootevasendis, värisedes ja nuttes. Tool tõmbas puuri tagasi: poiss ei liigutanud end.

E-Z küsis nüüd tagasi ratastoolis: „Kes sind siia ajas? Ja miks kogu see tulistamine?"

„See pole midagi isiklikku," selgitas poiss. „Ma pidin seda tegema. Hääl mu peas, ütles mulle, et ma pean seda tegema. Või nad tapavad mind ja mu perekonda. Sellepärast varastasin oma isa võtmed ja õppisin sõitma - kiiresti."

„Sa pole kunagi varem sõitnud?"

„Ainult mängudes."

Jällegi mängud. „Keda sa silmas pead? Mis on nende nimed?"

„Ma ei tea. Ma mängin paar mängu internetis. Üks naine tuli mängu ja ütles mulle, et ta tapab mu õe. Ma vahetaksin teise mängu; teine naine ütleks, et ta tapaks mu vanemad. Mängus, mida ma täna mängisin, ütles kolmas naine mulle, et kui ma ei tapa last, kes elab sellel aadressil, siis on sellel kohutavad tagajärjed." Poiss võttis E-Z'ile ette, kuid ei jõudnud kaugele. Tooli lükkas ta ümber ja langetas poomi.

„Viige mind siit välja!" nõudis poiss.

E-Z naeris; poisil olid munad. „Astu maha," ütles ta toolile ja aitas poisi jalule. Laps tänas teda, sülitades talle näkku. Ta surus rusikad kokku ja kaalus, kas ta võiks poisile kuradi pea maha rebida, kuid ei teinud seda. Selle asemel kallistas ta teda. Laps hakkas jälle nutma, tema pisarad langesid E-Zi õlgadele ja tiibadele.

„Aitäh, Dude," ütles poiss. Ta astus tagasi, pani käe südamele ja kadus.

Kui politsei lõpuks kohale jõudis, istus E-Z oma toolil kõnnitee ääres. Siis ta ei olnudki. Ta oli jälle silo sees, tundes klaustrofoobiat täielikus pimeduses.

✳✳✳

Pre varem kui ta oli olnud metallkonteineris, sai ta liikuda. Nüüd oli ta ratastoolis ja suutis vaevu liikuda. Ta püüdis oma varbaid kingade sees liigutada - ta ei tundnud neid. Kui tema jalad siin ei töötanud, siis oli ta õnnelik, et ta ratastoolis oli. Nad olid meeskond: nagu Batman ja Batmobile. Vastuseks tema mõtetele tormas ratastool edasi nagu mastiff pilliroos.

„Vii meid siit välja," käskis E-Z.

Ta tundis enda kohal liikumist. Valguse nihkumist nagu pilv, mis edeneb üle taeva. Kui ta vaid saaks üles lennata ja katuse kaudu põgeneda, kuid tema tiibadel polnud ruumi laieneda.

Tema nahk hakkas mullitama ja ta hakkas sügelema. Kus oli nüüd see rahustav lavendelsprei?

PFFT.

„Uh, aitäh," ütles ta. Isegi see asi oskas nüüd tema mõtteid lugeda.

Ta õlad lõdvenesid, kui ta sõnastas nõudmiste nimekirja:

Number üks. Ta tahtis onu Samile kõike rääkida. Ja ta mõtles kõike. Mitte midagi ei jäänud välja.

Number kaks. Ta tahtis, et PJ ja Arden teaksid. Mitte kõike, nagu onu Sam oleks teinud. Aga piisavalt, et nad mõistaksid, millise surve all ta oli. Piisavalt, et nad saaksid teda toetada ja julgustada. Ta vihkas neile valetamist. Tal oli vaja, et nad teaksid katsetest. Miks ta neid tegi. Nagu oleks tal olnud mingit valikut.

Kolmandaks. Ta tahtis, et nad küsiksid tema luba, enne kui teda röövivad. Nii teaks ta, mida oodata järgmisena. Ta vihkas seda, et teda sellesse asjasse paisatakse.

Number neli. Ta tahtis teada, kus ta on. Miks ta alati sellesse samasse konteinerisse visati. Miks tema jalad mõnikord toimisid ja mõnikord mitte. Miks mõnikord oli tema tool temaga koos ja mõnikord mitte.

„Ooteaeg on kaksteist minutit," ütles naishääl. „Kas soovite jooki?"

„Vett," ütles ta, kui temast paremal asuv metall sülitas välja riiuli, millel oli klaas vett. „Tänan." Ta viskas selle tagasi. Klaas täitus taas üleni. Ta pani selle hilisemaks ajaks maha.

Nüüd oli ta lõdvestunud, talle kerkis pähe laul. Tema isa armastas seda. Ratastool kiikus edasi-tagasi, kui ta laulusõnu laulis. Toolile tekkis hoogu - nagu üritaks ta end vabaks murda.

Sekundeid hiljem oli ta tagasi kodus, oma magamistoas, kus kõikjal oli purunenud klaas. Sinised ja punased tuled pulseerisid seintel. Nüüd vaatas ta purunenud akna juures välja.

„Ta on seal üleval!" hüüdis reporter.

Not jälle!" hüüdis ta, nüüd tagasi metallkonteineris. „Päästke mind siit välja!" Ta lõi jalaga vastu silo seina. „Ai!" hüüdis ta. Siis naeratas ta, rõõmus, et tunneb taas oma jalgu, ja tõusis püsti. Ta tõstis rusika õhku: „Kes te arvate, et te mind siia toite, oma iga kapriisiga!"

„Ooteaeg on nüüd kuus minutit, palun jääge istuma."

Rihmad tulid seinast välja tema ees, tema taga, mõlemal pool teda. Ta seoti paika. Ta võitles, et vabaneda, kuid nahkrihmad ainult pinguldusid. Peagi sai ta liigutada vaid pead ja kaela.

PFFT.

„Ah, lavendel," ütles ta. Tema all hakkas tema ratastool värisema ja värisema. „Kõik saab korda." „Kas te argpüksid kardate liiga palju, et tulla siia alla ja mulle vastu astuda?"

PFFT.

PFFT.

Ta doseeris end.

✳✳✳

Tamagas sügavalt, kuni silo katus koorus lahti nagu Houstoni Astrodome'i katus. Ja mingi asi neelas valguse alla. Ta tundis seda, enne kui ta seda nägi. See võttis valguse tema maailmast välja. Tema all värises ratastool, kui asi üleval vabalt kukkus.

See peatus, nagu ämblik oma lõksu otsas.

Lucifer?

Saatan?

Ta ootas, liiga hirmul, et rääkida.

„Tere - o - o - o - o," karjus tiivuline olend, tema hääl põrkas vastu seina.

Ta soovis nii väga, et saaks kõrvad kinni panna.

See olend irvitas, paljastades habemega hambaid, samas paisates välja vastikult lõhnavat mädanenud haisu.

Ta lämbus, köhatas ja soovis, et saaks ka oma nina kinni katta.

Koletis naeris möirgavalt, mis kostis tema metallvanglas üles ja alla, nagu popkorni popsiks. Ta kummardus teismelise näole lähemale ja röögatas: „Kas ma ei räägi teie keelt, härra?"

E-Z ei vastanud. Ta ei saanudki. Ta tundis end väga mittekangelaslikult. Asjaolu, et ratastool tema all värises, ei tõstnud tema enesekindlust.

„Kas te ei saa minust aru?" see asi karjus, raputades metallvanglat põhjajooneni. See asi liikus veel lähemale: „EI. SINA. EI. KUULED. MEID?"

See oli nagu rääkiv pilv, mille keskel oli pea ja mis valmistus äikesevihma ja välguga tema peale sadama. Küüned käetugedesse kaevates leidis ta julguse öelda: „Jah." Ta käis oma nõudmiste nimekirja peas läbi.

Koletis karjus ja suust lendas tuli välja. E-Z õnneks tõuseb kuumus. Äkki tundis ta suurt nälga, peekoni järele.

„Mulle meeldib peekon," tunnistas olend.

E-Z mõtles, kas ta oli seda peekonijuttu valjusti välja öelnud. Isegi oma kiirenenud hirmu taset arvestades teadis ta, et ei olnud seda öelnud. See tähendas üht, kõik oskasid tema mõtteid lugeda! Ta ajas end sirgu ja püüdis end kaitsta, sulgedes oma mõtted. Tema mõtted ruttasid toiduainetele, pannkookidele Ann's Café's, paksule šokolaadipirukale, võisõlisele siirupile. Mida iganes, et hoida hirmu ja ärevust eemal. See oli piin, see asi võis tema mõtteid lugeda ja teda igavesti vangistada. Kas oli olemas Superkangelaste Liit, millega ta võiks liituda?

„Bah, ha, ha!" asi röögatas naerdes.

E-Z soovis nii väga, et ta jõuaks kõrva, aga kuna ta ei saanud, lohutas ta end sellega, et vähemalt sellel oli huumorimeel. „Miks ma siin olen?"

Olio ei vastanud kohe, nii et ta püüdis teda pilguga psühholoogiliselt välja ajada. Eriti raske oli pilku kinni hoida, sest tool püüdis teda pidevalt välja visata. Ta surus rusikad kokku, tõmmates verd.

Olend liikus maduliku osavusega, tema vahutav keel paiskus edasi-tagasi, kui ta E-Zi rusikaid lakkus.

„Ewww!" karjus ta. „See on nii vastik!"

„Veel, palun!" nõudis olend, kui veri tema keelel väreles nagu vihmapiisad.

E-Z oli varemgi hirmunud, nüüd oli ta kaugeltki hirmunud. Pigem kivistunud - aga ta oli ju superkangelane. Ta pidi kuskilt jõudu koguma - isegi kui tool oli kasutu.

„Nah, nah, nah, nah, nah, nah," laulis see asi, kui ta lähemale sööstis, siis kaugemale sööstis, siis jälle lähemale. See põrkas vastu seina.

Mõne hetke pärast asus olend kohale. Ta ristas jalad õhus. Siis asetas ta oma pika luise sõrme selle põsele. Tundus, et ta ootas sõbralikku vestlust.

„Hadz ja Reiki on sinu puhul eemaldatud," sosistas olend. „Need kaks olid imbeciles. Vähem kui kasutud. Ma olen teie uus mentor."

Tume olend võttis end lahti. Ta lehvitas ülevalt, sooritas õõtspöördega poolkummarduse ja tõusis konteineris kõrgemale.

E-Z mõtles paar sekundit, enne kui vastas. Need kaks olendit olid olnud talle lojaalsed. Nad olid teda aidanud ja hoolitsesid tema eest - ja mis kõige tähtsam, nad ei joonud inimverd.

„K-kas me saame seda arutada?" E-Z küsis. Ta püüdis naeratada. Ta ei teadnud, kuidas see teisel pool välja näeb.

„EI!" ütles asi, tõukudes väljapääsule lähemale.

E-Z vaatas, kuidas see ülespoole triivis. Abiturientselt. Lootusetu.

„Oota!" karjus ta, asi oli pooleldi konteineris ja pooleldi sellest väljas. „Ma käsin sul oodata!" E-Z ütles, kui katus hakkas sulguma, siis oli asi silmapilkselt tema näos.

„Y-E-S?" küsis see.

„Ma tahan rääkida teie ülemusega, et saada Reiki ja Hadz tagasi. Nad sobivad rohkem minu, minu katsetele. Katsete õnnestumiseks."

„Ma ei meeldi sulle?" olend kriiskas häälega nagu küüned kriiditahvlil.

„Lõpeta! Palun!"

„Nende kahe idioodi tagasi toomine ei tule kõne alla." Olend keerles nagu hamster rattas.

„Lõpeta see ära! Sa ajad mind uimastama! Viige mind siit välja!"

„Hea küll," ütles see, ristas käed ja vilksatas nagu naine vanas telesarjas ‚Ma unistan Jeannie'st'.

Silo kadus, E-Z ja tema tool aga jäid maapinnale kukkuma.

„Ahhhh!" hüüdis ta.

Siis kadus tema ratastool.

Ja kui ta jätkas kukkumist, raputas ta rusikatega tema kohal olevat olendit. Ta tugevdas end kukkumiseks.

„Muide, minu nimi on Eriel."

„Arrgggghhhh!" hüüatas ta.

Ta oli jälle ratastoolis ja rippus elu eest. Nad langesid ikka veel.

PEATÜKK 18

CRASH!

Otse läbi tema maja katuse. Tema ratastool kaldus ettepoole ja paiskas ta voodile. Seejärel veeretas ta põrandale. Nad olid mõlemad korras. Mitte halvemini.

Tema kohal paranes auk, mille nad olid teinud, iseenesest.

„Oh, siin sa oledki!" ütles Sam. „Uh, tere tulemast koju."

E-Z polnud teda isegi märganud. Ta oli nurgas oleval toolil sügavalt maganud.

Sam venitas ja haigutas. Siis tormas ta üle toa, kus ootas kann veega täidetud kann. Ta jõi klaasi täis ja pakkus siis tassi vennapojale.

„Mis on selle kurja olendi Erieliga!" ütles Sam.

E-Z peaaegu sülitas vee välja.

„Kes? MIS?"

Sam jätkas. „See Eriel, on kõige õelam, kõige vastikum üleliigne lendav olend, keda ma ei loodaks kunagi kohata!" Ta surus rusikad kokku. „Ma loodan, et sa kuuled mind, kus iganes sa ka poleks! Ma ei karda sind!"

E-Z lõug langes peaaegu põrandale.

Sam jätkas. „See asi hoidis mind metallkonteineri sees. Nüüd ma tean, miks sul oli halb unenägu. See oli tõesti nagu silo. Ta ütles mulle, et ma pean sinu eestkoste talle üle andma, muidu sind lastakse maha."

„Oh, see," ütles E-Z. „Ma eeldan, et sa nägid kogu seda purunenud klaasi. See oli poiss, ta üritas mind tappa."

„Ma tean sellest kõike. Vaatasin kõike silo seestpoolt. Kas sa teadsid, et seal oli suur ekraaniga televiisor? Ja hea helisüsteem ka."

„Mida? Ma olin just seal ja Eriel ei öelnud mulle midagi sinu või eestkoste ülevõtmise kohta." Ta läks üle toa, vaatas lakke: „Kas see on mingi test Eriel? Kui ma midagi ütlen, kas sa võtad pakkumise tagasi? Anna mulle märku."

„Kellega sa räägid? Eriel ei ole siin. Kui ta oleks, siis me tunneksime tema haisu juba kilomeetri kauguselt. Ei, me oleme üksi - kuigi ma tõstsin talle rusikaid. Ma ei oodanud, et ta mind kuuleb."

„Ilmselt on tal igal pool silmad ja kõrvad."

„Öeldakse, et jumalal on silmad ja kõrvad kõikjal. Kui ta on olemas."

„Mida ta sulle veel ütles, minu kohta?"

„Ta ütles mulle, et sa oled määratud surema koos oma vanematega. Ta ja tema kolleegid päästsid sind - ja nüüd pead sa läbima katsumused."

„Nii ongi. Ma vandusin saladust, nii et ma imestan, miks ta seda teavet sulle avaldas."

„Alguses üritas ta mind kiusata, aga sa said sellest jamast poisiga välja. Ta lasi mind siia majja tagasi ja ma ei leidnud sind kusagilt."

„Jah, sest ta oli mind konteineris."

„Ta paiskas mind paar korda sisse ja välja, aga ma keeldusin sinu eestkostest loobumast. Pärast teist või kolmandat korda ütles ta, et sa oled palunud, et mulle kõik räägitakse ja...“

„Ma küll mõtlesin välja, et seda temalt küsida. Ma ei öelnud talle, mis see oli - aga ta, nagu enamasti kõik teisedki viimasel ajal, oskab mu mõtteid lugeda.“

„Mida sa mõtled, et kõik teised?“

„Äh, enne Erieli olid kaks wannabe-inglit, keda kutsuti Hadziks ja Reikiks.“

„Oh, ta mainis kahte imbecili. Ütles, et nad on alandatud tööle teemandikaevandustes.“

„Taevas on kaevandused?“

„Ma kahtlen, et see asi oli taevast - kui selline asi üldse olemas on.“

„Kas te ei pahanda, kui me läheme kööki suupisteid sööma?“ E-Z küsis. Nad suundusid mööda koridori, Sam pani grilli ja valmistas leiba juustu ja võiga. „Samal ajal kui sa magasid, tegin Erieli kohta mõned uuringud. Tema leidmiseks oli vaja veidi kaevata, aga kui ma otsingut kitsendasin, tabasin kulda.“ Ta keeras võileivad taldrikutele ja kandis need lauale.

„Tänan, ei jõua ära oodata, et kõike sellest kuulda. Kas ma võin kohe kaevata?“

„Ei, mine ainult.“ Sam vaatas, kuidas ta vennapoeg võttis neli suutäit, siis oli võileib kadunud. Ta ulatas enda oma üle, ei tundnud end näljane. „Ma alustasin otsingut Erieli sisestades. Midagi ei tulnud välja. Nii et ma sisestasin arhideeli ja nimi Uriel oli kohe lehe alguses.“

„Arvad, et need on samad?“ Ta võttis veel ühe suutäie.

„Nii ma alguses arvasin. Siis leidsin juudi mütoloogiast peainglite nimekirja ja nime Radueriel. Kui ma vaatasin tema kirjeldust, siis seal on kirjas, et ta võib luua väiksemaid ingleid pelgalt lausumisega."

„Sa mõtled nagu Hadz ja Reiki? Oot, kui ta neid lõi, siis ilmselt seetõttu suutis ta neid ka kaevandustesse saata."

„Täpselt minu mõtted. Niisiis, ma arvan, et selle teabe põhjal teame nüüd, et Eriel alias Radueriel on peaingel."

E-Z noogutas.

„Niisiis, ma jätkasin kaevamist ja leidsin selle. „Vürst, kes vaatab salajaste kohtade ja salajaste müsteeriumide sisse. Samuti suur ja püha valguse ja hiilguse ingel."

„Vau, ta on täielik pahur!"

„Ta võib ka midagi tühjast luua, manifesteerides seda õhust."

„Nii, ma võtan sellest, et ta suudab muuta omaenda välimust, pluss teiste välimust."

„Nii ongi. Ja ma kirjutasin mõned sõnad üles." Ta lükkas paberitüki üle laua. „Ära ütle neid aga valjusti välja. Kui sa seda teeksid, kutsuksid sa ta esile." Sõnad paberil olid järgmised:

Rosh-Ah-Or.A.Ra-Du,EE,El.

„Jäta sõnad sellel paberil meelde, juhuks, kui sul kunagi on vaja teda enda juurde kutsuda."

„Kuidas me teame, et need toimivad?"

„Kasutage neid ainult siis, kui peate. Ei maksa teda siia kutsuda - kui see ei ole viimane abinõu."

„Nõus." Kui ta neid mõtetes ikka ja jälle kordas, tundis ta lohutust, teades, et peaingel ei loe pidevalt tema mõtteid.

„Eriel ütles, et ma peaksin sind katsetega aitama. Ma arvan, et selle väikese tüdruku päästmine oli esimene, mida sa pidid tegema?"

„Siiani olen teinud mitu. Esimene, jah, see väike tüdruk. Teine, ma päästsin lennuki allakukkumisest."

„Vau! Ma tahaksin rohkem teada, kuidas sa seda tegid. Ma olen üllatunud, et sa ei olnud uudistes."

„Olin, aga te ei saanud öelda, et see olin mina. Kolmas, ma peatasin kesklinna hoone katuselt tulistajat. Neljandaks, teine laskur kaubanduskeskuses koos pantvangidega ja viiendaks, poiss väljas, kes üritas mind tappa."

Sam võttis taldrikud üles ja viis need nõudepesumasinasse. „Ma ei oska öelda, kui uhke ma sinu üle olen. Kõik see toimub ja mul polnud absoluutselt aimugi."

„Ma vandusin saladust. Kui ma kellelegi räägiksin, siis nad..."

„Veenduge, et te ei näe oma vanemaid enam kunagi." "Jah, ta ütles mulle. See kõlab mulle natuke kahtlaselt. Eriel ei ole sentimentaalne tüüp; ta oli nagu suur vihapall, mis ootab sihtmärki."

„Ma tegin talle haiget, kui ta arvas, et ta mulle ei meeldi."

Sam irvitas. „Kujutage ette, et sellel asjal on tunded." Ta tõusis püsti. „Kas sa soovid kohvi?"

„Ma eelistaksin kakaod." Ta haigutas. „See on olnud väga pikk päev."

„Me võime hommikul sellest rohkem rääkida, aga kuidas sa suhtud tähtajani? Sa oled viis katset lõpetanud, kui paljude päevade jooksul?"

„Need on olnud juhuslikud. Ma ei tea midagi kindlast tähtajast."

„Eriel ütles mulle, et sa pead kolmekümne päevaga lõpetama kaksteist katset. Kui sa oled juba kaks nädalat sees, siis peavad nad seda kiirendama - palju."

„Esimest korda kuulen ma seda."

„Ta ütles, et kui sa neid õigeaegselt ei lõpeta - sa sured."

„Mida?"

„Samuti, et kõik, keda sa oled päästnud, hukkuvad. Sam peatus, mõeldes sellele, et kaotan teda nüüd, kui nad alles alustasid. Tema elu oleks jälle tühi, ainult töö, kodu, töö, kodu. E-Z vahtis teda, oodates. „Vabandust, ma lihtsalt mõtlesin, kui palju sa mulle tähendad, lapsuke. Aga ta ütles mulle veel midagi; ta ütles, et sa sureksid koos oma vanematega. See tähendaks, et kõik, mida me oleme teinud, kogu aeg, mille oleme koos veetnud, kaoks ära. Ja ma ei ütle, et ma võiksin või tahaksin kunagi su vanemate asemele astuda, aga sa tead, mida ma mõtlen, eks? Ma armastan sind, lapsuke!"

„Otse tagasi," ütles E-Z. Ta tahtis Sami kallistada ja Sam tahtis teda kallistada, ta võis öelda ja ometi nende liigutamist. Ta hingas sügavalt sisse: „See on karm. Kõlab küll rohkem Erieli moodi."

„Üks asi veel, ta ütles, et iga kord, kui sa katse lõpetad, suureneb su hing. Selleks ajaks, kui sa jõuad kaheteistkümneni, on see optimaalne väärtus. Hingevaluuta, mida sa saad kasutada, et oma vanemaid uuesti näha ja nendega rääkida."

E-Z tool taganes lauast, kui esiuks lõhkus hingedelt ja ta lendas taevasse.

„Arrgghhhhh!" Sam karjus tema selja tagant. Ta klammerdus tooli ja vennapoja tiiva külge nagu eksinud tuulelohe.

„Hoia kinni!" E-Z ütles. „Ma arvan, et Eriel helistab."

Edasi lendasid nad.

PEATÜKK 19

"**H** vana - me läheme maanduma." Tema ratastool suundus alla.

„Oleks mul ka turvavöö!" Sam hüüdis, mähkides käed ümber vennapoja kaela.

„Ära muretse, see saab olema ohutu maandumine."

„Kui ma enne seda lahti ei lase! Arrgghhh!"

Kui nad alla jõudsid, märkas E-Z kujujate ringi. Kuna tal polnud midagi muud teha, luges ta neid kokku - neid oli sada, mille keskel oli midagi. Kummaline, ta oli kesklinnas palju kordi käinud, aga seda betoonplokkide rühma ei mäletanud. Tooli rattad puudutasid, kuid Sam jäi ikka veel elust kinni.

„Nüüd on kõik korras," ütles E-Z. „Sa võid silmad avada."

Ta tegi seda. „Ma tapan selle Erieli, kui ma teda järgmine kord näen!"

„Shhhh. See võib juhtuda varem, kui sa arvad." See, mida ta oli kuju keskel märganud, oli Eriel inimkujul, füüsiliste tunnuste, kuid mitte suuruse poolest. Veelgi enam, ta istus ratastoolis, mis hõljus nagu maagiline troon.

Tema juuksed olid kihtmustad ja voolasid üle õlgade ja alla vöökohani. Tema silmad olid nagu süsi ja jume nagu alabaster. Tema lõug oli kaetud habemega, nagu oleks ta kella kuue varjus, kuigi kell oli lähemal keskpäevale. Tema huuled olid väga punased, nagu oleks ta kandnud värsket huulepulka. Samas kui tema nina nägi välja nagu jalgpalluril, kellel on see rohkem kui üks kord katki läinud. Riietuseks oli tal seljas valge t-särk, mustad teksad ja jalas jesuiad.

E-Z keeras ringi, vaadates taas sada kümme meest. Nad kõik olid riietatud moodsasse riietusse. Enamikul olid prillid ja võimsad ülikonnad. Siis teadis ta tõde: Eriel oli muutnud sada kümme elavat, hingavat meest kujudeks.

Ja see polnud veel kõik. Ta mõistis, et kuigi nad olid kesklinna ärikvartalis, polnud seal ühtegi tavalist häält. Tavalisel päeval hüüaksid liikluses kinni jäänud autod sarvi ja heitgaasid täidaksid õhku.

Vaikus oli häiriv, kuid värske puhas õhk pani teda sügavamalt sisse hingama. See rahustas teda. Ta teadis, et see oli rahu enne tormi.

Ta vaatas üles taevasse. Reisilennuk oli peatunud keset õhku. Selle kõrval olid linnud, kes olid lõpetanud lendamise. Taustaks pilved. Liigutamata. Kohalikud.

Siis muutus kõik tema kohal sinisest mustaks.

Ja kunagine õudne vaikus rebenes.

Selle asemele tulid ägised. Hüüded. Nagu puujuured tõmbusid maast välja. Ja õhk paksenes ja keerles ümber nende kurgu. Röövides nende hinge.

Ja nende jalgade all hakkas maa värisema. See murdus laialt lahti. Maavärin. Rebimine. Rebimine.

Ja päike, kuu ja tähed särasid kõik koos, kuid ainult hetkeks. Siis lõhkusid nad laiali ja purunesid miljoniks tükiks.

„Miks sa muutsid mehed kujudeks? Ja miks sa üritad maailma hävitada?" E-Z küsis. „Ja miks sa seal üleval ratastoolis hõljud?"

„Oh ei," hüüdis Sam, vehkides rusikatega õhku.

Eriel naeris: „On viimane aeg, et sa siia protegendiks saaksid. Kuidas sa julged minuga rääkida, mulle küsimusi esitada. Ma olen suur ja võimas, aga ma olen tõeline, mitte võlts, nagu OZ-i võlur. Sa oled olemas ainult sellepärast, et ma otsustasin sind päästa."

„Kui Ophaniel minuga Ingeli raamatukogus rääkis, ei maininud ta sind isegi mitte."

Eriel naeris ja osutas luise sõrmega, mis sirutas end alla ja puudutas E-Z nina. „Sinu juhtum anti mulle, pärast seda, kui need kaks idiooti Hadz ja Reiki oma ülesandeid ei täitnud."

„Ära puutu mind!" Sõrm tõmbus tagasi. „Ma küsin veel kord, mida sa siin minu territooriumil teed - ja miks sa ratastoolis oled?"

„Kõik seletatakse," ütles Eriel. Ta tõstis jalad üles ja naeratas neile. „Mulle meeldivad need kingad, need on väga mugavad."

„Need ei ole kingad, need on sandaalid," ütles Sam, astudes hõljuvale toolile lähemale.

„Oota, onu Sam, tule minu taha."

Eriel heitis pea tagasi ja naeris. „Tõde on koer peab koerat pidama" - see on tsitaat Shakespeare'ist, mis tähendab, et sinu onu tuleb taltsutada."

„Miks just sina!" Sam karjus, tõstes rusika õhku.

„ Raske on võita inimest, kes ei anna kunagi alla" - see on tsitaat Babe Ruthilt, ühelt kõigi aegade kuulsaimalt pesapallurilt." E-Z tool tõusis maast ja lendas Erielile lähemale.

„Pesapall on tasakaalumäng," ütles Eriel. „See on tsitaat kirjanik Stephen Kingilt." Ta kõhkles, siis irvitas nii laialt, et tema põsed võisid kokku variseda, kui E-Z tool kukkus nagu oleks see pliist tehtud. „Ups," ütles Eriel, kui ta naerust karjus.

Ei läinud kaua aega, et E-Z oma tooli üle kontrolli alla saada ja see tõusis nagu lift. Ta püüdis oma tiibu kontrolli alla saada. Aga selleks polnud aega, sest ta oli muutunud pöörlevaks ja keerles ringi.

„Arrgghhhhh!" hüüdis ta, kaevates küüned tooli käetugedesse. Pöörlemine lakkas, tool kukkus uuesti nagu pliipall, siis jäi ta seisma.

Ta püüdis taas oma tiibu tööle saada. Need ei tahtnud koostööd teha ja järgmine asi, mida ta teadis, oli jälle pöörlemine. Aga seekord oli see vastupäeva.

„Hhhhggggrrraaa!" hüüdis ta.

Eriel naeris nii valjusti, et see raputas maad.

Allpool korjas Sam kõnniteelt kive ja viskas neid Erieli poole, kes enamikule neist kõrvale põikas ja põrkas. Üks suur kivi aga tabas olendi nina. „Võta keegi, kes on sinu vanusele lähemal!" "Võta keegi, kes on sulle lähemal!" Sam hüüdis.

Kui veri tema näost alla voolas, pani Eriel E-Zi onu paika.

„Nooooooo!" E-Z karjus, kui ta jätkas keerutamist. Kui ta jõudis täies ulatuses seisma, ei saanud tagurpidi see, mida ta allpool nägi, olla ekslik. Onu Sam oli nüüd üks kuju ringis: seal seisis sada üksteist meest. Ta oli nii uimane, et talle tuli siiski üks tsitaat pähe ja kuna see oli kõik, mis tal oli, siis karjus ta seda nii kõvasti kui suutis: „See ei ole lõppenud, kuni see on lõppenud!".

POP.

POP.

Hadz istus ühe teismelise õlale, Reiki teisele.

„See on Yogi Berra tsitaat ja see, on minult ja onu Samilt!"

Ta hoidis nüüd käes maailma suurimat löögimängu, Babe Ruti 54. ounceri koopiat, ja see pimestas teemantitolmu. Tal polnud aimugi, kui raske see oli, kui ta tegi löögi Erielile tema ratastooli troonil ja saatis ta otsast otsani lendama. Ta laulis: „Ütle mehele kuu sees tere, kui sa temaga kohtud!"

Erieli kaiguline hääl ütles eemalt: „Katse lõpetatud!"

Hadz ja Reiki aplodeerisid. Nagu ka sada üksteist meest, kes olid oma inimvormi tagasi pöördunud, sealhulgas onu Sam.

„Muidugi, te teate, et ta tuleb tagasi," ütles Hadz. „Ja ta saab väga vihane olema!"

„Aitäh abi eest!" E-Z ütles, kui ta ja Sam koju lendasid.

Reiki ja Hadz pühkisid sada kümme meelt, siis jätkasid tööd kaevandustes ja lootsid, et keegi ei märganud, et nad on välja mõelnud, kuidas põgeneda.

Eriel jätkas kontrollimatut keerutamist, samal ajal kui ta sõnastas kättemaksuplaani.

EPILOOGI

Pärastpaari pingelist päeva sai E-Z lõpuks ometi korralikult magada. Ta unistas pesapalli mängimisest ja järgmisel päeval tulid Arden ja PJ, et teda mängule viia. „Ma ei taha täna mängida, aga ma tulen moraaliks kaasa," ütles ta.

„Muidugi," vastasid tema sõbrad.

Kui nad E-Z väljakule said, nõudsid nad, et ta mängiks. Nad vajasid teda püüdjaks ja ta oli nõus. Kui tuli tema esimene kord löögile, tahtis ta ise lüüa. Ta haaras oma lemmikmängija ja veeretas end plaadile. Esimene viske oli kõrge ja ta jäi sellest mööda. Tema viskepiirkond oli tõesti kitsas, sest ta istus.

„Strike one," hüüdis kohtunik.

E-Z ratastas end plaadist eemale. Ta tegi veel paar proovilööki ja läks siis uuesti tagasi. Järgmise söödu ühendas ta sellega ja see lendas välja.

„Strike two," hüüdis kohtunik.

„Ei lööjat, ei lööjat," lobisesid poisid väljakul.

Viskaja viskas kõverpalli ja E-Z kummardus söödule ning ühendas selle. See lendas, väljapoole väljakut. Üle aia. Väljaspool parki.

„Võtke baasid," ütles kohtunik. „Sa väärid seda, poiss."

E-Z pööras end ümber aluste, hoides oma tooli lendu tagasi. Kui tema tool puutus kokku koduplaadiga, kogunesid tema meeskonnakaaslased tema ümber ja juubeldasid. Ta nautis seda seni, kuni see kestis.

Kuni ta taas metallist konteineri sees maandus - ainult et seekord oli ta kokku rullitud palliks - ja ta oli toolita. Nagu vastsündinu, hingas ta sügavalt, sest see oli ainus asi, mida ta teha sai. Oodake. Imikud võisid end ümber pöörata. Ta pidi vaid keskenduma, keskenduma.

Jah, ta tegi seda. Ainus probleem oli, et ta ei olnud paremas seisus. Ta oli ikka veel kokku keeratud, pimeduses. Piiratud ruumis, kus polnud valgust ega võimalust peaaegu üldse liikuda. Tegelikult oli metallkonteineri kuju seekord teistsugune. See oli ühest otsast kitsam, kuulikujuline.

Selle teadmine ei aidanud, sest tema klaustrofoobia ja ärevus läksid suureks. Ta mõtles, kui kaua ta suudab selles kitsas ruumis edasi hingata. Mitte kaua. Õhk oleks varsti otsa saanud ja ta oleks surnud. Ta hingas sügavalt sisse, püüdes ärevuse taset madalal hoida.

Üks oli kindel, Eriel ei mahtunud kuidagi sellesse asjasse koos temaga. Välja arvatud juhul, kui ta lõhkus seinad laiali - mis ei pruukinudki olla nii halb mõte.

E-Z koputas seintele ja lakke. Ta karjus. Karjatas. Talle tuli meelde tema telefon. Kas ta jõudis selleni? Seda polnud seal. Ta oli selle spordikotti pannud, et järgida reeglit, mille kohaselt ei ole telefonid väljakul lubatud.

Väljaspool konteinerit kostsid murettekitavad helid. Kraapimine. Rotid? Ei, mitte rotid. Ta sai paljude asjadega hakkama, aga mitte rottidega. „Laske mind välja!" karjus ta.

Mootor käivitus. Vanem sõiduk, nagu veoauto. Põrand tema all hakkas värisema ja kolisema, kui kuul edasi veerema hakkas ja ümberringi põrutas.

Väljas põrutas konteiner seintelt. Sees oli ta nii kitsas ruumis, et seal ei olnud palju liikumist. See oli üks eelis kuuli lõksus olemise juures.

Sõiduk põrkas millegi vastu ja E-Zi pea puutus kokku selle peaga. Ta hüüdis, kuid heli vaibus. Metallkonteiner liikus uuesti, külgsuunas. See tabas midagi, siis pöördus ta tagasi oma algsesse asendisse. Tema õlg valutas kokkupõrkest.

E-Z mõtles, kas see oli Erieli ülesanne, kuid otsustas, et see ei saa olla. Ta hakkas järeldama, et ta oli röövitud ja teda hoitakse vangis. Aga miks just nüüd?

„Hei!" hüüdis ta, kui metallist ese ringi veeres ja maandus lamedale põhjale - kus oli tema tagumik. Nüüd oli raskus ühtlasemalt hajutatud. Tal oli mugav. Või nii mugav, kui ta sellistes oludes olla võis. Niisiis jäi ta väga liikumatult seisma, kuni sõiduk jäi täielikult seisma ja ta kukkus otsa peale.

Ta hingas sügavalt sisse, rahustas end ja ütles sõnad valjusti välja,

„Roch-Ah-Or, A, Ra-Du, EE, El."

Oodates küsis ta: „Kus sa oled, Eriel?

Roch-Ah-Or, A, Ra-Du, EE, El?"

„Sa kutsusid mind?" Eriel ütles. Tema hääl oli terav ja selge, kuid teda ei olnud näha.

„Jah, Eriel, ma arvan, et mind on röövitud. Ma olen konteineris. Kas sa saad mind aidata?"

„Ma tean alati, kus sa oled," ütles Eriel. „Küsimus, mida sa peaksid küsima, on see, kas ma tahan sind aidata."

„Ma ei teadnudki, et sa jälgid mind ööpäevaringselt!"
E-Z hüüatas, iga hetkega aina vihasemaks muutudes. Ta
hingas paar korda sügavalt sisse ja rahustas end. Ta vajas
Erieli abi ja peaingel ei kavatsenud seda talle lihtsaks
teha. „Ma ei näe selle asja juhti ja ma ei saa oma tiibu
välja sirutada. Ja kus on mu tool? Mul hakkab siin õhk
otsa saama. Kui sa tahad, et ma need katsumused sinu
eest lõpetaksin, siis too mind parem siit välja ja kiiresti."

„Kõigepealt solvad sa mind, seades kahtluse alla, kas
ma olen ingel või mitte, ja siis palud, et ma sind aitaksin.
Inimesed on tõepoolest väga tujukad olendid."

„Ma tean. Ma vabandan. Palun aita mind."

„Kas sa oled mõelnud," pakkus Eriel. „Et see ON
kohtuprotsess? Midagi, millest sa pead ise üle saama?"

„Kas sa tahad öelda, et see on kindlasti katsumus?"

„Ma ei ütle, et see on. Ja ma ei ütle, et see ei ole," ütles
Eriel kähku.

E-Z oli fummis. Ta igatses nii väga Hadzi ja Reiki järele.

„Nii kurb, et sa mõtled ikka veel nende kahe idioodi
peale. Nüüd E-Z, kui see oleks kohtuprotsess, siis kuidas
sa ennast sellest välja saad?"

„Esiteks, nad tulid minu eest välja, kui sa peaaegu
maad tapsid. Teiseks, see ei saa olla kohtuprotsess, sest
mul pole kedagi, keda aidata."

Eriel naeris. „Sa arvad, et sa ei ole keegi?" Eriel
pidas pausi. „Täna päästad sa ennast ja ainult ennast.
Kasutage oma käsutuses olevaid vahendeid." Ta kõhkles,
siis naeris jälle. „Mõtle väljaspool metallkonteinerit."
Tema naer oli metallist kuuli sees nii vali, et see tegi E-Zi
kõrvadele haiget. Ta kattis need. Siis ei kuulnud ta Erieli
enam.

E-Z sulges silmad ja keskendus. Ta otsustas rusikad kokku suruda ja üritada seinu laiali lükata. Ükskõik kui kõvasti ta ka ei püüdnud, need ei liigutanud end. Plaan B oli kutsuda oma tool, mida ta ka tegi. Ta kujutas ette, et see pole kaugel. Kas see hõljus üleval ja ootas, et E-Z seda välja kutsuks? Ta keskendus nii kõvasti oma tooli kutsumisele, et ei märganud, et keegi kõndis väljas. Jalajäljed kõnniteel. Üks mees, saapad tuksusid. Mees liikus ümber sõiduki, tagaosa poole. Võti läks sisse. Uks rullus üles.

„Ta on siin ringi veeretanud," ütles mees.

Naerdi. Mitte Erieli naer. Teise mehe naer.

Siis karjumine.

Siis veel üks karjumine.

Siis jooksmine. Põgenemine.

Veel rohkem karjumist.

Siis liikumine. Konteiner liigub. Tõstetakse tema ratastooli.

Siis ülespoole, kõrgemale ja kõrgemale. Kaugemale ohutusse kohta.

„Aitäh," ütles E-Z oma toolile. „Nüüd vii mind koju onu Sami juurde."

E-Z teadis, et onu Juss suudab ta konteinerist välja tuua. Tal oleks vaja hiiglaslikku purgiavajat, aga kui selline oleks olemas, siis onu Sam leiaks selle üles.

Tema ratastool aga kiirustas vastassuunas.

KAHES RAAMAT:

KOLM

PEATÜKK 1

Far, kaugel eemal, kus E-Z Dickens elas, tantsis väike tüdruk. Tema balletitunnid toimusid väikeses stuudios Hollandi kesklinna ärikvartalis.

Ta oli ilus laps, kuldsete juustega, ja tema nina ja põsed olid kaetud frekkidega. Tema kõige meeldejäävamad tunnused olid tema pähklirohelised silmad. Need olid täpselt sama värvi kui tema vanaema omad. Tema unistuseks oli saada ühel päeval Hollandi kuulsaimaks balletitantsijaks.

Tema roosa tutu oli valmistatud tüllist. See oli võrkjas, kerge kangas, mida disainerid kasutavad professionaalsete tantsijate jaoks. Tema tutu oli talle disainitud ja õmmeldud tema lapsehoidja poolt. Kostüüm - kunstiteos iseenesest - oli nii suur, et iga laps klassis tahtis sellist kostüümi.

Hannah, Lia lapsehoidja sai teistelt vanematelt palju taotlusi, et nad teeksid oma tütardele samasuguse tutu. Ta ütles lastele, nende vanematele, õpetajatele ja paljudele teistele kindlalt, et tal ei ole aega lisatööd ette võtta. Kuigi ta oleks võinud raha kasutada.

Kõike, mida Hannah tegi, tegi ta, sest ta armastas oma eestkostetavat Liat. Liat, keda ta kutsus oma kleintje, mis tõlkes tähendab väikest.

Kui balletid (tõlkes: balletitunnid) olid peaaegu läbi, pakkis Lia oma kingad ära. Ta hõõrus oma valusad jalad.

Kõik balletitantsijad (tõlkes: balletitantsijad) - isegi seitsmeaastased nagu Lia - pidid treenima vähemalt kakskümmend tundi nädalas.

See lisatöö, lisaks täielikule kooliõppekavale, nõudis pühendumist ja pühendumust. Kõik lapsed, kes ei suutnud sammu pidada, visati kohe ukse taha. Ükskõik kui palju raha nende vanemad pakkusid, et neid programmis hoida.

Lia lootis ühel päeval kohtuda oma iidoliga Igone de Jonghiga, kõigi aegade kuulsaima Madalmaade balletitantsijaga. Kuna tema iidol läks pensionile, vaatas Lia tema esinemisi televisioonist.

Hannah hoolitses Lia eest argipäeviti. Lia ema Samantha reisis nädala sees ärireisidele.

Väljaspool tantsustuudiot istusid Hannah ja Lia Volkswagen Golfi sisse. Varsti oleksid nad kodus.

„Kas sul on kodutööd?" Hannah küsis.

Lia noogutas.

„Goed," tõlkes hea. „Mine ja alusta, kui ma õhtusööki valmistan," ütles Hannah.

„Oke," tõlkes okei, vastas Lia.

Lia läks kohe oma tuppa, kus ta riputas oma balleriinirõivad üles ja asus siis oma töölaua taha tööle.

Koolis õppisid nad legendi The Witch Tree kohta. Nende ülesanne oli joonistada puu ja luua sellest midagi maagilist. Ta kavatses joonistada kriidiga kontuuri. Seejärel kasutada juurte jaoks torupuhastusvahendeid ja lehtede jaoks glitterit, et luua maagiline element.

Kuigi tal oli loomupärane kunstitalent, ei meeldinud talle selle loomine. Ta eelistas tantsu. Ta ei kurtnud ega lükanud tagasi ülesandeid, mis talle eriti ei meeldinud. Tema loomuses ei olnud olla sõnakuulmatu või häiriv.

Kuigi Lia elas Hollandis Zumbertis, käis ta rahvusvahelises koolis. Tema inglise keel oli suurepärane. Zumbert ise oli kogu maailmas tuntud kui Vincent Van Goghi sünnikoht. Lia teadis Van Goghist kõike, sest tema ja tema soontes voolas sama veri.

Pärast kodutööde tegemist avas ta arvuti. Ta sisse ja mängis mängu. Järgmise tasemeni jõudmine võtaks vaid mõne hetke. Hannah kutsuks teda varsti alla avondeteni (õhtusöögile).

Keegi ei pea kunagi teada saama, ütles pisike hääl tema tagumises mõttemaailmas. Lia kuulas seda häält, kuid et keegi ei saaks sellest teada, sulges ta oma magamistoa ukse.

Kui ta sõrmed klaviatuuril klõpsasid, kustus lambipirn tema laua kohal plahvatusega. Ta sulges sülearvuti ja avas taas ukse. Ta vaatas koridori alla, kus olid varuhalogeenlambid. Nanny hoidis varusid trepi ülemisel korrusel asuvas pesukapis. Lia pidi vaid välja tiksuma, ühe välja tooma, tagasi tulema ja lambipirni ise välja vahetama. Siis oleks tal rohkem aega oma mängu mängimiseks.

Tagasi oma toas hindas ta olukorda. Ta pidi seisma oma kirjutuslaua toolile - mis oli ratastel. Ta surus selle kindlalt vastu voodit, et seda kindlustada. Jah, see toimiks.

Tooli kinnitanud valgusti alla ronis ta sellele üles. Uut lambipirni lõua all hoides keeras ta vana lambipirni lahti.

Läbipõlenud lambipirni viskas ta voodile. Võttes teise lambipirni lõua alt, keeras ta selle sisse.

KROK!

Uus lambipirn plahvatas.

Sellest paiskusid välja enamasti tillukesed klaasikillud. Väikese tüdruku näole ja silmadesse.

Lia ei karjunud kohe, sest sinine valgus täitis toa, mis pani aja seisma. Valgus ümbritses teda, kui see liikus tema näo kõrgusel.

SWISH!

Ilmus tilluke ingellik olend, kes uuris väikese tüdruku silmi. Siis otsustas ta, et need on parandamatult kahjustatud, ja sosistas: „Kas sa oled, üks neist kolmest?"

„Ja," ütles Lia tõlgituna jah. kui aeg peatus.

Ingel, kelle nimi oli Haniel, saabus. Ta laulis Liale rahustavat uinumislaulu, samal ajal kui ta eemaldas klaasi.

Inglise keeles olid laulusõnad:

„Kurblik kurb väike tüdruk istus maha

Jõe kaldal.

Tüdruk nuttis kurvastusest

Sest tema mõlemad vanemad olid surnud."

Hollandi keeles oli laulusõnad järgmised:

„Asn d'oever van de snelle vliet

Eeen treurig meisje zat.

Het meisje huilde van verdriet

Omdat zij geen ouders meer had."

Õnneks väike Lia magas, nii et ei saanud uinumislaulu sõnadest ehmatada.

Kui Haniel oli lõpetanud Lia kõige hullemate haavadega tegelemise, pani ta käed puusadele ja lõpetas laulmise.

Ülesanne oli peaaegu lõpetatud, nüüd oli tal vaja vaid panna alus oma protegendi uutele silmadele.

Lia kaks väikest kätt olid pallikesteks rullitud. Tihedad väikesed rusikad. Haniel laskis oma tiibadel õrnalt hellitada suletud sõrmi, meelitades neid lahti.

Kui Lia peopesad olid avatud, joonistas ingel Haniel nimetissõrmega mõlemale peopesale silmakujutise. Sõrmedele joonistas ta kummalegi üheainsa joone, mis viis peopesast kuni sõrme otsani. Oma ülesande lõpetas ingel Haniel, suudles Liat õrnalt otsaesisele, seejärel oma

SWISH!

kui ta kadus.

Aeg algas uuesti ja meie vapper väike Lia ei karjunud ikka veel. Šokk teeb seda keha kaitsemehhanismina ja aja peatamisega peatus ka valu. Kui Lia lõpuks karjus, ei suutnud ta enam lõpetada. Mitte siis, kui kiirabi saabus. Või siis, kui ta tõsteti kanderaamil sõidukisse, kus sireen ühines tema karjumise kooriga. Või siis, kui ta kanderaamil haiglasse lükati. Mitte siis, kui talle valgustati suure valgusega näkku, mida ta küll tundis, kuid ei näinud.

Ta lõpetas karjumise, kui teda rahustati. Siis kasutasid nad uusimat tehnoloogiat, et eemaldada allesjäänud klaas. Kuid iga klaasitükk oli juba eemaldatud. Kirurgid läksid edasi ja sidusid ta silmad kinni ning viisid ta siis oma tuppa taastuma.

Pärast operatsiooni saabus Lia ema Samantha. Ta oli saanud punase silma lennuki Londonist. Ta kohtus kirurgiga, samal ajal kui tema tütar magas edasi.

„Mul on kahju, aga ta ei näe enam kunagi," ütles ta.

Lia ema surus oma rusika suhu, võideldes vastu tahtmist ulguda.

Arst ütles: „Ta võib õppida pimedate kirjatähte ja käia nägemispuudega inimeste koolis. Ta on õppimiseks suurepärases vanuses ja imeb teadmisi endasse. Peagi saab viiplemine tema jaoks teiseks loomulikuks."

„Aga minu tütar tahab saada balletitantsijaks. Kas te olete kunagi näinud või kuulnud pimedatest kutselistest tantsijatest?"

„Alicia Alonso oli osaliselt pime. Ta ei lasknud sellel end tagasi hoida."

Lia ema patsutas oma magava tütre kätt. „Aitäh, ma leian tema kohta üksikasju internetist. Seitse aastat on liiga noor, et unistusest loobuda."

„Ma olen nõus. Nüüd puhka ka sina natuke. Lia peaks varsti ärkama ja ta vajab, et sa oleksid tema jaoks tugev. Selleks, kui sa talle ütled. Kui sa tahad, et ma ka siin oleksin, anna mulle teada."

„Tänan teid, doktor, ma püüan kõigepealt ise hakkama saada."

Kui uks sulgus, puudutas Lia ema jälgi tütre näol. Jäänud jäljed nägid välja nagu vihased vihapisarad. Siis vaatas ta Lia magavat lapsehoidjat Hannah'd. Kui ta temast mööda läks, et vett tuua, andis ta kogemata tahtlikult jalaga vasakule kingale hoopis jalga, et teda äratada. „Väljas!" ütles ta, kui Hannah haigutas.

Nüüd lasi Lia ema Samantha koridoris oma emotsioonid tagasi hoidmata välja. „Kuidas sa võisid lasta mu lapsega nii juhtuda? Kuidas sa võisid!? Ühel hetkel olin ma ärikohtumisel - järgmisel pidin ma oma ärireisi katkestama ja võtma esimese lennu Londonist välja! Mis juhtus? Kuidas see juhtus?"

„Me olime just tagasi tulnud balletitunnist. Ma valmistasin õhtusööki ja Lia lõpetas oma kodutööd. Lambipirn põles vist läbi. Ta võttis koridorikapist teise ja püüdis seda ise välja vahetada, kuid see plahvatas. Kui ta karjus, olin ma sekunditega kohal ja ziekenwagen (kiirabi) saabus kiiresti. Ma olen palvetanud, et tema silmad oleksid korras, et ta saaks terveks.“

„Sa palvetad siis unes, eks ole?“ Samantha küsis vastust ootamata. „Artsen (arstid) ütlevad, et ta ei näe enam kunagi,“ ütles Samantha ebasõbraliku mürgisusega oma esituses.

Vahepealoli Lia unes, kus ta lendas koos ingliga. Ta hoidis käed ümber mehe kaela, kui ta kugeldas vastu tema rinda. Ratastooli liikumine õhus kiigutas ja lohutas teda.

Siis keeras ta mõtted ümber ja ta vaatas ülevalt alla metallist konteinerit. Konteiner istus tiibadega ratastooli istmel. Seda transporditi sinna, kuhu ta ei teadnud.

Ta hoidis üles oma parema käe ja siis siin vasaku ja nende abil nägi ta, et selle sees oli lõksus ingel/poiss. Tal oli lahke nägu, silmad sinisemad kui taevas ja kuldsed laigud, mis panid need sädelema, kuigi ta oli pimedas. Tema juuksed olid, enamasti blondid, välja arvatud mõned hallid kiharad kihvad. Kuid kõige kummalisem oli must triip keskel. See muutis poisi vanemaks.

Ratastooli istmel sõitev ingel/poiss konteineris lendas unenäos väikesele tüdrukule lähemale. Ta puudutas konteinerit, ja kui ta seda tegi, võis ta tunda ja kuulda ingel/poisi südamelööki selle sees. Mitte ainult seda, vaid ta võis ka lugeda tema mõtteid ja emotsioone.

Lia ärkas üles ja hüüdis: „Ema! Hannah! Tule kiiresti!"

„Ma olen siin, kullake,“ ütles ema, kui ta jõudis tagasi tütre voodi juurde.

Hannah pühkis silmad ja astus uuesti tuppa.

„Pole aega, ema, et sa Hannah'd süüdistada. See oli õnnetus. Pealegi on meie abi vaja. Palun leia mulle paber ja pliiatsid - KOHE.“

„Ta on deliiriumis!“ Samantha hüüatas. Ta kontrollis tütre otsaesist temperatuuri. See näis olevat korras.

Hannah tõi oma kotist nõutud esemed ja pani need Liale kätte.

Kahtlemata hakkas Lia joonistama. Ta kraapis paberit nagu inspireeritud kunstnik. Samantha ja Hannah vaatasid uudishimulikult.

Esimene pilt, mille ta joonistas, kujutas poissi metallist kuulikujulise konteineri sees. Konteiner toetub ratastooli istmele ja ratastoolil on tiivad. Ingli tiivad. Lia keeras lehte ja joonistas teise pildi, millel oli poiss/ingel sees igast küljest. Kõikidest külgedest. Pärast esimest pilti joonistas ta maniakaalselt veel mitu ja viskas need siis õhku.

Pildid, justkui tuulepuhangusse sattununa - tantsisid mööda tuba ringi, hõljudes siis üles, alla, siis ümberringi. Nagu oleksid nad olnud maagilise loitsu all. Üks piltidest ajas lapsehoidjat taga, nii et ta jooksis karjudes toast välja.

Lia sulges rusikad tihedalt kokku, siis muheles mingeid kuuldamatuid sõnu.

„Kas ma peaksin arsti kutsuma?“ küsis tema hüsteeriline ema. „Mu laps, oh ei, mu vaene laps!“

Hannah pöördus tagasi, vaadates värisedes, kuidas Lia oli taas magama vajunud.

Kaks naist istusid lapse voodi ääres. Nad vaatasid, kuidas Lia rahulikult magab, kuni lõpuks ka nemad magama vajusid.

Lia ei näinud oma pähklikarva silmadega, millega ta oli sündinud. Need olid asendunud tema peopesade silmadega.

Tema uutesse peopesadesse paigutatud silmadesse kuulus iga normaalne osa silmast. Nagu pupill, iiris, sklera, sarvkest ja pisarakanal. Igal peopesasilmal oli silmalaud. Ülemine algas sealt, kus sõrmed lõppesid. Alumine lõppes seal, kus algas randmik.

Mis puutub ripsmetesse, siis igale sõrmele oli tätoveeritud juuksejoon. Silmalae ülaosast kuni selleni, kus algas küünar, nagu ka pöial.

Mis oli hea, sest ükski noor tüdruk ei taha, et sõrmedel kasvaksid karvad.

Eriti mitte selline väike tüdruk nagu Lia, kes lootis ühel päeval saada suureks balletitantsijaks.

PEATÜKK 2

Kuita ärkas, olid tema peopesad väga sügelevad. Tegelikult sügelesid need rohkem kui kunagi varem. See meenutas talle midagi, mida tema vanaema oli kunagi öelnud. Vanaema ütles, et kui su parem käsi sügeles, tähendas see, et sa saad raha ja seda ohtralt. Kui su vasak käsi sügeles, tähendas see, et sa kaotad raha. Ta ei öelnud kunagi, mis juhtub, kui mõlemad peopesad sügelevad korraga.

Konteinerisse lõksu jäänud ingli/poisi pilk tõmbas ta tagasi reaalsusesse. Ta avas peopesad, valmistudes kratsimiseks. Selle asemel oli šokeeritud, kui nägi neis end peegeldumas. Ta naeratas, nagu poseeriks ta selfie jaoks.

Kuna ta polnud ikka veel sajaprotsendiliselt kindel, kas ta nägi unenägu, pööras ta mõlemad peopesad endast eemale. Tema kavatsus oli teha panoraamvaade ruumist.

See oli sisustatud, nagu ujuks ta akvaariumis. Klounkalad ja kuldkalad ajasid üksteise saba taga. Ta jätkas käte liigutamist mööda tuba, kuni leidis Hannah'. Siis leidis ta oma ema. Ta vingus rõõmsalt.

Lia ema Samantha hüppas üles, nagu ka Hannah.

„Mis see on, beebi?"

„Emme? Ma näen sind.“

„Muidugi näed, mu kullake.“

„Kas sa usud mind?“

„Jah, muidugi usun ma sind. Aga ütle mulle enne, miks sa joonistasid tiibadega ratastooli? Ratastoolidel ei ole tiibu.“

Ta ei näe mu uusi silmi, mõtles Lia. „Ma armastan sind, emme, aga mõnel ratastoolil on tiivad ja mõned inglid lendavad tiibadega ratastoolis.“

„Ma armastan sind ka, beebi,“ vastas ta. „Mis poiss/ingel? Kas sa nägid unenägu?“

„On üks poiss-ingel,“ ütles Lia.

„Poiss/ingel? Kus beebi?“

Lia avas peopesad ja mõtles inglipoisile. Ta mõtles nii kõvasti, et nägi teda, kuulis teda, tundis tema kohalolekut oma mõtetes. „Ingel/poiss tuleb siia, et mind näha,“ ütles ta.

„Siia, kullake?“ küsis ema, heites pilgu lapsehoidja suunas, kes kehitas õlgu.

„Jah, ingelpoiss vajab minu abi. Ta tuleb minu juurde Põhja-Ameerikast.“

„Kui sa neid pilte joonistasid,“ küsis Hannah, „kas sa joonistasid ingli/poisi mälestusest?“

„Või unenäost?“ küsis ema.

„See algas unenäost, aga nüüd näen teda ka ärkvel olles.“

„Kui sa näed mind, beebi, siis mida ma kannan?“

„Ma näen sind, emme, mitte oma vanade silmadega. Aga oma uute silmadega. Sul on punane kleit seljas, pärlitega kaelas.“

Vanem patsient, kes möödus tema toast, jäi seisma, kui nägi last, kes hoidis oma peopesad ees lahti. *See on tema*, mõtles ta ja selle kinnitamiseks ei pidanud ta kaua ootama.

Sest Lia, tajudes teise inimese kohalolekut, pööras oma vasaku peopesa ukse suunas. Vanamees nägi, kuidas tema peopesa vilksatas, siis astus ta silmapiirilt välja.

„Ta arvab," pakkus Hannah, pöörates Lia tähelepanu uksest eemale.

Õde saabus ja Lia, kes polnud teda varem näinud, ütles: „Tere, õde Vinke."

„Kas me oleme varem kohtunud?" Õde Heidi Vinke küsis.

Lia kikerdas. „Ei, aga ma oskan teie nimesildi lugeda."

„Ta ütleb, et näeb, oma uute silmadega," ütles Lia ema.

„Olgu, olgu," vastas õde Vinke, hoolitsedes väikese tüdruku asemel ema eest. Laps ei pannud pahaks, kui õde Vinke viis ema välja, et temaga kahekesi rääkida.

„See on normaalne, et teie tütar kasutab sellistes oludes oma kujutlusvõimet, ta on kaotanud nägemise. Ta on õnnelik väike asi, kuigi temaga on juhtunud kohutav asi."

Samantha noogutas ja nad läksid kahekesi tagasi Lia juurde.

„Sa pead olema väsinud laps," ütles õde Vinke, võttes väikeselt tüdrukult pulssi.

„Ma ei ole," ütles Lia. „Ma ärkasin just üles ja ma ei taha enam tagasi magama minna. Kui ma nüüd magan, siis võin ma temast ilma jääda."

„Keda igatsema?" Vinke küsis, pannes väikese tüdruku kinni.

„Miks, poiss/ingel," ütles Lia. „Ta tuleb nüüd lähemale. Peaaegu siin - ja ta vajab minu abi. Ma ei jõua ära oodata, et temaga kohtuda. Ta on reisinud pika, pika tee, et mind näha."

„Nii, nii, lapsuke," kurtis Vinke. Ta surus Lia käsivarre unenägu tekitavat ravimit täis nõela.

Lia protesteeris, aga siis jäi kohe magama.

„Öö, öö, laps," guugeldas ema.

✳✳✳

Taläks tagasi oma tuppa ja võttis telefoni. Siis nõudis ta välistelefoni.

„Ta on siin," sosistas ta telefoni. „Ma nägin teda ise - siinsamas haiglas, minu toast koridori lõpus."

Tekkis vaikus, siis klõpsatus teises otsas. Vana mees tõusis voodisse. Ta lülitas puldiga televiisori sisse.

Tema lemmikprogramm: Now or Neverland (tuntud ka kui Fear Factor) oli just alanud. Ta tahtis näha, mida need hullud lollakad selle nädala episoodis ette võtavad.

PEATÜKK 3

S kuni hõbedase kuuli sees kramplikult, ei tundnud E-Z end enam nii üksi. Sest oma mõtetes rääkis ta väikese tüdrukuga.

Ta oli tulnud tema mõtetesse valgusvihu ja karjumise saatel. Ta oli saanud vigastada. Ta vaatas, kuidas ingel Haniel teda aitas. Ta kuulas, kuidas Haniel laulis väikesele tüdrukule laulu, samal ajal kui ta klaasi eemaldas.

See, mis järgnes, oli ootamatu. Ingel Haniel joonistas väikese tüdruku peopesale ja sõrmedele jooned. Haniel kinkis lapsele uutmoodi nägemise. Ja peopesasilmad.

Ta teadis kohe, et väikese tüdruku saatus on seotud tema omaga.

Esialgu ei suutnud ta temaga suhelda, kuigi ta võis teda mõtetes näha. See oli justkui ta vaataks vaimus televiisoriprogrammi ilma helita. Siis, kui laps nägi unes, tuli ta tema juurde ja pani oma käed kuulile, millesse ta oli lõksu jäänud. Siis teadis mees, mida naine teadis, ja naine teadis, mida mees teadis, ja nad olid omavahel seotud.

Esimesed sõnad, mida ta oli talle öelnud, olid: „Mulle ei meeldi pimedus.“

E-Z oli vastanud: „Ära karda. Ma olen siin. Minu nimi on E-Z. Ja mis on sinu nimi?"

„Minu nimi on Cecilia," vastas laps. „Aga mu sõbrad kutsuvad mind Lia. Sa võid mind Lia'ks kutsuda. Ma olen seitse aastat vana. Kui vana sa oled?"

E-Z oli arvanud, et laps on noorem. „Ma olen kolmteist," ütles ta. „Ma olen Põhja-Ameerikast."

„Ma elan Hollandis," ütles Lia.

Mõlemad vaikisid, kui Lia kasutas oma peopesa silmi, et vaadata teda teraskuuli sees.

„Mida sa seal sees teed?" küsis ta.

E-Z mõtles enne vastamist. Ta ei tahtnud last hirmutada, tõelise looga selles, et ta oli peainimese poolt katsumuseks röövitud. Ta tahtis talle tõtt rääkida, aga ta ei olnud kindel, et tüdruk suudaks tõtt käsitleda, kuna ta oli nii noor.

Ta ütles: „Ma ei ole päris kindel, miks mind siia pandi, aga ma arvan, et see oli, et mind pandi siia, et kohtuda sinuga." Ta kõhkles, kratsis pead ja küsis: „Kas sa tunned Erielit?"

Lia oli meelitatud, et mees tuli teda vaatama, kuid oli mures, et ta on niimoodi tema kasuks transporditud. „Mul on väga kahju, kui sind sunnitakse vastu su tahtmist, reisides siia, et minuga kohtuda. Oh ja ei, see nimi ei ole mulle teada."

E-Z oli Lia suhtes väga uudishimulik. Kuna naine ütles, et ta on hollandlane, avaldas talle äärmiselt suurt muljet, kui hea oli tema inglise keel.

„Ma tundsin sind, aga ei näinud sind enne, kui silmad, mu uued silmad kasvasid. Enne seda suutsin ma sinu mõtteid lugeda. Kas sa oskasid lugeda minu omi? Oh, ja aitäh, minu inglise keele kohta."

„Ma nägin, mis sinuga juhtus, õnnetus. Mul on sügavalt kahju, et sa said vigastada. Ma ei saanud sind aidata, selle asja tõttu." Ta peksis rusikatega vastu seina. Ta kattis oma kõrvad, kui paiskuv müra kajastus. „Kui sa unes nägid, siis olid sa minuga. Minu peas."

Lia sulges parema rusika, jättes vasaku lahtiseks ja puudutades välisseina. Tema peopesa vilksatas lahti ja siis sulgus, lahti ja siis sulgus. Ta ei öelnud midagi, vaid vaatas ettepoole nagu transis olev inimene.

E-Z otsustas sel ajal talle oma lugu jutustada.

„Mu vanemad hukkusid autoõnnetuses. Ja ma kaotasin oma jalgade kasutamise."

Ta peatus siinkohal. Mõtles, kui palju ta peaks talle rääkima.

See kõhklus tegi tema jaoks otsuse.

Ta oli sügavalt magama jäänud.

PEATÜKK 4

Haiglas oli**tööl**uus arst. Ta vaatas lühidalt Lia kaarti. Nähes, et Cecelia magab ikka veel, sosistas ta emale.

„Me peame viima teie tütre teisele korrusele, et teha veel üks skaneerimine.“

„Kas see on hädavajalik?“ Lia ema küsis. „Ta magab nii rahulikult, oleks kahju teda üles äratada.“

Arst, kelle nimesilt oli meditsiinijope krae all, naeratas. „Ei ole vaja teda äratada. Me võime ta magades masinasse libistada. Mõned patsiendid, eriti nooremad, eelistavad seda nii.“

Samantha vaatas oma kella. „Muidugi, ma lähen koos temaga alla.“

„Pole vaja,“ ütles arst. „Mul on assistendid kohe tulemas. Kasutage aega, et võtta endale võileib või tass kummeliteed - mu naine vannub selle kraami peale. Aitab teda lõõgastuda ja magama.“

„Tänan teid,“ ütles Samantha, kui kaks abilist saabusid. Kaks jõulist, tänavarõivais meest tõstsid Lia voodist üles ja asetasid ta ratastega kanderaamile. Arst tõmbas kanderaami alt välja teki ja pani selle Liale peale. „Me hoiame teda soojas ja oleme värsti tagasi. Ärge unustage, et kasutage seda aega ära, et end teele või kohvile hellitada."

Samal ajal kui Hannah edasi magas, jälgis Samantha, kuidas saatjad ja arst tema tütart mööda koridori lükkasid. Nüüd lifti juures oodates jälgis ta tähelepanelikumalt. Kui liftiuksed sulgusid, kõndis ta mööda koridori, ignoreerides sisetunne, mis teda närvitses. Ta pühkis selle eemale, öeldes endale, et tal on nälg, ja suundus kohvikusse. See oli väga hõivatud. Enamasti olid seal töötajad, kes kandsid kombinesooni.

Kui ta oma teed valmistas ja jõi, tuli talle meelde, et ükski töötaja ei kandnud tänavariietust.

„Vabandust," ütles ta ühele arstile. „Mis on teisel korrusel? Kas seal tehakse röntgenülesvõtteid ja kehaskaneeringuid?"

Mees raputas pead: „Teine korrus on sünnitusosakond."

Samantha tõusis toolilt, lükkas oma kuuma tee ümber ja valas selle sülle, kui ta seda tegi. Abilised tulid igast suunast, kui ta karjus.

„Minu tütar!" hüüdis ta. „Arst koos kahe assistendiga viisid just minu tütre Lia kanderaamil ära. Nad ütlesid, et viivad ta teisele korrusele mõneks testiks. Kui teine korrus on raseduse jaoks, siis miks nad teda ära viisid?

Tema väljaastumine tõmbas liiga palju tähelepanu. Nii et arst, kelle poole ta oli pöördunud, meelitas ta välja.

Nad pöördusid tagasi Lia tuppa. Samantha seletas kõike lähemalt. Hea, et ta oli vaadanud oma kella, et ta saaks neile öelda täpse aja, millal see kõik juhtus.

„See on tõsine asi," ütles doktor Brown. „Jätke see minu juurde. Meil on kogu haiglas turvakaamerad. Võib-olla kuulsite te teise korruse kohta valesti? Võib-olla on ta seitsmendal korrusel, kus teda just praegu skaneeritakse. Jäta see minu teada. Istuge siin ja ma tulen teie juurde tagasi niipea kui võimalik."

Samantha istus maha ja seletas Hannah'le kõik ära. Nad jagasid tuunikalavõileiba ja püüdsid kõvasti mitte muretseda.

✳✳✳

KuiLia edasi magas, lahkusid hoonest mees, kes tegelikult ei olnud arst, ja praktikandid, kes ei olnud praktikandid. Nad läksid ootava auto juurde. Jätsid kanderaami parklasse.

Doktor Brown kutsus administraatori kokku. Kasutades videovalvet, olid nad Lia röövimise tunnistajaks. Nad hoiatasid politseid, andes sõiduki kirjelduse. Kahjuks ei salvestanud kaamerad numbrimärgi andmeid.

„Ootame natuke," ütles haigla administraator Helen Mitchell. Ta oli paari päeva pärast pensionile minemas. „Enne kui me väikese tüdruku ema teavitame. Me ei taha teda muretseda."

„Ma ei saa seda teha," ütles doktor Brown.

„Politsei võib lapse varsti tagasi tuua."

„Ma loodan, et teil on õigus. Siiski on see murettekitav. Loodetavasti ei jõua nad kaugele."

Telefon helises, see oli politsei. Nad andsid väikese tüdruku kohta välja kõikvõimaliku teadeteate (APB). Nad palusid temast hiljutist fotot.

„Nad tahavad hiljutist fotot," ütles Helen Mitchell.

„Ainus võimalus seda saada on küsida tema emalt,“ ütles doktor Brown.

Helen noogutas, kui Brown pöördus lahkuma.

„Ütle neile, et me faksime selle niipea üle.“

„Ma saadan kellegi traumameeskonnast üles,“ ütles Helen. Siis politseile telefoni teel: „Ta on pime ja ainult seitsmeaastane. Miks kurat küll need kolm meest läksid nii keeruliseks, et teda niimoodi haiglast ära viia?“

„Ma ei oska öelda,“ ütles politseinik teises otsas.

PEATÜKK 5

E-Z teadis kohe, et midagi ei ole tema uue sõbra Lia puhul õige. Ta pidi magama oma haiglavoodis, kuid tema voodi oli liikvel. Mis?

Ta kaalus naise äratamist, kuid mida ta saaks teha isegi siis, kui ta seda teeks? Ei, parem on, kui ta magab edasi - kuni ta suudab ta üles leida ja päästa. Nii nagu see oli, unistas ta usinalt endast balletitantsu esitades. Ta polnud kunagi varem balletile suurt tähelepanu pööranud, kuid talle tundus, et see väike tüdruk oli andekas. Ja ta tantsis, kasutades üle lava liikudes silmi oma kätes.

E-Z transportis end mõtetes ilma suurema vaevata tema kohale. Seal ta oli, kiiresti magades liikuva sõiduki tagaistmel. Ta nägi nii rahulik välja, sest ta oli mõtetes eemal ja tegi midagi, mida ta armastas - tantsimist.

Ta laiendas oma pilku ja nägi kolme pead. Üks neist, kes juhtis, oli normaalse suuruse ja kasvuga. Seevastu teised kaks meest nägid välja nagu jalgpallurid.

„Kiirenda!" E-Z käskis oma toolile, kuid see oli seda juba teinud.

Kuidas ta oleks võinud teda aidata, kui ta oli ikka veel hõbekuuli sees lõksus? Ta pidi selle puruks lööma - ja pigem varem kui hiljem. Siiani polnud kõik katsed seda purustada õnnestunud.

Ta imestas, miks mehed olid ta kaasa võtnud. Kas nad teadsid tema võimetest? Kuidas nad võisid teada? Enamikus haiglates oli videovalve, kas nad võisid teda jälgida? See ei olnud siiski mõttekas. Ta oli seitsmeaastane pime tüdruk. Mida nad temast tahtsid?

Kui E-Z kiirelt üle taeva põles, ei saanud ta muud teha, kui küsida, miks nad ta röövisid. Kas nad kavatsesid nõuda lunaraha?

Igal juhul, kui nad just seda tahtsid, oli see tema jaoks mõistlikum. Parem kui see, et nad teadsid, et teda nähti. Lisaks veel erilised võimed. Siiski oli tema esmatähtis eesmärk pääseda kuulist välja.

Ta karjus. Nagu ta oli seda juba mitu korda varem teinud: „HELP!"

POP.

„Tere," ütles Hadz E-Z õlale istudes. „Mida kuradit sa siin teed? See koht on sinu jaoks liiga väike." Hadz pööritas silmi.

E-Z oli Hadzi nägemisest rohkem kui pisut elevil. Ta haaras väikesest olendist kinni ja kallistas teda tihedalt rinnale.

„Uh, vaata tiibu," ütles Hadz.

E-Z lasi olendi lahti. „Aitäh, et sa tulid ja vastasid mu kutsele. Mul on täiesti vaja, et sa aitaksid mul välja mõelda, kuidas sellest asjast välja saada. Ma tean, et sind on minu juhtumist eemaldatud, aga seal on väike tüdruk nimega Lia ja ta on ohus ja vajab mind. Sa pead lihtsalt aitama. Ma olen kindel, et Eriel mõistab."

„Oh, nii et sa ei taha siis selles asjas olla?" Hadz küsis.

„Ei, ma ei taha siin olla. Ma tahan välja, aga kuidas?“

„Lihtsalt tee seda,“ ütles Hadz.

„Ma olen kõike proovinud. Küljed ei liigu. Kutsusin Erieli appi, aga ta ütles, et ma olen siin üksi.“

„Ah, see ei meeldiks talle. Ma ei peaks aitama, aga ühe asja võin sulle öelda: arvesta oma ümbruskonnaga.“

„Sellest pole abi,“ ütles E-Z, püüdes mitte täiesti närvi minna. „Ma palusin tooli, et ta mind onu Sami juurde viiks. Ta saaks mind kindlasti sellest asjast välja. Aga tool ignoreeris mu soovi. Nüüd on väike tüdruk hädas ja ta vajab minu abi. Kui ma ei pääse välja, siis ei saa ma ennast aidata ja kui ma ei saa ennast aidata, siis ei saa ma teda aidata. Palun. Ütle mulle, kuidas siit välja pääseda. Zap mind välja või midagi.“

Olend raputas pead ja lendas siis kuuli otsa. Puudutas selle otsa. „Arvesta füüsikaga. Kui sa oled kuuli sees, mida see asi meenutab, siis tuleb sind välja lasta. Tulistatud. Õige?“

E-Z kaalus oma võimalusi. Ta võis öelda toolile, et see laseb ta maha, tulistades teda maa poole. Maapind katkestaks tema kukkumise. Kas see murdaks kuuli laiali? Ta otsustas, et see oli riski väärt. „Okei,“ ütles E-Z, “ma pean panema tooli mind alla laskma, eks?“

Olend naeris. „Sa oled naljakas, E-Z. Kui sa sellelt kõrguselt alla kukuksid, oleks see asi maasse põimunud. Seda eeldusel, et see ei plahvataks kokkupõrkel. Ja koos sinuga selles.“ Ta naeris jälle. „Või sa ei surnud kukkumisel. Kui sa surid, ei saanud sa väikest tüdrukut päästa. Hei, millisest väikesest tüdrukust sa üldse räägid?“

„Tema nimi on Cecelia, Lia, ja ta on Hollandis, mitte kaugel sellest, kus me praegu oleme.“

Hadz tundis konteineri otsa, mida E-Z ei näinud ega saanudki kätte. Olend lükkas seda. Silinder pääses lahti ja paiskus lahti nagu tulp. Hadz aitas E-Z'i kuulist välja ja peagi istus ta oma toolil, hoides asja süles. E-Z tiivad avanesid. Neid tundus hea välja sirutada.

E-Z lendas üle taeva, kandes silindrit, mille ta Põhjamerre kukutas.

Trio, E-Z, tool ja Hadz, lendasid suure kiirusega Põhja-Hollandi poole, kus auto kiirustas.

„Aitäh," ütles E-Z.

„Pole midagi," vastas Hadz. „Ma jään siia, kui te mind vajate."

„Suurepärane!"

PEATÜKK 6

E-Z jõudis autole järele, mis oli nüüd Zaandami lähedal. Ta kontrollis ja Lia magas ikka veel tagaistmel. Ta ei unistanud siiski enam, nii et ta muretses, et ta võib varsti ärgata.

Tema ratastool muutis kurssi, kiirendas ja nullistas auto, seejärel hõljus selle kohal. Valedoktor, kes juhtis, märkas ratastooli nende taga küljepeeglist.

„Wat is dat vliegende contraptie?" küsis ta. (Tõlge: „Mis on see auto? Mis on see lendav konstruktsioon?"

Kaks pätti pöörasid pead.

Üks ütles: „Ik weet het niet, maar versnel het!" (Tõlge: I don't know but speed it up!"

Teine kurjategija naeris ja võttis siis armatuurlauakastjelt relva välja. (Tõlkes: kindalaekastist.) Ta kontrollis, kas seal on padrunid. Napsas selle kinni ja klõpsas lukustuse ära.

E-Zi ratastool maandus kolksatusega auto katusele.

Juht pidurdas tugevalt, mille tagajärjel ratastool libises ettepoole. See libises tuuleklaasi ettepoole, siis üle kapoti.

E-Z tõstis end üles, hõljus ja pöördus nende poole.

„Mida?" hüüdis juht, kui ta kaotas kontrolli auto üle, mille tagajärjel see libises ja läks siksakiliseks.

E-Z ja ratastool tõstsid end üles, tagurdasid ja haarasid kinni auto kaitserauast, mille tagajärjel see peatus.

Koheselt paiskus sõitja lahti ja tulistati.

Tagaistmel norskas Lia edasi.

Püssiga pätakas veeretas end uksest välja, seejärel valmis põlvedel E-Zi pihta tulistama.

Hadz tuli välja ja lükkas püstoli pätti pätil käest välja. Seejärel sidus ta mehe käed selja taha ja jalad selja taha, nagu oleks ta vasikas rodeol.

Teine kurjategija läks otse E-Zi poole, kes lõi teda oma vööga lassoga kinni. Kurjategija kukkus ümber, nii et ta sai vöö hõlpsasti ümber oma jalgade keerata.

Mees üritas ära hüpata, kuid ei jõudnud kaugele. Nüüd, kui ta oli peatatud, läksid nad tooli puurimismehhanismi abil arsti kallale. Arst jäi kinni ja liikumisvõime kaotati.

Lia magas kogu selle läbi, isegi kui Hadz ta sõidukist välja tõstis ja ohutusse kohta kandis.

E-Z paigutas kolm meest kõrvuti auto tagaistmele.

„Kellele te töötate?" nõudis ta.

Hadz ohkas: „Nad ei mõista inglise keelt." Meestele tõlkis ta E-Z küsimuse. Pärast seda, kui võltsdoktor oli vastanud, tõlkis Hadz. „Ta ütleb, et nad ei tea, kelle heaks nad töötavad."

„See on naeruväärne. Nad röövisid lapse haiglast. Küsige neilt, kuhu nad teda siis viisid? Ja kuidas nad temast teada said?"

Hadz tõlkis. Valearst vastas jälle: „Meile öeldi, et me viiksime ta dokki ja keegi ootaks teda seal. See on kõik, mida me teame."

E-Z ei uskunud neid, kuid Hadz kinnitas, et nad tõepoolest räägivad tõtt. „Mida te nendega teha tahate?" küsis ta.

„Kas sa saad nende mõtted ära pühkida? Ja nende meeled, kellega nad on seotud." Need kolm on hammasrattad masinavärgis. Me tahame kustutada nende meelt, kes on dokis. Nii et nad kõik unustavad ta - igaveseks."

„Tehtud," ütles ta.

„Vau, sa oled kiire!"

E-Z ja Hadz tooliga suundusid tagasi haiglasse, just siis, kui Lia hakkas ärkvele ärkama. Ta liigutas pead, tundis, kuidas tuul tema juukseid puhus, ja kugeldus E-Zi rinnale. Ta avas oma parema peopesa ja vaatas oma sõpra, poissi/inglit. Ta naeris ja kallistas teda kõvasti. Kui ta märkas väikest haldjasarnast olendit E-Z õlal, kasutas ta oma peopesa silmi, et teda vaadata.

„Sa oled nii väike ja armas," ütles ta.

„Rõõm mulle," ütles Hadz. „Ja tänan sind."

Nad lendasid haigla poole.

„Sa oled nüüd ohutu," ütles E-Z.

„Ja sa ei ole enam selles asjas," ütles Lia.

„Hadz aitas mul välja tulla," ütles E-Z tiibu lehvitades.

„Kust sa need said?" Lia küsis. „Kas ma võin neid saada?"

E-Z naeratas. Ta ei olnud kindel, kui palju ta peaks talle ütlema. Ta muretses, mida Eriel ütleks, kui ta liiga palju paljastaks. „Ma sain need pärast vanemate surma."

„Aga miks?" küsis väike Lia.

„Ma hakkasin inimesi päästma," ütles E-Z.

„Sa tahad öelda, et ma pole esimene inimene, keda sa päästsid?"

„Ei, ei ole."

Hadz puhastas kurku, mis oli signaaliks E-Z-le, et ta lõpetaks rääkimise.

Nad lendasid edasi vaikides. Väike tüdruk kallistas E-Z rinda. Ratastool teadis, kuhu ta peab minema. Hadz tundis end taas kord vajalikuna.

E-Z oli oma mõtetesse kadunud. Ta mõtles, kas Lia päästmine oli olnud peamine katsumus. Või kas kuulist välja saamine oli lõpetanud ülesande. Võib-olla oli see kaks ühe eest! Mitu oleks siis olnud? Ta pidi need üles kirjutama, et silma peal hoida. Seda oli ta teinud oma päevikusse, kuid viimasel ajal polnud tal palju aega asju kirja panna.

„Ma kuulen, kuidas sa mõtled," ütles Lia. Tal olid mõlemad peopesad lahti. Ta jälgis E-Z'd väljastpoolt, kuulates samal ajal, mida mees seestpoolt mõtleb. „Ma tahan nendest katsetest rohkem teada. Ja ma tahan teada, miks ma näen silmade asemel kätega. Kas sa arvad, et see Eriel teab?"

POP

Hadz ei jäänud vastust ootama.

„Haigla on allpool," ütles E-Z.

Tool laskus aeglaselt alla ja nad läksid haiglasse sisse. E-Z ja tooli tiivad kadusid. Ta lükkas mööda koridori ja leidis Lia toa. Tema ema ootas seal.

„Võtke see poiss kinni," karjus Lia ema.

E-Z oli hämmingus. Miks ta tahtis, et ta arreteeritaks? Ta oli just tema tütre päästnud.

„Aga emme," alustas Lia.

Politsei tuli sisse. Nad sirutasid E-Z taga ja panid tema käed käeraudadesse.

Enne kui nad need kinni panid, karjus Lia. Siis avas ta peopesad ja sirutas need enda ette. Tema peopesasilmadest tuli välja pimestav valge valgus, mis sundis kõiki ruumis viibijaid, välja arvatud teda ja E-Z-d, õigel ajal peatuma. Väike Lia peatas aja.

„Lahe! Kuidas sa seda tegid?" E-Z hüüatas, kui käeraudad kukkusid kolksatades põrandale.

„Ma, ma ei tea. Ma tahtsin sind kaitsta. Sind päästa." Ta peatus, kuulas. „Keegi tuleb, sa pead siit minema. Ma tunnen, et keegi teine tuleb ja sa pead minema."

„Keegi?" E-Z küsis. „Kas sa tead, kes?"

„Ma ei tea. Ma tean ainult seda, et keegi teine on tulemas ja sa pead minema - kohe."

„Kas sa oled, okei? Kas nad teevad sulle haiget?"

„Ma olen korras - nad tulevad sinu pärast - mitte minu pärast. Mine siit välja, kohe."

„Millal ma sind jälle näen?" E-Z küsis, kui ta haiglaakna puruks lõi ja välja lendas ning ootas naise vastust.

„Sa näed mind alati, E-Z. Me oleme omavahel seotud. Me oleme sõbrad. Sina saad siit välja ja mina hoolitsen ülejäänu eest." Ta puhus talle suudluse.

Lia läks voodisse, tõmbas teki kaelani ja teeskles, et magab enne, kui pani maailma taas liikuma.

„Mis juhtus?" küsis ema.

Kõik oli jälle hästi. Lia oli voodis vigastusteta.

Maailm jätkas oma tegevust nagu varemgi, samal ajal kui E-Z taas koju tiirutas.

„Aitäh, Hadz, et aitasid," ütles E-Z, kuigi ta oli läinud. Kuidagi teadis ta, et kus iganes ta ka ei oleks, kuulis ta teda.

PEATÜKK 7

E-Z lendas üle taeva **ja** sai aru, et tal on nälg. Tema all oli Big Ben. Ta otsustas maanduda ja hankida endale inglise kala ja friikartulid.

Kui ta laskus, märkas ta teel kiiresti liikuvat valget kaubikut. See oli paralleelselt kooliga. Ta nägi lapsevanemaid sõidukites ja jalgsi, kes ootasid oma lapsi.

Kui kaubik pööras nurga taha, kiirenes ta.

Tema ratastool paiskus ettepoole ja jäi sõiduki taha. Sõit muutus koolile lähenedes üha hoolimatumaks. Lapsed hakkasid välja tulema.

E-Z klammerdus kaubiku tagaosa külge. Kogu oma jõudu kasutades tõmbas ta selle vingudes täies ulatuses seisma.

Juht astus gaasile, püüdes eemale tõmmata. Tal polnud õnne. Nad ei näinud, mis või kes neid tagasi hoidis.

E-Z murdis pagasiruumi luku, jõudis sisse ja tõmbas välja ülestõmbekaablid. Tool paiskus ettepoole ja maandus sõiduki katusele. E-Z kasutas hüppetrossi, et siduda kabiini uksed kinni. Juht ei pääsenud välja.

Sireenide helid täitsid õhku.

E-Z tõusis lendu ja märkas, et mitmed inimesed pildistavad teda oma telefonidega, ning lendas üha kõrgemale ja kõrgemale.

Tema kõht korises ja talle meenus kala ja friikartulid. Kuna tal polnud Briti valuutat, ei saanud ta nende eest niikuinii maksta, nii et ta võttis suuna koju.

Mõtles, et onu imestab, kus ta on, mõtles ta, et jätab sõnumi ja hakkas seda tegema: „Ma olen teel koju."

Klõps.

„Kus sa oled?" Onu Sam küsis.

E-Z oli rahul, et see ei olnud sõnum!

„Ma lihtsalt lendan üle Suurbritannia. See on meeldiv päev lendamiseks, eks ole?"

„Mis? Kuidas?"

„See on pikk lugu, seletan, kui olen tagasi."

„Kas sa oled lennukis?"

„Ei, ainult mina ja mu tool."

Allpool nägi E-Z, kuidas inimesed teda pildistasid. Kui ta märkas kohaliku lennufirma 747, mis tuli tema poole, sai ta aru, et on hädas. Enne, kui ta jõudis kõrgemale lennata, tegid kaamerad pilte ja postitasid neid kogu sotsiaalmeediasse.

„Vabandust Eriel," ütles ta, võttes ennast kõrgemale. „Teate ju ütlust, et igasugune reklaam on hea reklaam? Noh..." E-Z naeris. Kui Eriel võis teda iga päev ja iga tund näha, siis miks pidi ta teda appi kutsuma? Midagi ei sobinud päris hästi kokku. Mitte mina, peainglid, ei tahtnud, et ta katsumused lõpule viiks.

Teda läbis külmavärin, kui taevas muutus, sest mustad pilved keerlesid ja pulbitsesid tema ümber. Ta lendas edasi, püüdes tempot tõsta, kuid siis hakkasid välgud ja ta pidi neist kõrvale hiilima. Siis meenus talle lennuk. Ta nägi, et see tegi edukat maandumist ja inimesed olid terved. Ta jätkas kodu poole.

Pärast tormi tulid välja tähed. Tema tool laperdas pidevalt tiibadega, samal ajal kui E-Z uinus.

„E-Z?" Lia küsis peas. „Kas sa oled seal?"

Ta tõmbus ärkvele, unustas, et istub toolis, ja kukkus välja. Ta hakkas kukkuma, kuid tema tiivad löödi sisse ja varsti oli ta jälle toolis.

„Kas kõik on korras, pisike?" küsis ta.

„Jah. Nad arvavad, et see kõik oli unenägu, et ma sinuga räägin. Joonistasin sinust pilte. Ema teab tõde, aga ta ei taha seda tunnistada."

„Oh, kas see teeb sulle muret?"

„Ei. Mu võimed suurenevad. Ma tunnen neid ja tean, et midagi on tulemas. Midagi, mille puhul sa vajad minu abi. Ma lähen varsti koju. Ma lähen küsin emalt, kas me saame sind külastada. Varsti."

„Mida? Sinu ema peaks helistama mu onu Samile ja nad saavad vestelda?"

„Jah, see on tark mõte. Ema on näinud fotosid ja ta on sinuga kohtunud, aga ta ei mäleta. Justkui oleks tema mõistus puhastatud või tema mälestused sinust magavad."

„Oled sa kindel, et see on õige?"

„Ma olen kindel. Ma pean olema seal, kus sa oled. Ma pean sind aitama."

E-Zi mõistus läks tühjaks. Lia oli kadunud.

Teismeline mõtles Liale, kes tuli Põhja-Ameerikasse. Ta oli väike tüdruk, nägijana käega, jah, aga kuidas ta saaks teda aidata? Ta oli aidanud tal põgeneda, kuid ta oli segaduses oma osaluse pärast. Ta ei tahtnud teda ohtu seada. Ta hüüdis taas Erieli poole. Ta kutsus esile laulu, kuid midagi ei juhtunud.

Ta vaatas maastikku, võttes hetkeks mõtteid väikesest tüdrukust. Ta oli nüüd peaaegu kodus. Jumal tänatud, et tema tool oli modifitseeritud ja ta võis reisida F-A-S-T!

PEATÜKK 8

E-Z märkas ees rannikut. Ta ohkas kergendatult, kuni märkas suurt lindu, mis suundus otse tema poole. Kui see lähenes, mõistis ta, et see oli luik. Aga mitte tavalise suurusega luik. See oli tohutu suur ja nii oli ka tema tiivaulatus, mida ta hindas üle saja viiekümne tolli. See oli sama luik, kes oli temaga varem rääkinud. Ja mitte ainult seda, vaid ta märkas ka linnu õlgadel helendavat punast valgust.

Luik keeras ja maandus siis raskelt tema õlgadele. See oli sõitnud autostopiga.

„Noh, tere," ütles E-Z, heites pilgu ilusale olendile, kui see end stabiliseeris.

„Hoo-hoo," ütles luik. Siis raputas ta pead, avas oma noka ja ütles: „Tere E-Z."

„Ma usun, et olen sulle tänu võlgu," ütles ta.

„Oh, oled väga teretulnud. Ja ma loodan, et sa ei pane pahaks, et ma sõitsin autoga," ütles luik ja kortsutas oma sulgi.

„Äh, pole probleemi," vastas E-Z.

„See on minu mentor Ariel," ütles luik.

WHOOPEE

Ingel asendas punase valguse.

„Tere," ütles ta, istudes E-Z põlvele.

„Uh, tore kohtumine," ütles ta.

„Kuidas ma saan olla abiks?" küsis ta.

„Ma loodan, et sina ja mu sõber luik siin suudavad moodustada partnerluse."

„Kuidas?" küsis ta.

„Minu protegendil on palju läbi elatud. Ta võib teile üksikasjadest rääkida, kui ta tunneb end valmis, kuid praegu on mul vaja, et te aitaksite teda, lubades tal teid katsetes aidata. Teil on abi vaja, jah?"

„Minu arusaamist mööda," ütles ta Arielile suunatult. Siis luigele: „Pole midagi sinu vastu, sõber." Nüüd Arielile, „on see, et keegi ei saa mind katsumustes aidata. See tuli otse Erielilt ja Ophanielilt."

„Ma olen selle nendega selgeks teinud. Niisiis, kui see on sinu ainus vastuväide." Ta tegi siis pausi.

WHOOPEE

ja ta oli kadunud.

Pärast seda sõitsid E-Z ja Luik edasi üle Atlandi ookeani ja edasi Põhja-Ameerikasse. Kuna ta tahtis alati Grand Canyoni näha. Seda pidi ta vaatama teinekord. Luik norskas ja muheles E-Zi kaela vastu.

E-Z sirutas käe taskusse ja tõmbas telefoni välja. Ta tegi luigega selfie'i. Ta hoidis telefoni käes, plaanides jäädvustada luike, kui see järgmine kord räägib. Ta vajas tõestust, et ta ei ole hulluks läinud.

Mõni aeg hiljem nullistas E-Z oma maja. Oli koolipäev, aga ta oli liiga väsinud, et minna. Kui tool hakkas laskuma, ärkas luik üles. „Kas me oleme juba kohal?"

„Jah, me oleme minu kodus," ütles E-Z ja vajutas telefonis salvestusnuppu. „Tahate, et ma teid kuhugi maha jätaks?"

„Ei, aitäh. Ma jään teie juurde," ütles luik, kui ta oma kaela pikendas, et heita pilk majale, kuhu ta jääks. „Sina ja mina, me peame rääkima."

E-Z vajutas play'ile, kuid see oli surnud õhk. Luike ei saanud salvestada. Kummaline.

Nad maandusid välisukse juures. E-Z pistis võtme lukku, kuid enne, kui ta jõudis seda avada, oli onu Sam seal. Ta kallistas oma vennapoega ja ütles: „Tere tulemast koju." Ta kratsis lõuga ja tundis veidi muret, kui nägi E-Z kaaslast, erakordselt suurt luike.

„Tore, et ma tagasi olen," ütles E-Z, astudes sisse.

Luik järgnes talle oma võrkjalgadega patsutades selja taga.

„Ja kes on sinu, uh, sulepeaga sõber?" Onu Sam küsis.

E-Z mõistis, et ta ei tea isegi luige nime.

Luik vastas: „Alfred, minu nimi on Alfred."

E-Z tegi ametliku tutvustuse.

Seejärel tassis luik mööda koridori E-Zi tuppa ja lendas tema voodile, et võtta hästi teenitud uinak.

E-Z läks onu Sami ratastel kööki.

„Mis kuradi asja see luik siin teeb?" Ta peatus, võttis külmikust piima. Ta valas vennapojale klaasi täis. „See ei saa siia jääda. Me peame selle vanni panema. Et kui see sobib. Ta on suurim luik, mida ma kunagi näinud olen. Kust sa selle leidsid ja miks sa selle siia tõid?"

E-Z neelas piima tagasi. Ta pühkis oma piimavahesid ära. „Ma ei leidnud seda, see leidis mind. Ja see oskab rääkida. See, ta, oli seal, kui ma päästsin selle väikese tüdruku ja kui ma päästsin selle lennuki. Ta ütleb, et me peame rääkima."

Onu Sam kõndis vastamata mööda saali. E-Z järgnes talle tihedalt, ilma et oleks rääkinud.

„Räägi!" Onu Sam nõudis.

Luik Alfred avas silmad, haukus ja läks siis jälle magama, ilma et oleks häältki andnud.

„Ma ütlesin, räägi," ütles onu Sam, püüdes uuesti.

Luik Alfred avas oma noka ja norskas.

„Kõik on korras, Alfred," ütles E-Z. „See on minu onu Sam."

„Ta ei saa minust aru. Ja ma ei usu, et ta kunagi suudab. Ma olen siin sinu jaoks ja ainult sinu jaoks," ütles luik Alfred. Ta nohises, siis kugeldas end padja sisse ja vajus taas unne.

Onu Sam vaatas, kui luik oli elavnenud ja vaatas tähelepanelikult E-Z'ile otsa.

Ta ja onu Sam sulgesid väljudes ukse ja läksid tagasi kööki, et rääkida.

E-Z oli nii väsinud, et suutis vaevu silmi lahti hoida.

„Kas see ei saa oodata hommikuni," küsis ta.

Sam raputas pead.

„Okei, nüüd läheb. Esiteks, ma lõin pesapalli pargist välja. Ja ma jooksin või ratastasin ümber baaside. Siis jäin lõksu kuulikujulisse konteinerisse, kust polnud väljapääsu. Siis sain rääkida väikese tüdrukuga Hollandis. Läksin sinna teda päästma. Tema nimi on Lia ja tema ema helistab teile. Ma peatasin Londonis, Inglismaal, et sõiduk ei saaks lastele kahju teha. Siis kohtusin trompetijuhi Alfrediga. Ja nüüd oled sa kursis - kas ma võin palun magama minna?"

„Mida ma peaksin ütlema, kui ta helistab?" Sam uuris. „Me isegi ei tunne neid inimesi, aga me peaksime laskma neil siin majas koos meiega elada. Meie ja Alfred Luik?"

„Jah, palun mine kaasa. Siin on mingi plaan töös ja ma ei tea veel kõiki üksikasju. Lial on võimed, silmad peopesas ja ta suudab lugeda mu mõtteid ja peatada aega. Ka luigel Alfredil on võimed, ta suudab lugeda minu mõtteid ja ta oskab rääkida. Ma arvan, et me kolm oleme kuidagi seotud, võib-olla katsumuste tõttu. Ma ei tea. Mis iganes võib juhtuda, kui Eriel luurab minu järele ööpäevaringselt," ütles E-Z.

Koridori mööda tulles kuulsid nad luige jalgade plaksutamist, kui ta mööda kõndis. „Ma olen liiga näljane, et magada," ütles luik Alfred.

„Mis asju sa sööd?"

„Mais on hea, või sa võid mind taga välja lasta ja ma saan endale natuke rohtu."

„Kas meil on maisi?" E-Z küsis.

„Ainult külmutatud," ütles onu Sam. „Aga ma võin terad sooja vee alla ajada, siis on need kohe valmis."

„Ütle talle aitäh," ütles Alfred Luik. „See on temast väga lahke."

Onu Sam pani maisi taldrikule ja Alfred sõi, mida pakuti. Ta oli aga ikka veel näljane ja tal oli vaja minna põit tühjendama, nii et ta palus ikkagi õue minna. Kui ta väljas oli, võttis ta osa murust.

E-Z ja onu Sam vaatasid paar sekundit luike.

„Ma loodan, et naabri chihuahua ei pööra külla," ütles onu Sam. „See luik on nii suur, et ta ehmatab ta ära..."

E-Z naeris. „Kujutage ette, mida see teeks, kui koer saaks sellest aru nagu mina?"

Luik Alfred tegi end koduselt. Ta oli kindel, et ta oleks siin õnnelik.

PEATÜKK 9

„Hiljem,, Alfred luik palus E-Z-ga eraviisiliselt rääkida.

„Sa võid siin öelda, mida iganes,“ ütles E-Z. „Onu Sam ei saa sinust aru, mäletad?“

„Jah, ma tean. Aga see on viisakuse küsimus. Inimene ei räägi inimesega, kui teine on kohal, eriti kui ta on külaline teise kodus. See oleks, noh, üsna ebaviisakas. Tegelikult väga ebaviisakas.“

E-Z sai alles nüüd aru, et Alfred Luik rääkis briti aktsendiga.

„Kas ma võiksin vabandada?“ E-Z küsis.

Onu Sam noogutas ja E-Z läks oma tuppa, luik Alfred järgnes talle.

„Okei,“ ütles E-Z. „Ütle mulle, miks Ariel sind siia saatis ja mida sa täpselt kavatsed teha, et mind aidata?“

Nüüd, kui E-Z oli tema voodis, luikles luik ringi, kui ta sõtkus pinu sisse, püüdes end mugavaks teha.

„Sa võid magada voodi allosas,“ ütles E-Z ja viskas sinna padja.

„Aitäh,“ ütles luik Alfred. Ta vappus padja peale ja tampis seda oma võrkjalgadega, kuni see oli mugav. Siis kükitas ta maha.

„Alustame nüüd," ütles Alfred.

E-Z, nüüd juba püksis, kuulas, kuidas Alfred oma lugu jutustas.

„Ma olin kunagi mees."

E-Z ohkas.

„Parem mitte katkestada, kuni ma olen lõpetanud," noomis Luik. „Muidu kestab mu jutt ikka ja jälle ja kumbki meist ei saa magada."

„Vabandust," ütles E-Z.

Luik jätkas. „Ma elasin koos oma naise ja kahe lapsega. Me olime uskumatult õnnelikud, kuni torm puhus läbi, kiskus meie maja maha ja tappis nad kõik. Ma jäin ellu, aga ilma nendeta ei tahtnud. Siis tuli minu juurde üks ingel, Ariel, kellega sa kohtusid, ja ta ütles mulle, et võin neid kõiki veel kord näha, kui ma nõustun teisi aitama. Mulle meeldib teisi aidata ja see annaks mulle eesmärgi. Pealegi polnud mul muid võimalusi ja nii ma nõustusin."

„Sul on katsumused?" E-Z küsis. Ta oli ekslikult arvanud, et Alfredi lugu on lõpetatud.

„Minu lugu ei ole veel lõppenud," ütles Alfred luik üsna pahaselt. Seejärel jätkas ta. „See on minu loo tuum. Mul ei ole katsumusi, sest ma ei ole väljaõppes olev ingel. Minu tiivad ei ole nagu teie tiivad. Ma olen luik, kuigi tavalisest suurem luik. Minu tõu nimi on Cygnus Falconeri, mida tuntakse ka hiiglasliku luigena. Minu liik suri juba ammu välja. Minu eesmärk oli määratlemata. Jäin kinni vahepealsesse ja vahepealsesse, triivides läbi aja, sest tegin vea. Aga ma ei taha sellest nüüd rääkida. Kui ma nägin, kuidas sa seda väikest tüdrukut päästsid, helistasin Arielile ja küsisin, kas ma võiksin sulle abiks olla. Ta nuhtles mind põgenemise eest ja mind saadeti tagasi vahepealsesse aega. Ma põgenesin sealt uuesti ja aitasin sind lennukiga ja Ariel palus Ophanielil anda mulle veel ühe võimaluse. Nüüd on mul eesmärk - aidata teid."

„Ja Ophaniel oli nõus? Aga mis saab Erielist?"

„Esialgu mitte. See oli sellepärast, et Hadz ja Reiki teatasid mulle, et ma aitasin teid, kutsudes oma linnusõbrad. Kui ma kuulsin, et nad saadeti kaevandustesse ja põgenesid uuesti, esitas Ariel minu juhtumi ja Ophaniel nõustus. Ma ei tea Erieli kohta. Kas ta on sinu mentor?"

„Jah, ta võttis Hadzi ja Reiki asemele. Nad pugesid sisse ja välja, samas kui ta ütleb, et näeb alati, kus ma olen ja mida ma teen."

„See kõlab nagu ülearu. Ma tahaksin temaga ikkagi ühel päeval kohtuda. Praegu oleme me meeskond. Ma saan sind aidata, et ühel päeval oleksin ka mina jälle oma perega koos. Nii et kuhu sina lähed E-Z, sinna lähen ka mina."

E-Z toetas pea padjale ja sulges silmad. Ta tundis end tänulikuna igasuguse abi eest. Lõppude lõpuks oli Luik teda varem lennukiga aidanud.

„Ma ei hakka sulle tee peale," ütles Alfred luik. „Ma tean, sa arvad, et me oleme ebaloogiline paar ja kui Lia saabub, oleme veel ebaloogilisem kolmik, aga..."

„Oota," ütles E-Z. „Sa tead Lia kohta? Kuidas?"

„Oh jah, ma tean sinust kõike ja ma tean temast kõike ja ma tean ka rohkem. Et meie kolm on omavahel seotud. Ette määratud töötama koos." Ta venitas lõuad, mis näis, nagu üritaks ta haukuda. „Ma olen täna õhtul liiga väsinud, et veel rääkida." Enne seda, kui Alfred, Luik, norskas ära.

E-Z käis mõttes läbi kõik, mida ta luikede kohta teadis. Mis ei olnud palju. Hommikul uuriks ta Alfredi liigi kohta.

Ta mõtles, kuidas PJ ja Arden hakkavad Alfredi suhtes suhtuma. Kas ta pidi neid tutvustama või võis Alfred jääda saladuseks?

Ta paiskas oma padja rusikatega üles ja valmistus magama minema.

See äratas Alfredi üles ja ta oli sellepärast pahane.

„Kas sa pead seda tegema?“ Alfred küsis.

„Vabandust,“ ütles E-Z.

PEATÜKK 10

Järgmisel hommikul**ärkas**E-Z selle peale, et onu Samu kolksatas tema uksele. „Ärka üles, E-Z! PJ ja Arden on juba teel, et sind kooli viia.“

E-Z haigutas ja sirutas end. Ta riietus ja manööverdas end siis oma toolile. Kuna Alfred veel magas, siis hiilib ta pärast kooli välja ja näeb teda.

„Sa ei saa ilma minuta kuhugi minna!“ Alfred ütles. Ta raputas oma sulepead ülevalt alla ja hüppas siis põrandale.

„Sa ei saa minuga kooli minna. Lemmikloomad ei ole lubatud.“

„E-Z, tule poiss!“ Onu Sam hüüdis köögist. „Muidu jääd hommikusöögist ilma.“

E-Z kõht korises, kui röstsaia lõhn tema suunas lehvis. „Tulen!“

Kuna tal polnud aega vaielda, avas E-Z ukse. Ta suundus kööki just siis, kui Arden ja PJ saabusid. Väljas kostuv hoog andis talle teada, et nad on kohal.

„Hea küll, hea küll!“ hüüdis E-Z, kui ta haaras tüki röstsaia. Ta suundus mööda koridori, kusjuures tema uus võrkjalgne kaaslane tuli tema selja taha.

PJ väljus autost, et aidata E-Z sisse ja kinnitas tema ratastooli pagasiruumi. Seda sulgedes märkas ta Alfredi, kes üritas autosse siseneda.

„Äh, see asi ei saa autosse sisse,“ hüüdis PJ.

Arden keeras akna alla.

„Mis kurat see on? Kas ma jäin ilma memost, kus öeldi, et meil on täna *Show and Tell*?“ Ta ohkas.

„Kas see on luik?“ Proua Käepära PJ ema uuris.

„Või on see asi sinu fännklubi president?“ PJ küsis irvitades.

Autosse sisenedes vastas E-Z. „Me oleme liiga vanad näitamiseks ja jutustamiseks,“ naeris ta. „Luik on minu projekt. Eksperiment, nagu nägemiskoer pimedale inimesele. Ta on minu ratastoolikaaslane.“ Ta pani Alfredile turvavöö kinni.

PJ läks esiistmele ema kõrvale istuma.

Alfred luik ütles: „Kas sa ei kavatse mind tutvustada?“

Proua Handle tõmbas auto välja ja nad võtsid suuna kooli poole.

„Alfred,“ E-Z heitis pilgu oma sõpradele, “tutvuge proua Handle'ile. Ja mu kaks parimat sõpra PJ ja Arden. Kõik, see on Alfred, trompeterseid.“ E-Z ristas käed.

Alfred ütles: „Hoo-hoo.“ E-Z-le ütles ta: „Mul on uskumatult hea meel teiega kohtuda. Sa võid minu eest tõlkida.“

„Kust sa tema nime tead?“ PJ küsis.

„Sa ju ei muutu, kuidas oligi tema nimi, tüübiks, kes oskas nüüd loomadega rääkida, E-Z? Palun ütle mulle, et sa ei ole. Kuigi, sellest võib saada tõeline rahakära. Me võiksime su annet turustada. Küsi küsimusi ja postita vastused meie enda YouTube'i kanalile. Võiksime nimetada seda E-Z Dickens luigekuulutaja."

„Suurepärane idee!" PJ ütles, kui tema ema peatus ülekäigurajal. „Mõned aastad tagasi oleksime me ilmselt internetis miljoneid teeninud. Tänapäeval on internetis raha teenimine karm. Nad on tõesti kinni pannud."

„Ära ole ebaviisakas," ütles proua Handle, kui ta edasi sõitis.

„Isik, kellele ta viitab, on doktor Dolittle," pakkus Alfred. „See oli Hugh Loftingi kirjutatud kaheteistkümnest raamatust koosnev romaanisari. Esimene raamat ilmus 1920. aastal ja teised järgnesid kuni 1952. aastani. Hugh Lofting suri 1947. aastal. Ta oli samuti britt. Berkshire'i mees, sündinud ja kasvanud."

„Ma tean, keda nad mõtlevad," ütles E-Z Alfredile. „Ja ei, ma ei ole."

Arden ütles: „Ma loodan, et teie luigekompanii ei röövi meilt täna kõiki tüdrukuid. Sa ju tead, kuidas tüdrukud armastavad sulelisi asju."

Proua Handle puhastas kurku.

„Ma olin omal ajal päris suur naistemõrvar," ütles Alfred, millele järgnes veel üks ‚Hoo-hoo!', mille ta suunas PJ-le ja Ardenile.

PJ ütles: „Teie kaaslane luik tõeliselt murrab mind."

Arden küsis: „Milline linnufilm võitis Oscari?"

PJ vastas: „Tiibade isand".

Arden küsis: „Kuhu linnud oma raha investeerivad?"

PJ vastas: „Haiglaturul!"

„Sinu sõbrad on kergesti lõbustatavad," ütles Alfred. „Nad on kaks samast riidest lõigatud plönnikut. Ma saan aru, miks nad sulle meeldivad. Mulle meeldib proua Handle. Ta on vaikne ja suurepärane autojuht."

E-Z naeris.

„Tore, et sulle meeldib hommikune huumor," ütles PJ.

„Tegelikult mitte," ütles Alfred. „Pealegi olete te kaks tõelist plönnikut."

Arden ja PJ tegid kahe silma vahele.

Ka E-Z tegi nende topeltkokkuvõtete peale topeltkokkuvõtteid. „Mida?"

„Kas te seda ei kuulnud?" ütlesid mõlemad ühehäälselt. „Luik oskab rääkida - ja seda briti aktsendiga. Oh mees, tüdrukud hakkavad teda tõesti armastama."

Proua Handle raputas pead. „Ärge mängige rumalaid kerjuseid, te kaks!"

E-Z vaatas luigele Alfredile, kes näis olevat segaduses.

Alfred proovis oma nalja, et näha, kas nad tõesti saavad temast aru. „Miks kolibrid sumisevad?" küsis ta.

Kolm poissi vaatasid, oli selge, et nii Arden kui ka PJ said nüüd temast aru.

Alfred ütles vitsat: „Sest nad muidugi ei oska sõnu."

PJ ja Arden naersid, omamoodi, aga enamasti olid nad ehmunud.

„Kuidas nad nüüd ka sinust aru saavad?" E-Z küsis. „Kõigepealt nad ei osanud, nüüd suudavad. Ma arvasin, et sa ütlesid, et ainult mina. Ja miks onu Sam ei saanud sinust aru?"

Nüüd, kus nad teda mõista said, tundis Alfred end ebakindlalt. Ta sosistas E-Z-le: „Ma ausalt öeldes ei tea. Välja arvatud juhul, kui see, mille pärast ma siin olen, on ka nendega seotud."

„Ja ei hõlma onu Sami? Või proua Handle?"

„Võib-olla mitte," vastas Alfred.

„Ja kust, sa leidsid selle rääkiva luige?" Arden küsis.

„Ja miks sa teda kooli tood?" PJ küsis.

Proua Käepikendus pahvatas. „Te kõik olete väga rumalad. E-Z ütleb, et ta on seltskonna luik. Ta ei oska rääkida."

„Esiteks, ta ei ole lihtsalt luik, ta on Cygnus Falconeri. Tuntud ka kui hiiglaslik luik ja liik, mis on juba sajandeid välja surnud."

„Ma ei ole elus palju luiki näinud," ütles Arden. „Need, mida ma looduskanalis näinud olen, ei tundunud küll nii suured kui tema. Tema jalad on tohutud! Ja mis juhtub, kui ta peab, tead küll, tualetti minema?"

„Keskmise hiiglasliku luige pikkus noka ja saba vahel oli 190-210 sentimeetrit," pakkus Alfred. „Ja kui ma seda teen, siis kasutan ma muru - spordiväljak peaks andma mulle piisavalt ruumi, et toituda ja oma asju ajada, kui ja kui see on vajalik."

„Sa mõtled, et sööte muru ja siis lähete murule?" PJ ütles.

„Eww!" Arden ütles.

Nad olid nüüd kohutavalt lähedal koolile, seletas E-Z. „Ma ei saa sulle üksikasju öelda, sest ma ei tea neid tegelikult. Ma tean ainult seda, et Alfred on siin, et mind aidata, ja te näete teda palju."

„Ma ei usu, et nad teda kooli sisse lasevad," ütles Arden.

„See ei ole probleem, sest ma olen sinu kaaslane," ütles Alfred.

PJ, Arden ja Alfred naersid, kui auto kooli ees seisma jäi.

„Helistage mulle, kui soovite, et ma teile pärast kooli järele tuleksin," ütles proua Käepikendus.

„Aitäh," vastasid need.

Pärast seda, kui E-Zi tool oli pagasiruumist välja võetud, sõitis proua Handle kõnniteelt minema.

Sõbrad aitasid ta sinna sisse, Alfred aga lendas üles ja istus talle õlale. Nad suundusid kooli esiosa poole, kus direktor Pearson usinalt õpilasi sisse ajas.

„Tere hommikust, poisid,“ ütles ta suure naeratusega näol. Kuni ta märkas Alfredi luike. „Mis asi see on?“ küsis ta.

„Ta on seltskonna luik,“ ütles E-Z.

„Täpsemalt öeldes Cygnus Falconerie,“ ütles Arden.

„Ta on meiega,“ ütles PJ.

Direktor Pearson ristas käed. „See asi, Cygnus miskamakallit ei tule siia!“ “See asi, Cygnus miskamakallit ei tule siia!“

Alfred ütles: „See on okei E-Z. Ärme tekita stseeni. Ma olen siin, kui teie tunnid lõppevad. Kohtume hiljem.“ Alfred lendas üles ja maandus hoone katusele. Ta nautis vaateid, enne kui lendas alla jalgpalliväljakule. Seal oli palju rohtu, mida närida. Kui ta täis sai, leidis ta varjulise koha puu all ja võttis uinakut.

Direktor Pearson raputas pead ja hoidis siis E-Z'ile ja tema sõpradele ust. Sees kõlas viieminutiline hoiatuskell.

See koolipäev oli E-Z ja tema sõprade jaoks sündmustevaene.

Eriel polnud ikka veel uutest katsetest kuulda.

PEATÜKK 11

Alfred elas end sisse oma uude rutiini. Kooli lapsed õppisid teda tundma - kuigi ainult E-Z ja tema sõbrad teadsid, et ta oskab rääkida.

Sel päeval ootas Alfred kooli ees E-Z-d ja küsis: „Kas me võime rääkida?".

E-Z vaatas ringi; ta ei tahtnud ikka veel, et teised õpilased kuuleksid, kuidas ta luigega räägib. Ta sosistas: „Äh, kas see võib oodata, kuni me koju jõuame?"

„Oh, ma näen," ütles Alfred. „Sa tunned end ikka veel enesekindlalt, kui me vestleme. Mis on arusaadav, aga lapsed armastavad mind siin. Nad seisavad järjekorras, et mind silitada, et mind toita. Pealegi, kas onu Sam ei tule koju? Ma pean sinuga kahekesi rääkima."

„Kuna ta ei saa sinust ikka veel aru, siis räägid sa minuga üksi ka siis, kui me kodus oleme."

„Aga see on ju murettekitav ja üsna ajamäärane asi," ütles Alfred.

PJ sõitis nende kõrvale kõnniteele. Arden küsis, kas nad tahavad koju sõita.

„Äh, poisid. Vabandust, aga ma lähen täna koos Alfrediga koju jalgsi. Tal on mulle elutähtsat teavet edastada."

PJ ja Arden raputasid pead. Arden ütles: „Me eeldasime, et meid visatakse ühel päeval tüdruku pärast üle - mitte linnu pärast." Ta ohkas.

„Ja mis saab mängust?" Arden küsis.

„Täna on täna ja mäng on alles homme. Vabandust, poisid." E-Z kiirendas tempot. Auto roomas tema kõrval edasi, siis kihutas ta rehvide vingumise saatel minema.

„Plonkers," ütles Alfred.

„Nad mõtlevad hästi. Mis on nüüd nii tähtis?"

„Kas sa oled viimasel ajal Lia kohta midagi kuulnud? Ma olen tema pärast mures." Alfred kõndis E-Z kõrval, napsates samal ajal võilille pea maha.

„Miks sa muretsed? Ükski uudis on ju hea uudis?"

„Noh, tegelikult olen ma temast kuulnud ja on toimunud üks... noh, noh, üks hämmastav uus areng."

E-Z peatus. „Räägi mulle rohkem."

„Jätka kõndimist," ütles Alfred, napsates nüüd päkapikkude pead. „Lia ja tema ema on juba teel siia. Nad peaksid saabuma millalgi homme."

„Millega nii kiire on? Ma mõtlen, jah, see on üllatus. Me teadsime, et nad tulevad varsti. Mis on selles hämmastav?"

„See ei olegi hämmastav."

„Lõpeta viivitus ja sülita välja!"

„Lia ei ole enam seitsmeaastane - ta on nüüd kümneaastane."

„Mida? See on võimatu."

„Kas sa arvad, et ta valetaks?"

„Ei, ma ei usu, et ta valetaks, aga - sellel pole mingit mõtet. Inimesed ei kasva seitsmest kümneaastaseks mõne nädalaga."

„Ta ütles, et läks magama. Järgmisel hommikul astus ta kööki hommikusöögile ja tema lapsehoidja hakkas karjuma. Nii avastas ta, et on üleöö kolm aastat vanemaks saanud."

„Vau!" E-Z hüüatas.

„Ja on veel rohkemgi."

„Veel. Ma ei kujuta ette midagi enamat."

„Ta suutis oma ema veenda, et tal pole vaja kogu visiidiks siia jääda. Ta on hõivatud ärinaine. See nõudis üsna palju veenmist. Lia ütles, et tal oleks parem, arvestades Sami kogemusi sinuga ja katsumusi. Tema ema oli nõus, paari tingimusega."

„Näiteks?"

„Et talle meeldib onu Sam."

„Onu Sam meeldib kõigile."

„Samuti, et sa seletad talle, kuidas tema tütar võis üleöö niimoodi vananeda."

„Ja kuidas ma seda täpselt tegema peaksin?"

„Ausalt öeldes," ütles Alfred, "pole mul aimugi. Seepärast tahtsin ma sinuga kahekesi rääkida. Ma mõtlen, et onu Sam teab, et Lia tuleb, eks?"

E-Z noogutas: „Ma arvan, et nii, kui nad on teel."

„Aga ta ootab seitsmeaastast väikest tüdrukut, kui tema ukse taha ilmub kümneaastane."

E-Z peatus jälle. Onu Sam. Ta polnud isegi mõelnud sellele, et onu Sam peab tegelema kümneaastase tüdrukuga. „Ma ei ole kindel, et ma talle kunagi Lia vanust mainisin!"

Alfred rabeles edasi. „Ma olen kuulnud, et inimesed vananevad kiiresti. On olemas haigus nimega Progeria. See on geneetiline haigus, üsna haruldane ja üsna surmav.

Enamik lapsi ei ela üle kolmeteistkümne ja Lia on juba kümme, nii et me peame selle välja selgitama.“

„Kuidas on see asi, mida sa ütlesid,“

„Progeria.“

„Jah, progeria, kuidas see haigestub?“ E-Z küsis.

„Minu arusaamist mööda juhtub see paari esimese aasta jooksul. Ja lapsed on tavaliselt moonutatud.“

„Lia on moonutatud, klaasi tõttu, mitte haiguse tõttu. Kas on olemas ravi?“

„Ei ole ravi. Aga E-Z, on veel midagi. See on midagi pistmist tema käes olevate silmadega. Need on uued ja haigus on uus. Liiga suur kokkusattumus, kas sulle ei tundu?“

E-Z kaalus seda ja otsustas, et Alfredil on õigus. See oli liiga suur kokkusattumus. Aga mida ta kavatses selle suhtes ette võtta? Kas ta peaks Erielile helistama? „Kas sa tunned Erieli?“

Alfred aeglustas oma sammu ja E-Z tegi seda ka. Nad olid peaaegu kodus ja pidid selle läbi rääkima, enne kui nad onu Samiga kohtusid. „Jah, ma olen temast kuulnud. Aga nagu sa tead, Eriel ei ole minu ingel. Sa kohtasid minu mentorit Arielit ja ta on looduse ingel, seepärast olen ma haruldase luige seisundis. Ta võib aidata, aga selleks peame ootama tema järgmist ilmumist.“

„Sa tahad öelda, et sa ei saa teda kutsuda?“

Alfred noogutas. „Kas sa suudad Erieli soovi korral kutsuda?“

E-Z naeris. „Mitte just tahtmise järgi, aga ta on saavutatav. Kuigi ta on teadagi närviline ja talle ei meeldi, kui teda kutsutakse või kutsutakse.“ E-Z mõtles vaikselt ja Alfred ka. Nende maja oli nüüd silmapiiril ja onu Sam oli kodus, sest tema auto oli sõiduteele pargitud. „Ma arvan, et me peaksime ootama ja vaatama, mis Lia'ga juhtub."

„Nõus," ütles Alfred, kui ta astus teelt kõrvale, tõmbas maast veidi rohtu ja näris seda. E-Z vaatas. „Ma eelistan mitte liiga palju rohtu süüa; ma mõtlen muru. Seda ma söön kogu päeva, kui sa koolis oled - peale nende väheste lillede, mida ma leian. Praegu tahaks ma natuke märga kraami süüa, mis kasvab vee all. See on värskem ja mahlakam."

„Ma saan sellest täiesti aru," ütles E-Z. „Mulle meeldib salatit süüa, kui see on värske ja krõbe. Mulle ei meeldi nii väga, kui see on kottides ja ainus võimalus seda alla saada on seda salatikastmega üle kasta."

„Ma igatsen küll inimtoitu."

„Millest sa kõige rohkem puudust tunned?"

„Juustuburgerid ja friikartulid, kahtlemata. Oh, ja ketšupit. Kuidas ma armastasin seda paksu, punast kleepuvat läheb kõigele kastet."

„Võib-olla ei oleks see nii halb, rohu peal?" E-Z naeris, kuid Alfred mõtles selle peale.

„Ma oleksin nõus seda proovima."

„Paneme selle sinu ämbrite nimekirja," ütles E-Z.

„Mis on ämbrite nimekiri?" Alfred küsis.

PEATÜKK 12

E-Z mõtiskles Alfredi küsimuse üle. Alfred ei teadnud, mis on ämbrite nimekiri... ja see väljend on välja mõeldud 2007. aastal. Nicholsoni/Freemani samanimelises filmis. Ta seletas, ilma et oleks liiga palju üksikasjadesse laskunud.

„See on tõesti huvitav mõte," ütles Alfred sulekeid ülespuhudes. „Aga mis mõte on ämbrite nimekirja pidamisel? Kindlasti jääks sulle meelde kõik, mida sa tõesti teha tahaksid?"

„Tead, Alfred, ma ei ole päris kindel. Arvan, et see võib olla seotud vanusega. Vananemine ja mälu kadumine."

„Mõistlik."

Nad jätkasid oma teekonda ja jõudsid koju. Kui E-Z ennast rambivalguses üles rullis, hüppas Alfred peale. Luik lehvitas tiibadega, et aidata hoogu ülespoole. Üles jõudes, kui E-Z ukse avas, kuulsid nad tundmatut häält.

„Oh ei, nad on juba siin!" ütles Alfred.

„Sa oleksid võinud mind hoiatada!" E-Z vastas, sättides oma koti elutuppa minnes konksu külge.

„Ilmselt oleksin, kui oleksin teadnud!"

Lia tõusis püsti.

E-Z jaoks nägi kümneaastane Lia märkimisväärselt teistsugune välja, kuni ta hoidis avatud peopesad üles.

Lia vingus ja jooksis tema juurde ning kallistas teda tugevalt. Siis kallistas ta Alfredi ja ütles, et tal on uskumatult hea meel, et ta lõpuks ometi temaga kohtub.

Lia ema Samantha seisis samuti ja vaatas, kuidas tema tütar kallistas poissi, kes oli tema elu päästnud. Ingel/poiss ratastoolis. Tema tütar oli maininud Alfredi, kuid mitte seda, et ta oli hiiglaslik luik.

Onu Samma seisis ja ütles: „Oh, E-Z! Jumal tänatud, et sa oled kodus!" Ta liikus vennapojale lähemale. Siis tegi ta kohmetult ettepaneku, et nad läheksid kööki, et saada suupisteid.

„Meil on kõik korras," ütles Samantha.

Sam nõudis, et nad läheksid ikkagi kööki.

„Äh," torkas E-Z. „Ma tahaksin juua."

Sam ohkas.

„Ära tee meie pärast mingeid pingutusi," ütles Samantha.

„Ei mingit häda," ütles Sam ja lükkas E-Z tooli elutoa väljapääsu poole.

„Lia, sa oled väga ilus," ütles Alfred, langetades pead, et naine saaks teda patsutada.

„Aitäh," ütles Lia punastades. Ta heitis pilgu E-Z suunas, kui nad toast lahkusid, kuid mees ei märganud seda, sest tema pilk oli suunatud onule.

Kui nad olid köögis, parkis Sam oma vennapoja. Ta avas külmiku ja sulges selle jälle. Ta läks kapi juurde, avas ukse ja sulges selle uuesti.

„Mis on viga?" E-Z küsis.

„Ma, ma ei oodanud neid nii kiiresti ja mida inimesed Hollandist üldse söövad ja joovad? Ma ei usu, et mul on majas midagi sobivat. Kas ma peaksin välja minema ja midagi erilist ostma?"

„Nad on inimesed nagu meiegi, ma olen kindel, et nad proovivad kõike, mis sul on. Ära mõtle selle üle."

„Aita mind siinkohal, lapsuke. Milliseid asju me peaksime serveerima? Juustu ja kreekerid? Midagi sooja, grillitud juustuvõileibu? Meil on vett ja mahla ja karastusjooke."

„Okei, teeme esialgu juustu ja kreekereid. Vaatame, kuidas meil sellega läheb. Ja kandikul erinevaid jooke."

Sam ohkas ja pani selle kõik kandikule kokku. „Oh, salvrätikud!" ütles ta, võttes sahtlist välja virna.

„Kõik valmis?" E-Z küsis.

„Aitäh, poiss," ütles Sam, kui ta sööki ja jooke täis kandiku kätte võttis. Ta suundus elutuppa, kus vennapoeg järgnes talle. Sam pani kõik lauale, hüppas siis püsti ja ütles: „Küljeplaadid!" ning lahkus toast, naastes varsti pärast seda koos nimetatud asjadega.

E-Z heitis pilgu Lia suunas, kui ta oma jooki rüüpas. Ta nägi teda ikka veel väikese tüdrukuna, kuigi ta ei olnud enam väike. Tema juuksed olid pikemad.

Lia ema nägi välja veelgi ebamugavamalt kui onu Sam. Ta näpistas kräkkerit, kuid ei hammustanud sellesse. Ta liigutas joogiklaasi edasi-tagasi, kuid ei joonud sellest. Ta vaatas aeg-ajalt onu Sami suunas, kuid mitte kauaks. Siis ohkas ta väga valjusti ja läks tagasi oma toiduga näpitsemise juurde.

„Kuidas su lend oli?" E-Z küsis.

„See oli lihtne-lihtne võrreldes sinuga lendamisega," ütles Lia. Ta naeris ja karastusjook oleks peaaegu ninast välja tulnud. Varsti naersid nad kõik ja tundsid end kergemalt.

Alfred vestles vabalt, teades, et ainult Lia ja E-Z saavad temast aru. „Nüüd oleme koos, *kolmekesi*. Nagu see oligi ette nähtud."

Lia ja E-Z vahetasid pilke.

Alfred jätkas. „Ma mõtlen ikka veel, miks meid kokku toodi. E-Z, sa oskad inimesi päästa ja sa oled super-duper tugev, lisaks oskad sa lennata ja su tool ka. Lia su võimed on sinu silmis. Sa oskad mõtteid lugeda. Sellest, mida E-Z on mulle rääkinud, on sul valguse jõud ja sa suudad peatada aega.

„Ma, ma võin reisida, lennata taevas ja ma oskan mõnikord ennustada, millal asjad juhtuvad, enne kui need juhtuvad. Ma oskan ka mõtteid lugeda, mitte kogu aeg. Samuti armastavad enamik inimesi luike. Mõned ütlevad, et me oleme ingellikud. On isegi neid, kes usuvad, et luigedel on võime muuta inimesi ingliteks. Ma ei tea, kas see on tõsi. Mina ise võin aidata kõigil elavatel, hingavatel asjadel end terveks teha."

Viimane osa oli E-Z jaoks uus. Ta tahtis rohkem teada.

Alfred pakkus vabatahtlikult: „Üleandmine on esimene samm."

E-Z ja Lia olid Alfredi ülestunnistuse üle mõtteid kaotanud.

„Mida me nüüd teeme?" Lia küsis.

„Iga meeskond vajab juhti, kaptenit. Mina nimetan E-Z," ütles Alfred.

„Ma toetan kandidatuuri," ütles Lia.

Lia ja Alfred tõstsid oma klaasid E-Z'ile. Onu Sam ja Lia ema Samantha ühinesid tastiga. Kuigi neil polnud aimugi, miks nad kõik toosti tõstsid.

E-Z tänas neid kõiki. Kuid sisimas mõtles ta, kuidas see kõik toimima hakkab. Kuidas, kas ta kavatses juhtida väikest tüdrukut ja trompeterseid? Kuidas ta kavatses neid turvaliselt ja ohutult hoida?

Onu Sam ja Samantha pakkusid end koristama, samal ajal kui kolmik läks tagasi elutuppa.

„See on neile hea võimalus üksteist veidi paremini tundma õppida," ütles Alfred.

„Jah, ema pole kunagi varem nii närviline olnud. Oma töö tõttu kohtub ta paljude inimestega ja räägib nendega, isegi täiesti võõraste inimestega, nagu oleks ta neid alati tundnud. See on vist üks tema edu saladusi. Samiga on ta aga vaikne nagu hiir ja närviline."

„Võib-olla on see jetlag," pakkus E-Z.

Alfred naeris. „Ei, nad on teineteise suhtes atraktiivsed. Te olete mõlemad liiga noored, et seda märgata, aga õhus oli mingi vibratsioon."

„Tõesti, mu ema on Sami sisse armunud?"

„Onu Sam oli ka piinlik - aga ta ei kohtu tänapäeval eriti paljude tüdrukutega, sest ta töötab kodus ja veedab suurema osa oma ajast minu abistamisega. Ma hääletan, me vahetame teemat."

„Mina ka," ütles Lia.

„Te kaks ei ole lõbusad."

„Ma arvan, et meil on aeg Eriel välja kutsuda," ütles E-Z. „Ta peab olema see, kes meid kõiki kokku tõi. Meid tuleb plaani sisse lasta. Teada, mida meilt oodatakse ja millal."

„Kes on Eriel?" Lia küsis. „Ma mäletan, et sa küsisid minult enne, kas ma tunnen teda."

„Ta on peaingel ja ta on minu katsumusi juhendanud. Noh, viimased paar igatahes."

„Minu ingel, kes on andnud mulle käe nägemise ande, kannab nime Haniel. Ta on samuti peaingel. Ta on maa hooldaja."

See üllatas E-Z-d. Kui nad kõik töötasid oma inglite heaks, miks nad siis kokku toodi? Kas üks ingel oli võimsam kui teine? Kes oli ülemusingel? Kes vastas kellele?

„Ma tahaksin kindlasti teada, mis toimub," ütles Alfred.

„Ma tean ainult seda," ütles Lia, "et pärast õnnetust küsiti minult, kas ma oleksin üks neist kolmest. Ja nüüd, voila, siin me oleme."

Onu Sam ja Samantha tulid tuppa. Nad vestlesid veel mõnda aega koos, kuni lennust väsinud Samantha läks oma tuppa. Onu Sam läks samuti oma tuppa.

„Lähme minu tuppa ja räägime," ütles E-Z.

Lia ja Alfred järgnesid. Pärast paaritunnist arutelu sai kolmik aru, et neil on palju küsimusi, aga vähe vastuseid. Lia läks oma tuppa, mida ta jagas oma emaga. Alfred magas E-Zi voodiserval. E-Z norskas eemal. Homme oli veel üks päev - siis saavad nad kõik selgeks.

PEATÜKK 13

Järgmisel hommikul kandis Lia kausi teravilja tagaaias. Päike tõusis taevas, päev oli pilvitu ja lähenes kella kümnele. Alfred muheles tee ääres oleval murul.

Lia ulatas E-Zile oma kausi, istus siis terrassil vihmavarju alla ja võttis lusikatäie maisihelbeid.

„Põhja-Ameerika maisihelbed maitsevad teisiti kui need, mis meil Hollandis on.“

„Mis vahe on?“ E-Z küsis.

„Kõik maitseb siin magusamalt.“

„Olen kuulnud, et eri riikides kasutatakse erinevaid retsepte. Kas sa tahad midagi muud?“ Ta keeldus pead raputades. „Ma ei saanud eile õhtul magada,“ ütles E-Z, võttes veel ühe lusikatäie Captain Crunchi.

„Vabandust, kas ma norskasin liiga palju?“ Alfred uuris, kui ta surus näoga kaste rohu sisse.

„Ei, sul oli kõik korras. Mul oli palju asju peas. Ma mõtlen, me kõik oleme siin. Kolm - ja mul pole ammu kohtuprotsessi olnud... Kuna Hadz ja Reiki alandati, siis ma ei tea, mis toimub. Pärast seda viimast lahingut Erieliga - mille ma muide võitsin - ei ole ma Erielist midagi kuulnud.

See teeb mind närviliseks. Mõtlen, mida ta unistab, et mu elu kurjaks teha."

Alfred tiirutas aias kaugemale, kui ükssarvik murule maandus.

„Teie teenistuses," ütles Väike Dorrit.

Ükssarvik nokitses Lia juurde, samal ajal kui ta seisis ja suudles seda otsaesisele.

Nende kohal algas sinine taevakiri. See kirjutas sõnad: JÄLGE MULLE.

E-Z tool tõusis: „Tule!" hüüdis ta.

Väike Dorrit kummardus, lubades Lial tema selga istuda.

Alfred lehvitas tiibadega ja liitus teistega.

„On teil aimu, kuhu me läheme?" Alfred küsis.

„Ma tean ainult seda, et me peame kiirustama! Vibratsioonid suurenevad, nii et me peame olema lähedal."

„Vaata ette," hüüdis Lia. „Arvan, et meid on vaja lõbustuspargis."

Kohe oli E-Z-le selge, kuidas neid vajatakse. Rulluisud olid rööbastelt välja sõitnud. Vagunid rippusid pooleldi rajal ja pooleldi rööbastelt. Ja igas vanuses reisijad karjusid. Üks laps rippus jalgadega nii ebakindlalt üle vankri külje, et oli selge, et ta kukub esimesena.

„Me haarame selle lapse kinni," ütles Lia ja võttis ette. Ta ja Väike Dorrit läksid otse poisi juurde. Ta lasi lahti, kukkus ja maandus ohutult Lia ees ükssarviku peal.

„Aitäh," ütles poiss. „Kas see on tõesti ükssarvik või ma näen unes?"

„See on tõesti," ütles Lia. „Tema nimi on Väike Dorrit."

„Mu emal on selle nimega raamat. Ma arvan, et see on Charles Dickensilt."

„See on õige," ütles Lia.

„Kas Väikeses Dorritis on ükssarvikud? Kui jah, siis pean ma seda lugema!"

„Ma ei oska kindlalt öelda," ütles Lia. „Aga kui sa selle välja selgitad, anna mulle teada."

E-Z haaras ükshaaval ülestõusnud autodest. Selle tasakaalustamiseks oli vaja natuke vaeva näha, see oli esialgu natuke nagu slinky, mis kõik kaldus ühes suunas. Aga tema kogemus lennukiga aitas ja innustas teda, kui ta autosid tagasi rööbastele tõstis. Ta hoidis neid paigal, kuni kõik reisijad olid turvaliselt sees.

Tänu Alfredi abile kulges see protsess sujuvalt. Alfred suutis oma tiibu, nokka ja suurt suurust kasutades neid ohutusse paika tõsta.

„Kas kõik on korras?" E-Z hüüdis kõigi reisijate kõlava aplausi saatel.

Ülesanne edukalt lõpetatud, lendas Alfred sinna, kus Lia ja teised olid. See oli suurepärane koht vaatlemiseks.

„Kas me võime poisi nüüd maha võtta?" Lia küsis.

E-Z näitas talle pöidlaid.

Allpool toodi kraana, et see päästmiseks üles tõsta. See polnud veel kaugeltki valmis. Ta vaatas, kuidas töölised oma kollastes kaitsekiivrites ringi sebisid.

E-Z vilistas mehele, kes käitas rulluiske, et ta selle käivitaks.

Rulluisu operaator käivitas mootori uuesti. Algul tukslesid vagunid veidi edasi, siis peatusid. Reisijad karjusid; kartuses, et see jälle rööbastelt välja sõidab. Mõned hoidsid kinni oma kaela, mis oli algse sündmuse käigus põrutada saanud.

E-Z paigutas oma ratastooli vagunite ette, et jälgida, et nende asend ei muutu. Ta märkas, et tuul oli tugevnenud, kui reisijate juuksed vagunites ringi pühkisid. Üks vanem mees kaotas oma LA Dodgersi pesapallimütsi. Kõik vaatasid, kuidas see maapinnale kukkus.

„Proovi uuesti," hüüdis E-Z, lootes parimat, kuid mõtles igaks juhuks välja B-plaani.

Operaator keeras mootori käima. Taas kord liikus vesirongkäik ettepoole. Seekord veidi kaugemale, kuid veeretas jälle täispuhumisse.

E-Z hüüdis Little Dorritile käsklusi: „Palun pane Lia maale. Siis haara mõni ketilüli, mille mõlemas otsas on konksud, ja too need minu juurde."

Ükssarvik noogutas, laskudes alla kogunenud rahvahulga „oohhide" ja „ahhide" saatel. Üks mees üritas teda haarata ja kinni püüda, ta lükkas ta ninaga eemale ja politsei liikus kohale, et ala ära piirata.

„Siin!" ütles üks ehitustööline. Ta oli kuulnud, mida E-Z palus. Ta pani osa ketist Little Dorriti suhu ja keeras ülejäänud osa ümber tema kaela.

„See ei ole liiga raske?" küsis ta, kui Little Dorrit probleemideta ära võttis ja tiirutas sinna, kus Alfred nüüd E-Z kõrval ootas.

Alfred pani oma nokka kasutades konksu rulluisu esiosa sisse. Ta kinnitas selle oma kohale ja kinnitas selle E-Z ratastooli külge.

„Palun jääge istuma," kutsus E-Z. „Ma lasen teid maha, aeglaselt, kuid kindlalt. Püüdke mitte liiga palju nihkuda, ma tahaksin, et raskus oleks ühtlaselt paigas. Kolme peale veeretame," ütles ta. „Üks, kaks, kolm." Ta tõmbas, andes endast kõik, ja auto veeres koos temaga. Alla minek oli lihtne, üles tulles pidi ta jälgima, et vanker ei võtaks liiga palju kiirust ja ei läheks jälle paigast ära. Väike Dorrit ja

Alfred lendasid auto kõrval, valmis tegutsema, kui miski läheb valesti.

Lia oli nii hirmunud, närviline ja põnevil.

„Sa saad hakkama, E-Z!" hüüdis ta, unustades, et ta võib need sõnad oma peas välja öelda ja mees kuuleb neid.

„Tänan," ütles ta, hoides tempot aeglaselt ja kindlalt. Kuigi E-Z oli väsinud, pidi ta selle ülesande lõpule viima. Kui auto ümber nurga keeras ja seisma jäi, läks ta tagasi tunnelisse. Tagasi sinna, kust tema teekond oli alguse saanud.

„Aitäh!" hüüdis operaator.

Tuletõrjujad, parameedikud ja meditsiiniõed valmistusid reisijate pealetungiks. Väljasõitjad lahkusid samal ajal.

„E-Z! E-Z! E-Z!" skandeeris rahvahulk, tõstetud telefonid filmisid kogu juhtumit.

„Kas te arvate, et meil on aega kommivärvi haarata?" Lia küsis.

„Ja karamellkorn?" Alfred ütles. „Ma ei ole kindel, kas see mulle meeldib, aga ma olen nõus seda proovima!"

„Muidugi," ütles E-Z. "Ma toon sulle mõlemat, pole muret! Võib-olla saan isegi endale Candy Apple'i."

Kui ta läks oste tegema, märkas ta, et reporterid olid saabunud. Nad olid kogunenud kellegi ümber, kes oli väga pikk ja kihtmustade juustega. Mees hoidis silmailu ees ja meenutas Abraham Lincolni. Lähemal vaatlusel mõistis ta, et see oli Eriel maskeerituna. Ta liikus lähemale, et kuulata.

„Jah, mina olen see, kes selle dünaamilise kolmiku kokku tõi. Liider on E-Z Dickens ja ta on kolmeteistkümneaastane ja superstaar. Lisaks sellele, et ta on kõige kogenum liige *Kolmikus*, on ta ka liider. Nagu te kindlasti olete märganud, saab ta peaaegu kõigega hakkama. Ta on suurepärane poiss!"

E-Z tundis, kuidas ta põsed kuumaks tõmbusid.

„Aga tüdruk ja ükssarvik?" hüüdis reporter.

„Tema nimi on Lia ja see oli tema esimene ettevõtmine superkangelaste maailmas. Tema ükssarvik on Little Dorrit ja nad kaks on hämmastav meeskond. Ta päästis selle poisi." Ta haaras poisist kinni. Ta pani ta kaamerate ette.

Kui kõik silmad olid tema peal, lõpetas ta oma lause. „Kerge vaevaga. Lia ja Little Dorrit on imelised täiendused meeskonnale ja nad on E-Z-le tohutu abiks kõigis tema tulevastes ettevõtmistes."

„Milline see oli?" küsis reporter poisilt.

„Lia oli väga tore," ütles poiss.

Tume kuju lükkas poisi eemale. Ta pühkis end tolmust puhtaks.

„Trompetijuhi nimi on Alfred. See oli tema esimene võimalus aidata E-Z-d. Ta pani end vapralt ohtu. Alfred on veel üks suurepärane liige selles superkangelaste meeskonnas *Kolmik*. Sa näed neid tulevikus palju." Ta kõhkles: „Oh, ja minu nimi on Eriel, juhul kui soovite mind oma artiklis tsiteerida."

Nüüd soovis E-Z, et ta poleks nõustunud karnevalilaule koguma. Ta kükitas, kõrvale, lootes, et teda ei märgata.

„Seal ta on!" hüüdis keegi.

Teised, kes seisid tema taga järjekorras, lükkasid teda järjekorra esiosa poole.

„Maja eest," ütles müüja, ulatades talle kõigest ühe.

„Aitäh," ütles ta, kui ta end üles tõstis.

„See on tema! Poiss ratastoolis! Meie kangelane!" hüüdis keegi tema alt.

„Seal ta on, võtke tema pilt."

„Tule tagasi selfie'ks, palun!"

E-Z heitis pilgu selle poole, kus Eriel oli olnud, kuid nüüd, kui ta oli märgatud, ei huvitanud teda enam keegi. Järgmine asi, mida ta teadis, oli Eriel kadunud.

„Lähme siit välja!" E-Z hüüdis, mõeldes, kuhu täpselt nad peaksid minema. Kui nad tema maja juurde läheksid, järgnesid reporterid ja fännid suure tõenäosusega. Mingil moel igatses ta neid päevi, mil Hadz ja Reiki pühkisid kõigi asjaosaliste meeled - see tegi asjad kindlasti lihtsamaks.

Tagasiteel ei suutnud E-Z mitte kuidagi ära imestada, mida Eriel teeb. Lõppude lõpuks ei tohtinud keegi tema katsumustest teada saada. See oli väga kummaline - aga ta oli liiga kurnatud, et sellest sõpradega rääkida. Selle asemel mõtles ta, miks ei ole enam oluline oma katsumusi varjata - ja kuidas see muudab asju. Oli hea, et tema tiivad ei põle enam ja tema tool ei tundunud olevat huvitatud vere joomisest.

„Noh, see oli päris lihtne," ütles Alfred.

Lia naeris: „Ja see oli omamoodi lõbus, näha sind E-Z'i tegevuses."

„Hei, mis minust, ma aitasin ka!"

„Kindlasti aitasid," ütles E-Z. „Ja Väike Dorrit, aitäh! Ilma sinuta poleks ma seda teinud!"

Väike Dorrit naeris. „Hea meel, et olin abiks."

„Sa olid hämmastav!" Lia ütles, silitades tema kaela.

Kuid midagi häiris neid. Oli ilmselge, et E-Z oleks võinud seda kõike ise teha. Ta ei vajanud abi.

Alfredile tundus eriti, et trompetijuhina tegi ta kõik endast oleneva. Aga ta ei olnud sellisel päästetööl eriti abiks. Mitte nagu keegi, kellel olid käed, oleks võinud aidata. Ta oli andnud endast parima, aga kas sellest piisas? Kas ta oli parim valik *Kolmiku* liikmeks ?

Lia mõtles, et Väike Dorrit oleks võinud poisi alla maanduda ja teda päästa, ilma et ta oleks olnud selle seljas. Ükssarvik oli tark ja oleks võinud järgida E-Zi juhiseid ja juhiseid. Ta tundis, et oli tulnud kogu selle tee ja milleks? Sellel polnud tegelikult mingit mõtet.

Nad pöördusid taas koju tagasi. Kuigi nad olid koos midagi imelist korda saatnud, oli nende tuju madal.

Väike Dorrit lahkus ja läks sinna, kus ta elas, kui teda ei vajatud.

E-Z läks kohe oma kontorisse, kus ta tegi natuke tööd oma raamatuga. Ta oli tahtnud uuendada katsete nimekirja, et näha, kus ta on. Ta otsustas need kõik uuesti algusest peale sisse kirjutada:

1/ päästis väikese tüdruku

2/ päästis lennuki allakukkumisest

3/ peatas laskuri katusel

4/ peatas tüdruku poes

5/ peatas laskuri tema maja ees

6/ kakles Erieliga

7. pääses sellest kuulist välja

8/ päästis Lia

9/ pani rulluisu tagasi rajale.

Ta ei olnud kindel, kas setu päästmine oli katse või mitte. Hadz ja Reiki olid tema meelest pühkinud. E-Z sisetunne oli, et onu Sami päästmine ei olnud proovilepanek.

Ta istus tagasi oma toolile. Mõtles oma läheneva tähtaja üle. Ta pidi piiratud aja jooksul sooritama veel kolm katset. Ühes mõttes tahtis ta need ära teha, lõpetada. Teisest küljest hirmutas teda see, et ta oli oma kohustusega valmis.

Vahepeal otsustas Alfred minna järve äärde ujuma. Samal ajal kui Lia ja tema ema läksid jalutama.

*** ***

So, milline see oli?" küsis Samantha.

‖ „See oli äärmiselt põnev ja hirmutav ühtaegu. E-Z on tähelepanuväärne. Hirmutu," selgitas Lia.

„Ja milline oli sinu panus?"

Nad pöördusid nurga taha ja istusid koos pargipingile. Lapsed mängisid, jooksid üles-alla ja karjusid. Nii ema kui ka tütar mäletasid, kuidas Lia mängis nii muretult, kui ta oli seitsmeaastane. Nüüd, kui ta oli kümneaastane, oli tema huvi mängimise vastu tugevasti vähenenud.

„Kas sa, igatsed seda?" küsis Samantha.

Lia naeratas. „Sa tead alati, mida ma mõtlen. Tegelikult mitte, aga kunagi varsti tahaksin uuesti tantsimist proovida. Et näha, kuidas ja kas ma suudaksin kohaneda."

Nad istusid koos ja vaatasid, ütlemata midagi.

„Mis puutub minu panusesse, siis üks väike poiss rippus autost maha ja ilma Little Dorriti abita oleks võinud kukkuda."

„Oleks võinud?"

„Jah, ma arvan, et E-Z oleks ta päästnud, siis oleks ta ka ülejäänuga hakkama saanud, kui meid poleks seal olnud. Ta on harjunud katsumusi üksi tegema."

„Sa arvad, et sind või Alfredi polnud vaja?“

„Meie kohalolek moraalseks toeks oli abiks, ma ei tea. Peainglid on näinud palju vaeva, et meid kokku saada. Et meid Hollandist, meie kodust, siia lennutada. Kui selle kohtuprotsessi põhjal arvan, et meid pole vaja.“

Samantha võttis tütre käe enda kätte ja nad tõusid pingilt ning pöördusid tagasi kodu poole.

„Ma arvan, et meeskonna olemasolu, tagavara, on hea asi ja ma olen kindel, et E-Z teab ja hindab seda. Ta ei tundu olevat selline poiss, kes oleks üksildane. Ta mängis pesapalli, Sami jutu järgi ikka veel. Ta teab, et meeskonnad töötavad hästi koos, tuginedes iga mängija tugevatele külgedele. Mis puutub sinusse, siis ma ei muretseks, et sa ei olnud selle kohtuprotsessi kõige otsustavam tegur. Ja ärge kunagi alahinnake oma väärtust.“

„Aitäh, ema,“ ütles Lia, kui nad nurga taha oma tänavale pöörasid. „Räägime nüüd Samist. Ta meeldib sulle ju väga, eks ole?“

Samantha naeratas, kuid ei vastanud.

***

S amal ajal kontrollis Sam E-Z. „Kas kõik on korras?" küsis ta, torgates pea vennapoja kontorisse.

„Ma ei ole kindel. Kas me saame rääkida?"

„Muidugi, poiss."

„Sulge palun uks."

„Mis on? Kas esimene meeskonnaproov ei läinud hästi?"

„Kõigepealt tahan küsida, mis toimub sinu ja Lia ema vahel?"

Sam raputas jalgu ja puhastas prille. „Ärme tee seda minust ja Samanthast. See on meie vahel."

„Oh, siis ongi US?" Ta irvitas.

„Muuda teemat," ütles Sam.

„Okei siis, mida iganes sa ütled. Mis puutub kohtuprotsessi, siis see läks hästi, ja ära mõtle minust halvasti. Ma ei ütle seda sellepärast, et ma olen suurepäine, aga ma oleksin selle ka ilma teisteta läbi saanud."

„Räägi mulle täpselt, mis juhtus. Milline oli sinu ülesanne? Ja ma pean ütlema, et see üllatab mind, sest sa oled alati olnud meeskonnamängija."

„Ma tean. See ongi see, mis mind häirib. See oli lõbustuspargis. Rulluisu läks rööbastelt välja. Selle esiosa rippus servast maha ja reisijad paiskusid üle. Ainult üks oli tõelises ohus - üks laps, kelle Lia püüdis Väikese Dorriti ükssarviku abiga kinni."

„Kõlab, nagu oleks sellest päästmisest abi olnud."

„Oli, sest laps oli ajast ja arust, aga ma olin seal ja oleksin võinud ta päästa. Siis panin vankri tagasi rajale ja aitasin teised sisse. Minu jaoks oli nagu aeg seisma jäänud - nii et ma oleksin selle olukorra kergesti ilma kellegi abita ära lahendanud."

„See kõlab nagu Alfred, polnud sinust palju kasu. Kas sa järeldad, et sa saaksid ka ilma temata hakkama?"

E-Z ajas sõrmedega läbi tumedate juuste keskel. Harjane tunne pani ta kuidagi pinget maha võtma.

„Alfred aitas. Aga ma otsisin võimalusi, kuidas ta aitaks. Ta püüab nii kõvasti. Tahame nii väga aidata, aga ausalt öeldes on ta piisavalt tark, et teada, et ma tegin talle tööd. Nii et ta võiks aidata, ja ma ei tunne end hästi."

„Seda teevad meeskonnamängijad. Nad hoolitsevad üksteise eest. Aitavad üksteist."

„Ma tean, aga kui kaalul on elusid, siis on minu ülesanne hoolitseda, et keegi ei sureks. Kui ma leian teistele ülesandeid, et nad tunneksid end vajalikuna, siis on see puudus, mitte abi." Ta ohkas sügavalt, klõpsates sõrmedega üle klaviatuuri. Häbenedes vältis ta onuga silmakontakti.

Pärast paariminutilist vaikust läks E-Z tagasi oma raamatu kallal töötama, et lasta onul mõtiskleda. Ta käis läbi päeva sündmuste üksikasjad.

Nagu ta aru andis. Lõhkus asju lahti. Protsessi lahtivõtmine ja uuesti kokku panemine tõi talle ilmutuse. See oli midagi, mida ta polnud kunagi varem teinud. Ta võis asja arutada, oma meeskonnaga. Nad võiksid talle öelda, kuidas ta tegi, teha ettepanekuid, et ta saaks seda parandada. Jah, sellel oli palju eeliseid, kui ta oli üks kolmest. Ta tundis end selles teadmises rahulikumalt ja õnnelikumalt.

„Ma arvan, et sa peaksid andma sellele meeskonna olukorrale rohkem aega, enne kui midagi otsustad. Sulle peab olema kasulik teada, et neil kõigil on oma erilised võimed, et sind aidata. Selles olukorras olid teie oskused esiplaanil. See ei tähenda, et see alati nii oleks. Järgmise ülesande puhul võivad asjad muutuda. Kõik juhtub põhjusega."

„Sa mõtled samamoodi nagu mina praegu. Kõik on alati parem, kui sa ei pea sellega üksi silmitsi seisma. Sa õpetasid mulle seda."

„Kas keegi siin majas veel nälgib?" Alfred hüüdis, kui ta mööda koridori kõndis.

E-Z lükkas oma tooli tagasi ja vastas: „Mina!"

Sam küsis: „Sa mis?"

„Oh, Alfred küsis, kas keegi on näljas."

„Mina ka!" Sam hüüdis.

„Ma olen," ütles Lia. „Mis on õhtusöögiks?"

Samantha pakkus, et nad tellivad pitsat. Kõik juubeldasid, välja arvatud Alfred. Ta ei olnud kiiva juustu fänn.

Nad veetsid õhtu koos, täites oma nägu ja vaadates seriaali zombidest.

„See ei ole sinu jaoks liiga hirmutav, eks ole, Lia?" E-Z küsis,

„Minu jaoks on see liiga hirmutav!" Samantha vastas. Sam pani oma käe tema ümber, samal ajal kui Lia kikerdas ja hoidis ema käest kinni.

PEATÜKK 14

Järgmisel hommikul**ärkas**Alfred karjumisega. Kui te pole kunagi kuulnud luikede karjumist, siis olete õnnelik. See oli nii vali; see äratas kõik üles.

E-Z püüdis Alfredi rahustada. Luik laperdas ainult rohkem tiibadega ja tegi kohutavat häält. See oli nagu piinamine. Kas see või oli maailmalõpp!

Onu Sam jõudis kohale, et kontrollida, mis toimub.

„See on Alfred, aga ärge muretsege. Ma saan selle ära," ütles E-Z.

Varsti tulid Lia ja Samantha uurima. Lia veenis Samantha tagasi magama.

Lia jäi, et aidata E-Z-l Alfredi lohutada. Kes läks kohe akna juurde, avas selle oma nokaga ja lendas välja öösse.

Nende kohal kuulasid E-Z ja Lia, kuidas Alfredi võrkjalad katusele koputasid.

„Mida te kaks ootate!" karjus ta. „Me peame minema - KOHE!"

Lia ronis aknast välja ja seisis värisedes aknalaual. Ta ootas, kuni E-Z suutis oma ratastooli istuda ja seda hõljuvasse asendisse manööverdada.

„Oota, ma arvan, et ükssarvik on lõpuks ometi teel," ütles Alfred. „Sellepärast ma siin üleval olengi. Et näha, kas ta tuleb."

Väike Dorrit maandus, pani oma nina Lia alla ja viskas ta selga.

Nad lendasid minema, Alfred eesotsas.

„Aeglasemalt!" E-Z hüüdis. Alfred ignoreeris teda. Ta jätkas, suurendades kõrgust ja kiirust. E-Z tooli tiivad hakkasid laperdama nagu tema inglitiivad. Ta pidi kiiresti tegutsema, et Alfredi silmapiiril hoida.

Lia värises. „Oleks mul vaid kampsun kaasas."

„Kummardu mulle kaela," ütles Little Dorrit. „Ma hoian sind soojas."

E-Z kiirendas tempot, lähenedes, siis märkas ta, et Alfred aeglustab. Või nii ta arvas. Selle asemel nägi ta vaatepilti, mis ei kustu kunagi tema meelest. Alfred oli õhus külmunud, tiivad ja jalad välja sirutatud. Nagu oleks ta modelleerinud X-i.

Siis hakkas kogu ta keha värisema, mis kasvas värisemiseks. Näis, nagu oleks ta elektrilöögi alla sattunud. Ja tema nägu, millel oli väljakannatamatu valu väljendus, tõi sõpradele pisaraid silma.

„Mis temaga toimub?" Lia küsis. „Ma ei suuda seda enam vaadata. Ma lihtsalt ei suuda," nuttis ta.

„Ta on nagu šokis. Kes teeks sellist asja?" Nagu ta seda ütles, teadis ta. Ainult Eriel võiks olla nii julm. Eriel kutsus neid kokku. Kasutades seda elektrilöögitehnikat, et panna nad oma sõbra Alfredi järel käima. Ainult, mis siis, kui ta ei elaks šokke üle? Kui ta seda ütles, eraldus käputäis Alfredi sulgi tema kehast ja hõljus õhus. Ta lõpetas värisemise ja hakkas lendama. Üle oma õla ütles ta: „Tule, hoia sammu, enne kui see mind jälle tabab."

„Kas sa oled korras?" Lia küsis.

„See oli kolmas ja iga kord läheb hullemaks. Me peame jõudma sinna, kuhu nad meid tahavad, ja kiiresti. Ma ei tea, kas ma suudan veel ühe üle elada - mitte hullemat kui eelmine. See oli jube äge."

Nad lendasid edasi, vesteldes samal ajal.

„Vabandan, et äratasin kõik üles," ütles Alfred nüüd, kui löögid olid lakanud.

„See polnud sinu süü." E-Z ütles. „Ma olen üsna kindel, et ma tean, kelle süü see on - ja kui me teda näeme, annan talle aru, mille eest."

„Mida sa mõtled?" Lia küsis, kugeldades Little Dorriti kaela. Oli nii pime ja külm; ta ei suutnud lõpetada värisemist.

Alfred ütles: „Meid on kutsutud, saates elektrilöögid kogu mu kehasse. See oli nagu mu suled oleksid seestpoolt välja põlenud. Nii ebaviisakas. Nii väga ebaviisakas ja hetkeks arvasin, et olen jälle vahepealsel ajal."

Kogu tema luigekeha värises sellele mõeldes. „Ma annan sellele, kes seda tegi, seda, mida ta väärib, kui ma teda ka näen!"

Alfred jätkas teistest mööda lendamist. „Eelnevalt sosistas Ariel mulle kõrva, et mind üles äratada. Siis rääkisime koos plaani välja. Ta tegi seda isegi siis, kui ma olin vahekorras. Ta on alati olnud minu vastu õrn ja lahke. See kutsumine oli teistsugune."

„Kõlab nagu Eriel," tunnistas E-Z. „Ta ei ole väga taktitundeline ja ta võib olla natuke melodramaatiline ja üsna tundetu. Rääkimata sellest, et tal on haige huumorimeel.“

„Natuke melodramaatiline, ei kriimusta isegi pinda,“ ütles Alfred.

„Sa pead meile millalgi sellest vahekorrast rohkem rääkima. Nimi kõlab armas, aga mul on tunne, et see on oksümoroon,“ ütles E-Z.

„Mulle ei meeldi sellest rääkida,“ vastas Alfred.

„Ma tõesti ootan väga selle Erieliga kohtumist. EI.“ Lia tunnistas. „See on nagu Voldemorti kohtumise ootamine. Tema maine käib talle ette.“

„Ah, Harry Potteri fänn siis?“ Alfred ütles.

„Kindlasti,“ tunnistas Lia.

Tähed taevas üleval saatis kujuteldavat soojust. Siiski värisesid nad öises õhus ette valmistamata.

„Kas me oleme peaaegu kohal?“ E-Z küsis.

„Ma ei tea täpselt,“ ütles Alfred. „Šokis ei öeldud, kuhu meid kutsuti, ja ma ei suuda õhus mingeid vibratsioone tajuda. Ainus asi, mis näitab, et me ei tee seda, mida meilt oodatakse, on teine šokk. Kahjuks.“

„Me ei taha, et see juhtuks. Tõstame tempot.“

„Tundub, et me jõuame siiski lähemale.“ Alfred peatus keset õhku; tiivad täielikult välja sirutatud. „Oi ei!“ sosistas ta, oodates uut šokki. Ta ootas ja ootas, kuid midagi ei juhtunud. „Arvatavasti oleme peaaegu...“

Luige keha ei värisenud ja värises seekord mitte ainult. Alfredi keha rullus üle ja ümber. Justkui sooritaks ta taevas saltosid.

Lose suled lendasid tema ümber, tantsisid tuules, kui luik vabalangevusse läks.

E-Z lendas trompetajõe alla ja püüdis ta kinni. „Alfred? Alfred?“ Vaene luik oli minestanud. „Eriel! Sina! Sina suur karvane raisakotkas!“ E-Z karjus, tõstes rusika taeva poole. „Sa ei pea Alfredi tapma. Ütle meile, kus sa oled, ja me tuleme kohale, aga ainult siis, kui sa nõustud seda elektrilaengutega maha lööma. See on barbaarne. Ta on luik, halastuse pärast. Andke talle aega.“

„Mida ta ütles,“ vastas Lia, avatud peopesad taevasse suunatud.

Hetkeks hõljusid nad, ikka veel paigal.

Siis tabas ratastooli šokk. Siis tabas see Dorrit ükssarvikut. Ja kõik läksid vabalangevusse.

Erieli naer täitis õhu nende ümber. Maailm oli tema Sensurround ja ta pilkas *Kolmikut* nii, nagu keegi teine ei suutnud. Või oleks võinud.

PEATÜKK 15

Nad jätkasid langust veel mõnda aega. Ükski neist ei suutnud oma erivõimeid ega omadusi kontrollida.

Nad ootasid pooleldi, et nende kehad paiskuvad allapoole kõnniteele. Kõnnitee tõusis neid tervitama.

Järsku lõppes laskumine. Nad kõik olid justkui mõne nähtamatu nukujuhi külge kinnitatud.

Mõne sekundi pärast algas liikumine uuesti, kuid seekord oli see õrn.

Juhtides neid, kuni nad said ohutult Erieli, Arieli ja Hanieli peainglite jalge ette langeda.

„Kas oli hea reis?" Eriel küsis. Ta röögatas naerust. Tema kaaslased vaatasid seda naermata ja rääkimata.

Alfred, kes oli nüüd ärkvel, lendas ja maandus, talle järgnes Väike Dorrit ükssarvik, kes kandis Liat.

Ükssarvik tegi teistele külalistele kummarduse ja taandus siis ruumi kaugemasse otsa.

Eriel oli ülejäänud kolmest kõige pikem, seisis käed puusadel, veendudes, et ei jääks küsimustki, kes on vastutav.

Ariel seevastu oli haldjasarnane.

Haniel oli kujuline, kiirgas ilu.

Eriel astus ettepoole, tõstis end maast üles, nii et oli nende kohal. Ta karjus: „Teil võttis piisavalt kaua aega, et siia tulla! Tulevikus, kui ma teie kohalolekut käsin, olete siin lickety-split!"

Haniel lendas Alfredile lähemale. Ta puudutas teda otsaesiselt. Seejärel pöördus ta E-Z poole ja tegi sama. Ta naeratas. „Rõõm teid mõlemaid kohata." Ta pöördus Lia poole. Lia avas oma peopesa ja nad vahetasid avatud peopesa sõrme puudutusi. Lia heitis end Hanieli kätesse. Haniel mähkis oma tiivad ümber, võttes vastu uue kümneaastase tüdruku välimuse.

Ariel lehvitas E-Zi lähedal. Ta virutas talle silma ja naeratas Liale. Ta lendas Alfredi juurde ja vabastas ta valust.

„Piisab nääklemisest!" Eriel käskis oma häälega nii valjusti, et E-Z kartis, et ta tõstab katuse üles.

„Oota," ütles Alfred, kõndides oma võrkpõrandate helisevate jalgadega betoonpõrandal. „Ma oleksin peaaegu saanud elektrilöögi ja tahaksin vabandust."

Eriel avas oma tiivad laialt, laiemalt, nii laialt, kui need võisid minna. Ta hõljus Alfredi kohal, kes värises, kuid hoidis end püsti. Nende silmad lukustusid.

Eriel tundis, et trompetajuhn Alfred oli kas väga julge või väga rumal. Igal juhul vajas ta abi.

E-Z veeretas end ettepoole, asetas oma tooli nende vahele. „Mis tehtud, see tehtud." Ta pöördus Alfredi poole: „Astuge maha." Alfred tegi seda. Siis Erielile: „Ma tean, et sa oled kiusaja ja see, mida sa meie sõbraga tegid, oli andestamatu ja julm. Praegu on keset ööd, nii et tulge asja juurde - öelge meile, miks me siin oleme? Mis on suur hädaolukord?"

Eriel maandus ja tema tiivad volditi keha taha. Ta möirgas: „Minu katsed teiega isiklikult ühendust võtta, mu protegendiga, jäid vastuseta. Ükskõik, mida ma ka ei teinud, su norskamine ei lasknud sul ärgata. Saatsin Hanieli Lia järele, kuid ta ei suutnud teda äratada, ilma et oleks häirinud tema kõrval magavat ema. Seepärast kutsusime Alfredi, kes samuti ei reageerinud mõnda aega. Tema mentor püüdis talle läheneda, oma tavapärasel moel - kuid tema sosinad ei olnud piisavalt võimsad, et teda äratada.“

„Ma muretsesin sinu pärast,“ ütles Ariel.

„Mul on kahju,“ ütles Alfred. „E-Zi voodi on imeliselt mugav ja ta norskab küllaltki valjusti. Ma ei ole ammu enam päris voodis maganud.“

„VAIKUS!“ Eriel kriiskas.

Alfred astus tagasi, samas kui E-Z nihutas oma tooli olendile veelgi lähemale.

Eriel langetas häält. „Haniel arvas, et sa oled surnud, luik. Ja seetõttu kasutasin mina, seda võimalust, et hinnata meie uusimat tehnoloogiat.“

„Seda polnud varem inimestel tehtud,“ tunnistas Haniel.

„Me arvasime, et kõige parem oleks proovida kellegi peal, kes ei ole inimene - Alfred, sa sobisid sinna ja see töötas suurepäraselt. Tõsi, te kõik saabusite hilinemisega, aga te jõudsite siia. Nagu öeldakse, parem hilja kui mitte kunagi.“

„Sa kasutasid mind katsejänesena?“ Alfred ütles, kiigutades kaela edasi-tagasi, nokk laialt lahti ja edenedes üle põranda.

E-Z paigutas taas kord oma ratastooli nende vahele. „Seisa maha,“ ütles ta Alfredile.

Eriel, Haniel ja Ariel moodustasid trio ümber poolringi.

„Sul on õigus E-Z. Mis tehtud, see tehtud. Parem, kui nad proovisid seda minu peal, kui teie kahe peal. Nüüd aga asuge tööle," nõudis Alfred.

„Jah, Eriel," ütles E-Z, "ma küsin veel kord, miks me siin oleme?"

„Esiteks," röögatas peaingel, "plaan oli, et te kolmekesi moodustaksite mingi kolmiku."

„Me mõtlesime selle juba ise välja," ütles Lia. Ta hoidis oma peopesad lahti, et ta saaks korraga kolme peaingli täielikku pilti võtta. Samuti vaatas ta aeg-ajalt ruumis ringi, et nende ümbrust silmitseda. See tundus tuttav, metallseinad nagu selles, kus ta oli esimest korda E-Ziga kohtunud. Ainult et palju avaram.

E-Z vaatas ringi ja vaatas Liale otsa. Ta mõtles sama asja. Mida rohkem ta seinu vaatas, seda rohkem tundusid need teda ümbritsevat. Ta tundis end külmalt ja klaustrofoobiliselt, kuigi ruum oli tohutu suur. Ta soovis, et tema ratastoolis oleks nupp nagu mõnes autos, kus istet saaks soojendada.

„Vaikus!" Eriel hüüdis. Kuna kõik olid vait, tundus see kohatu. Muidugi polnud nad arvestanud, et ta võis ka nende mõtteid lugeda.

Alfred naeris.

Eriel sulges vahe nende vahel ja Alfred taganes. Eriel sulges taas lõhe. Ja nii edasi ja nii edasi, kuni Alfred oli seljaga vastu seina. Alfred asus põgenema. Eriel tõstis ta oma küünisarnaste jalgadega üles. Hoidis teda teistest kõrgemal.

„Eriel, palun," ütles Ariel. „Alfred on hea hing."

Eriel pani ta maha, siis tõstis rusikad. Neist lendasid välgud välja ja põrkasid rikošettidena konteineri metallist lakke. Kõik peale Erieli mängisid lendavate elektrilaengutega dodžemit. Eriel vaatas. Naeris. Kuni ta meelelahutusest väsis.

*Kolmiku*enesekindlus oli proovile pandud.

Eriel püüdis järelejäänud välgud kinni. Ta tegi sellest suurt numbrit, kui ta need oma taskutesse pani.

„Nüüd siis," ütles ta kavalalt irvitades. „Uus katsumus on teie jaoks tulemas. Täna. Üks teist sureb."

E-Z paiskus oma toolist püsti. Alfred karjus tahtmatult „Hoo-hoo!" ja Lia karjus väikese tüdruku karjumist.

Eriel jätkas, ignoreerides nende reaktsioone. „Te olete siin, et valida. Kes teist täna sureb? Pärast seda, kui olete valinud, selgitan ma teile tagajärgi, mis teid nimetatud surma tõttu tabavad." Eriel lendas mõne meetri kaugusele ja teised kaks inglit olid tema kõrval, üks kummalgi pool.

Kõigepealt kirjeldas Ariel Alfredi surma:

„Ma ei saa teile selle kohtuprotsessi kohta mingeid üksikasju rääkida. Kõik, mida ma võin teile öelda, on see, et Alfred, kui te täna peaksite surema, ei täida te oma lepingulist kokkulepet. Seetõttu ei näe sa enam oma perekonda, ei nüüd ega kunagi. Sinu surm oleks aga ilus. Sest nagu elus, on ka luige surm alati ilus. Majesteetlik. Sest kui luik sureb, siis saab temast tõepoolest ingel. Teie ümberkujundamine oleks teie jaoks uus algus. Teie eesmärk oleks nii inimeste kui ka loomade paremaks muutmine. Teile antakse uus nimi ja uus eesmärk. Teid väärtustataks tõeliselt igati. Ja teie hing pöörduks tagasi oma igavesele puhkepaigale."

Pisarad voolasid mööda Alfredi trompetijuhi põski. Ariel lohutas teda, mähkides oma tiivad ümber tema tiibade.

Teiseks rääkis Haniel Lia surmast:

„Laps, peatselt naiseks saades, nagu Ariel, ei saa ma sulle midagi öelda, mis on käsil. Ma võin sulle, kallis Cecelia, keda tuntakse ka Lia nime all, öelda vaid seda, et kui sa peaksid täna surema, siis sind enam ei ole. Mitte mingil kujul. Sinu surm on lihtsalt see, surm. Lõplik. See saab olema nii, nagu oleks olnud, kui lambipirn plahvatas, sa oleksid surnud. Teie vaene elu oleks siis lõppenud. Ja ometi olete te nüüd siin ja teil on maailmale palju pakkuda. Te ei ole isegi veel kriimustanud teie käsutuses olevate võimete pinda. Kui te aga täna sureksite, jääksid need võimed kasutamata. Te läheksite maa sisse, tolmuks tolmuks. Lihtsalt mälestuseks neile, kes on teid tundnud ja armastanud. Kuid ka teie hing naaseks oma igavesse puhkepaika.“

Lia sulges oma käed, et ohjeldada neilt langevaid pisaraid. Ka silmadest tilkusid need. Tema vanadest silmadest. Tema keha värises, kui ta nuttis. Ta oli liiga üleväsinud emotsioonidest, et rääkida.

Väike Dorrit liikus ligi ja torkas väikest tüdrukut õlale. Haniel püüdis teda samuti lohutada, suudeldes teda otsaesisele.

Ja siis hakkas Eriel jutustama E-Z lugu:

„E-Z, sa oled pärast oma vanemate surma palju saavutanud. Sulle on antud katsumusi. Mõnikord, sageli inimese jaoks ületamatuid ülesandeid. Ometi oled sa neid edukalt ületanud. Sa oled päästnud elusid. Sa ei ole mulle pettumust valmistanud. Siiski tunneme.“ Ta kõhkles, heites pilgu küljelt küljele. „Ma tunnen eriti, et olete oma võimed nurjanud. Mõnikord isegi eitanud neid. Te olete võtnud aega, mille me teile andsime, et muuta maailm paremaks, ja selle ära raisanud.“

E-Z avas suu, et rääkida.

„Vait!" Eriel karjus. „Ära püüa end õigustada. Me oleme vaadanud, kuidas sa pesapalli mängid ja sõpradega aega raiskad, nagu oleks sul kogu maailma aeg oma ülesannete täitmiseks. Noh, aeg on läbi. Kui sa täna sureksid, oleksid su katsumused lõpetamata."

E-Z aimas hästi, mis järgmiseks tuleb, kuid ta pidi ootama, kuni Eriel seda ütleb. Et ta ütleks need sõnad välja, et see saaks tõeks.

Nagu ta aimas, ei olnud Eriel veel lõpetanud. „Jättes meile mittetäielikud katsumused, mille eest teie elu päästeti. See oleks nüüd andestamatu. Kui sa täna sureksid, kaotaksid sa oma tiivad. See on alustuseks. Need katsumused, mida sulle ei olnud veel antud - ei saaks kunagi. Sest sa olid ainus, kes suutis need ülesanded täita. Meie ainus lootus.

„Seepärast ei päästaks neid, keda sa oleksid päästnud, mitte keegi, mitte kunagi. Nad surevad sinu pärast. Kõik, keda sa kunagi oma katsumuste ajal päästsid, sureksid.

„See oleks nii, nagu poleks sind kunagi olemas olnudki. Nende surm oleks lõplik. Täielik. Null võimalus elu pärast surma ühelegi neist. Isegi nende saatmine vahepealsesse ja vahepealsesse ei oleks võimalus. Teie surm siis E-Z tekitaks hävingut ja tooks maailma kaose. Nagu päeval, mil teie ja mina duellidesime. Mäletate, milline oli maailm sel päeval? Selline oleks maa - igal üksikul päeval." Eriel pööras selja. Nad vaatasid, kuidas ta oma tiivad välja sirutas, nagu valmistuks ta lahkuma.

Kõik vaikisid. Mõtisklesid oma saatuse üle.

Mõne aja pärast katkestas Eriel vaikuse. „Ariel, Haniel ja mina jätame teid praegu maha. Te võite omavahel rääkida ja otsustada. Aga tehke seda kiiresti. Meil pole kogu päeva aega."

Peainglite kolmik kadus läbi lae.

PEATÜKK 16

Pärastpeainglite lahkumist olid *Kolmikud* liiga jahmunud, et midagi öelda. Kuni E-Z katkestas vaikuse.

„Minu meelest pole mõtet, et nad meid kõiki siia kokku toovad. Et nad Alfredi piinavad. Et meid siia tuua. Siis ütlevad meile, et üks meist peab surema. Ja me peame valima, kes neist. See on barbaarne - isegi Erieli jaoks."

Lia kõndis rusikat kokku surudes ringi. Ta oli liiga vihane, et rääkida, ja teda ei huvitanud, kas ta põrkab millegi vastu. Tegelikult, kui ta seda tegi, siis peksis ta seda.

Alfred sekkus. „Ma arvan, et kui keegi peab surema, siis mina. Minu jõud on äärmiselt piiratud. Ma muutuksin enam kui tõenäoliselt luigepõhiseks supiks, arvestades katsete keerukust. Nagu viimane katse. Ma tean, et sa aitasid mind E-Z. See oli sinust lahke, aga ma teadsin, et ma olen koormaks."

E-Z püüdis katkestada, kuid Alfred lihtsalt tormas edasi. „Rääkimata sellest, et ma võin takerduda. Panen ühe teist ohtu. Ma olen elanud kurba ja üksildast elu pärast seda, kui mu perekond minult ära võeti. Ühel päeval on üksindus üle jõu käiv. *Kolmiku* liikmeks olemine on aidanud, aga...

„Isegi luigena võisin ma neile mõelda. Mäletan neid, armastan neid. Ainuüksi teadmine, et nad surid koos ja on kusagil koos, annab mulle rahu. Isegi kui ma ei ole nendega koos, Aga ma olen täna, kui ma olen see, kes sureb. Ma olen valmis seda riski võtma. Pealegi, kui ma lähen, ei jää keegi maa peal minust ilma."

„Me hakkame sind igatsema!" Lia ütles.

„Muidugi, me jääme sinust puudust tundma!" E-Z nõustus, kui ta põrandat ületades märkas lauda, mis enne oli sulandunud seina sisse. Ta liikus sellele lähemale, mille peal ta avastas virna papereid, mida ta lehitses.

„Ma hindan seda tunnet," ütles Alfred. „Hei, mida sa teed, E-Z? Kust see laud on pärit?"

Lia sirutas mõlemad käed enda ette, et ta näeks korraga nii E-Z-d kui ka Alfredi.

E-Z jätkas lehekülgede sirvimist. Varsti lendasid need üle kogu toa. Pöörlesid õhus, nagu oleksid nad tornaado silma sattunud.

Kolmik rühkis kokku ja vaatas paberimöllu. Siis kukkusid nad korraga kõnniteele.

Lia haaras ühe neist ja luges seda, samal ajal kui E-Z ja Alfred seda vaatasid.

„Mis see on?" hüüatas ta. „Seal on kirjas meie nimed. See räägib lugusid. Meie lugusid. Meie surmadest."

„See ütleb, et me oleme juba surnud!" E-Z ütles, lugedes ühte paberit, mille ta oli napsanud.

„Oh," ütles Lia, kusjuures pisar jooksis mööda tema põske. „Seal on ka kirjas, et mu ema on surnud, nagu ka sinu onu Sam."

E-Z raputas pead. „See ei saa olla tõsi. See ei ole tõsi. Nad mängivad meiega." Ta vaatas ringi. Midagi ruumis oli muutunud. Seinad. Need olid nüüd punased. „Kas me oleme läinud teise dimensiooni või midagi? Vaadake seinu? Kas me oleme kusagil mujal, kus tulevik on juba minevik?"

Alfred tõstis ühe teise mahakukkunud lehe. See rääkis tema naise ja laste surmast ning tema enda surmast. Ja ometi, kui ta ennast vaatas, end tundis, oli ta elus, sulestikuga: trompetajaluik. „Ma tahan välja," ütles ta.

Lia naeratas. „Kas sa mõtled, välja siit toast või välja sellest elust? Ma tahan ka välja, ma mõtlen sellest jubedast metallkonteinerist, aga ma ei taha surra. Maailma nägemine läbi peopesade on kummaline ja lahe ühtaegu. Võimalus lugeda mõtteid, see on ka lahe. Kui ma aga aja peatasin, see oli vinge. Kujutage ette, et oleksin võimeline seda jõudu kasutama, näiteks kui keegi oleks ohus või kui oleks katastroof. Kujutage ette, kui palju elusid saaks päästa? Ja nüüd olen ma kümme ja kes teab, millised võimed on veel minu jaoks varuks."

„Jumala moodi," ütles E-Z. „Ma tean, mida sa tundsid, Lia. Nii tundsin ka mina, kui päästsin selle esimese väikese tüdruku, kui päästsin teised ja kui päästsin sind."

Nad moodustasid uuesti ringi ja ühendasid käed, kui nad laususid sõnad: „Meil on jõud. Keegi ei sure täna. Ükskõik, mida nad ütlevad." Nad pöörasid ringi ja kõndisid oma uut mantrat. Kuni nad olid valmis taas peainglid tagasi kutsuma.

PEATÜKK 17

Eriel jõudis esimesena kohale, kulmud üles tõstetud ja huuled põlglikuks väänatud. Järgmisena saabusid Ariel ja Haniel. Need kaks jäid tema taga tema tohutute tiibade varju. Eriel ristas käed, samal ajal kui kaks teist peainglit liikusid ülespoole. Nad hõljusid tema õlgade vastaspoolel.

„Me oleme otsustanud," ütles E-Z. „Keegi ei sure täna."

Erieli naer kõlas ümber metallkambri. Ta tõusis õhku, siis ristas käed üle rinna. Ariel ja Haniel jäid vait, samal ajal kui Erieli naer tõusis üha kõrgemale, piisavalt kõrgele, et Alfredi kõrvadele haiget teha.

Alfred ohkas, kuid toibus kiiresti. Lia ja E-Z aitasid ta üles. Nad hoidsid teda üleval, kuni Väike Dorrit kohale lendas. Hetked hiljem istus Alfred kõrgel nende kohal ükssarviku peal. Ta oli näost näkku Erieliga.

„Aitäh, kutt," ütles Alfred.

„Tore, et saan abiks olla," ütles Little Dorrit.

„Piisab!" Eriel karjus, liikudes nende kohal kõrgemale. Hirmutades neid oma suuruse, haiglaslikkuse ja ägeda häälega. „Te arvate, et saate muuta seda, mis saab olema? Ma olen teile öelnud, mis peab juhtuma, ja teil ei ole muud valikut, kui mulle kuuletuda. See ei olnud küsitlus. Ja ka mitte demokraatia. See oli kindlus. Sest see on kirjutatud..."

Siis märkas ta, et põrand on kaetud paberitega. Ta lendas alla ja võttis ühe üles. Siis tõusis üles, nii et ta oli Alfrediga näost näkku. Käes hoidis ta Alfredi juttu.

„Ma näen, et sa oled tulevikku lugenud. Nüüd sa tead tõde, et elad paralleeluniversumis. See, mis siin juhtub, levib üle kogu teiste universumite. Kohtades, kus on olemas nii tulevik kui ka minevik."

Lia langetas parema käe ja tõstis vasaku üles. Tema käed ei olnud tugevad, sest nad olid veel harjunud, et ta peab neid püsti hoidma.

Eriel lendas üle toa punase diivani juurde, millele ta istus. Teised inglid liitusid temaga, üks kummalegi sülle. Eriel istus mugavalt, kusjuures tema tiivad ei olnud täielikult sisse ega välja tõmmatud.

Pärast seda, kui ta oli end mugavalt sisse seadnud, jätkas ta. „Ühes maailmas on kõik kolm teist juba surnud. Te lugesite tõtt. Selles maailmas on veel lootust. Lootus on olemas, tänu meile, see tähendab mulle, Arielile, Hanielile ja Ophanielile. Me oleme valinud teid kolm inimest, et teha meiega koostööd. Me oleme andnud teile eesmärke ja me oleme teid abistanud, kus ja kui me saame. Kuigi me oleme teiega koos, võimaldame ainult meie teie eksistentsi jätkumist. Meie üksi anname teie elule eesmärgi. Kui keeldute järgimast teed, mille me teie jaoks valisime, siis ei eksisteeri te enam ka siin maailmas. Teid kustutatakse, nagu teid pole kunagi olnud ega saa kunagi olla."

E-Z surus rusikad kokku ja tema tool loksus ettepoole. „Dokumendis, dokumendis minu teise elu kohta, oli kirjas, et ka onu Sam on surnud. Ta ei olnud õnnetuses minu vanematega. Ta ei ole osa sellest kokkuleppest. Kas sa tapsid teda Eriel, et mind siin hoida?"

Vastust ootamata sekkus Lia. „Minu dokumendis on kirjas, et mu ema on surnud. Kuidas saab see tõsi olla? Palun ütle mulle, et see ei ole tõsi!"

Alfred, kes nüüd juba paremini tundis, hüppas Little Dorriti seljast maha. Ta kõndis diivanile lähemale ja sattus taas näost näkku Erielile.

Eriel vaatas uhkelt oma sõpra Alfredi, kartmatut trompetijuhti.

„Ja dokumentides on mu palvedele vastatud. Ma olen juba surnud. Ma surin koos oma perekonnaga, nagu oleks pidanud. Ma oleksin pigem surnuks jäänud. Et oleksin surnud koos nendega, selle asemel, et reinkarneeruda trompetajaluigena. Seda pärast seda, kui Haniel päästis mind vahepealsest ja vahepealsest."

Eriel ajas Alfredi eemale. „Ah, jah, betwixt ja between. Ma olin unustanud, et sind sinna saadeti. See ei meeldinud sulle nii väga, eks ole?"

Alfred liigutas kaela ja irvitas nokaga. Ta paljastas oma väikesed, sakilised hambad, nagu tahaks ta Erieli hammustada.

„Seisa maha," ütles E-Z, kui ta diivanile rullis.

Alfred sulges oma noka. Lia liikus lähemale. Nüüd seisid *Kolmik* koos Erieli ees. Nad ootasid, et peaingel ütleks midagi, ükskõik mida. Ükskord olid nad sõnatuks jäänud.

E-Z kasutas võimalust, et saada olukord käsile.

„Ajalehtedes oli kirjas, et onu Sam on õnnetuses hukkunud koos minu ema, isa ja minuga. Ta ei olnud meiega koos autos, selleks oleks ta pidanud olema meiega koos autosse istutatud. Mis eesmärgil? Selgitage meile, te niinimetatud peainglid. Miks te muudaksite ajalugu oma eesmärkide saavutamiseks? Kus on muide Jumal selles kõiges? Ma tahan temaga rääkida.“

„Mina ka!“ Lia hüüatas.

„Mina ka!“ Alfred sekundeeris.

Eriel lõi jalad risti ja sirutas tiivad laiali. Ta pani käe lõuale ja vastas: „Jumalal pole meiega ega sinuga midagi pistmist - enam mitte.“ Ta haigutas, nagu oleks see ülesanne talle igav.

„Mis siis, kui ma ütleksin sulle, et su maja põleb praegu, kui me räägime? Mis siis, kui ma ütleksin sulle, et ei onu Samantha ega su ema Samantha, Lia ei ela enam teist päeva?“

„Sa b-b-bastard!“ E-Z hüüatas.

„Ditto!“ Lia ütles.

„Ära nüüd,“ torkas Eriel. „Me oleme siin kõik sõbrad. Sõbrad, eks ole? Sinu maja võib põlema minna, kõik võib juhtuda, kui me siin, ajas peatatud kohas, oleme. Mida kauem te valiku tegemisega viivitate, seda rohkem kaost tekitate maailmas.“ Ta tõusis püsti ja sirutas tiivad välja, sundides kolmikut paar sammu tagasi astuma.

Ta jätkas: „E-Z, sa riskiksid oma onu Sami eest oma eluga, eks?“ Ta noogutas. „Loomulikult, te teeksite seda. Ja Lia, sa riskiksid oma eluga, et päästa oma ema elu, jah?“ Lia noogutas.

„Ja Alfred, mu kallis väike trompetersvaan. Minu sulepealne debiilne sõber. Kumba neist kahest sa päästaksid. Kui saaksid ainult ühe neist päästa?“ Eriel naeratas, olles uhke oma riimide üle.

„Ma päästaksin nad mõlemad,“ ütles Alfred. „Ma riskiksin oma eluga või sureksin selle nimel.“

„Sul on kummaline surmasoov, mu sulepealne sõber."

Alfred tormas Erieli poole.

„Y-o-u a-r-e n-o-t m-y f-r-i-e-n-d! Lõpeta meiega mängimine. Sa tõid meid kokku. Miks? Et meid pilkata. Et panna väike tüdruk nutma. Sa ei ole midagi muud kui, aga suur kiusaja."

„Jah," ütles Lia. „Lõpeta meie kiusamine."

„Mida nad ütlesid," lisas E-Z.

Eriel muutus nüüd raevukalt mustast punaseks ja mustast punaseks. Ta lendas üle toa ja lõi rusikad lauale.

„Te tahate tõde? Sa ei saa tõega hakkama!" Ta irvitas. „Väike kõrvalmärkus, mulle meeldib Jack Nicholsoni esitus filmis „ *Paar head meest*" ."

See oli üks asi, milles nii Eriel kui ka E-Z nõustusid. Nicholsoni esitus selles filmis oli veatu.

„Lõpetage melodramaatika ja öelge meile, mida te meilt tahate."

„Me juba ütlesime," ütles Eriel. „Ma ütlesin teile, et üks teist peab täna surema. Ma ütlesin teile, et valige, kes neist. See on kirjas, üks teist peab surema. Te peate valima. Nüüd."

Alfred astus ettepoole, oma luigekaela välja sirutatud. „Siis olen see mina."

Alfred põlvitas, tema keha väris es. Ta langetas pea, nagu ootaks ta, et peaingel selle maha raiub.

Selle asemel aplodeerisid kõik kolm peainglit. Nad tormasid mööda tuba ringi. Kriiskasid, nagu oleksid nad palgatud klounid, kes esinevad laste sünnipäevapeol.

Pärast paari minutit täielikku hullumeelsust peatusid peainglid.

„See on tehtud," ütles Eriel.

Ja siis olid nad läinud.

PEATÜKK 18

E-Z oma ratastoolis, Lia Little Dorritil ja Alfred luik ikka veel *Kolmik,* kui nad üle taeva hõljusid. Nad sõitsid edasi mõned miilid, kuni märkasid nende all suurt metallsilda.

Üks noormees hüppas selle äärel, andes kõik märgid, et ta kavatseb hüpata.

E-Z võttis oma telefoni välja ja oli valmis helistama hädaabinumbrile, samal ajal kui Alfred kõhklematult mehe juurde alla lendas. Ta pani telefoni ära ja tema ja Lia järgnesid.

Alfred hõljus mehe lähedal, suutmata rääkida ja olla talle arusaadav, kõik, mida ta suutis öelda, oli: „Hoo-hoo!"

„Jäta mind eemale!" karjus mees, lehvitades vaest Alfredi, kes püüdis vaid aidata, eemale.

Mees liikus servale lähemale, lükkas kingad jalast ja vaatas, kuidas need tema all jõkke kukkusid. Ta vaatas, kuidas vesi neist üle käis, tõmmates kingad oma näljase suuga alla. Soovides rohkem näha, võttis ta oma t-särgi maha - mille esiküljel oli irooniliselt kirjas „The End".

Noormees vaatas, kuidas tema lemmiksärk ujutas ja tantsis teel allapoole. Kui vesi selle alla neelas, hakkas mees laulma:

„Siin ma lähen ümber mooruspõõsa.

Mooruspõõsas, mooruspõõsas.

Siin ma lähen ümber mooruspõõsa,

Kõik on, on päikseline, hommik."

Alfred kuulis teda laulmas. Ta oli riimiga tuttav. Ta ootas, et mees laulaks veel ühe salmi. Tegelikult tahtis ta, et mees laulaks rohkem. Aga ta kartis teda häirida. Mees ei saaks aru, isegi kui ta üritaks temaga rääkida.

Selleks ajaks ootas E-Z juba Alfredi märki. Lõpuks sai ta selle - Alfred käskis tal ja Lial mitte lähemale tulla.

Alfred soovis, et noormees mõistaks teda. Kui ta lähemale liiguks, kas ta võiks teda kinni püüda? Ta liikus lähemale, laiutades oma tiibu täiega.

Noormees nägi teda. „Luik," ütles ta. Siis hüppas ta.

Trompetajaluikene oli keskmisest luigest suurem. Aga mitte piisavalt suur, et täiskasvanud meest kinni püüda. Ta püüdis siiski oma kukkumist katkestada. Ta pani oma elu ohtu, et teda päästa. Aga ükskõik, mida ta ka ei teinud, mees kukkus ikka nagu pliiakuuli. Jõe näljane suudmesse.

Alfred sukeldus talle järele, mõtlemata enda peale. Kuidas ta kavatses mehe välja kanda, ei teadnud keegi. Mõned ütlevad, et mõte on see, mis loeb. Sel juhul tõmbas Alfredi alla mehe puhas raskus.

Selleks ajaks hõljus E-Z juba vee kohal, otsides, kas mees või Alfred tuleks pinnale, et ta saaks neid aidata. Ei Lia ega Väike Dorrit osanud ujuda. Ja E-Z ei saanud nende jaoks ei oma tooliga ega ilma selleta vette minna.

Ääretult lendas ta kalda poole, otsides mingeid elumärke. Lõpuks nägi ta seda, midagi, mis teisel kaldal kõõlus. Ta tormas kohale, kandis mehe sinna, kus Lia ootas, ja kui ta oli kõhatanud, läks otsima mingeid märke Alfredi luigest.

Siis nägi ta teda. Pooleldi vees ja pooleldi veest väljas. Pööreldes koos tõusuga.

„Alfred!" hüüdis ta, kui tõstis luige pea üles, märkades kohe, et tema kael on murdunud. Trompeteluik Alfred, tema sõber, oli kadunud. Erieli tegu oli tehtud.

Lia, kes oli jälginud Erieli iga liigutust, nägi Alfredi kaela ja karjus: „Nooooooo!"

E-Z tõstis luige elutu keha oma ratastoolile ja hoidis seda kinni. Ka tema hakkas nutma.

Nende taga hüüdis mees, kelle Alfred päästis,

„Ma ei ole surnud! See olen mina, Alfred."

PEATÜKK 19

E ARTH PAUSE.

Linnud peatusid keset lendu. Nagu ka lennukid. Ja muud lendavad objektid, nagu õhupallid ja droonid. Kuulid lakkasid tulistamast pärast seda, kui nad olid kambrist väljunud. Vesi lakkas voolamast Niagara joa kohal. Putukad ei suminud enam. Õhk jäi seisma.

Ophaniel ilmus Erieli, Arieli ja Hanieli kõrvale. Käed puusadel ja lõug ettepoole surutud, oli enam kui ilmselge, et ta oli ärritunud.

Selle asemel, et rääkida, pöördus ta E-Z suunas.

Ta oli külmunud, suu laialt lahti. Tema viimane välja öeldud sõna oli olnud: „NOOOOOOOOOOOOOOOOOOOOOOOO!"

Nüüd jälgis ta Liat. Tüdrukul oli põsele külmunud pisar. See oli voolanud tema vanast silmast.

Nüüd tagasi E-Z juurde. Ta kandis laipa. Surnud luige keha.

Nüüd Alfredile, kes polnud enam luikene. Ta oli võtnud inimese kuju. Hukkunud meheks.

Just see mees, kes pidi teda asendama „Kolmes".

„Mis on nüüd selle pildi juures valesti?" Ophaniel, tähtede kuu valitseja, uuris.

Keegi ei julgenud rääkida.

„Eriel, sa oled siin vastutav. Esiteks, sa paned E-Z ja Samiga sidemetesti segi, lastes end - vabandust väljenduse eest - pargist välja lüüa.

„Nüüd on luik Alfred oma rumaluse tõttu võtnud üle inimkeha. Inimese keha, kes, nagu ma teile ütlesin, peaks olema *Kolme* liige.

„Te teate, millega me silmitsi seisame. Sa mõistad, mida toob tulevik, kui me ei pane asju korda. Sa tead!"

Eriel kummardas Ophanieli jalge ees, siis tõstis end enne kõnet maast üles. „Ma ütlesin sõnad, see on tehtud."

„Jah, sa ütlesid sõnad ja siis ei suutnud tagada, et ülesanne oleks täidetud, sa imbetsilli!"

Ta hõljus uue Alfredi lähedal. „Vabandan, aga see teeb asjad keerulisemaks, isegi meie jaoks. Isegi meie võimetega ei ole tema väljasaamine sellest inimkehast ja tagasi luigevormi saamine nii lihtne. Võib-olla peame ta tagasi saatma vahepealsesse ja vahepealsesse! Ja seda ta ei vääri. Tegelikult,"

Ariel lendas Ophanieli kõrvale ja küsis: „Kas ma võin rääkida?"

„Võid, kui sul on Alfredi kohta mingi ülevaade, mis võib meid sellest segadusest välja aidata."

„Ma tunnen Alfredi paremini kui keegi siin. Ta oli küll nõus olema see, ennast ohverdama. Ta teeks seda uuesti ilma hetkegi kõhklemata - isegi kui see ei oleks talle midagi kasu toonud. See on üks suur ohverdus iga elusolendi jaoks, anda oma elu teise päästmiseks. Samuti tuleks arvestada, kui palju Alfred on pidanud kannatama nii oma inimeksistentsi kui ka luigena. Ta on erakordne hing ja talle tuleks anda teine võimalus, ja kolmas ja veel rohkemgi!"

Eriel irvitas: „Ta peaks olema kadunud, igaveseks ajaks tagasi vahepealsesse ja vahepealsesse. Ta ei ole seda väärt..."

„Ma ei andnud sulle luba katkestada!" Ophaniel karjus. Et mees edaspidi ei katkestaks, nööpis ta huuled kinni.

„See on tõsi, mida sa räägid, Ariel," ütles Ophaniel. „Alfred teeb hästi koostööd nii Lia kui ka E-Z-ga. Me peaksime andma talle teise võimaluse selles uues kehas. Ta ei olnud mõeldud selleks, et olla vahepeal ja vahepeal. See oli Hadzist ja Reikist sõltuv. Me oleksime nad pärast seda kohe kaevandustesse pagendanud. Selle asemel andsime neile koos E-Z-ga veel ühe võimaluse.

„Eriel saatis nad siiski kaevandustesse. Nii et lõpp hea, kõik hea. Võib-olla väärib Alfred siiski teist võimalust. Vaatame, mis juhtub, nagu inimesed ütlevad, mängime seda kuulmise järgi. Kui see õnnestub hästi. Kui mitte, siis saab selle keha taaskasutada, sest vaim on juba lahkunud."

„Aitäh," ütles Ariel, kummardades madalalt Ophanielile. „Suur tänu. Ma hoian olukorral silma peal. Ma ei lase Alfredil teid alt vedada."

Ophaniel noogutas, tõstis üles ja ütles sõnad:

MAAILMA JÄRELEVALMISTUS.

Aeg hakkas tiksuma ja maailm muutus jälle selliseks, nagu ta oli enne.

Ophaniel kadus esimesena, ülejäänud kolm ootasid paar sekundit, enne kui järgnesid.

PEATÜKK 20

Mittemingil juhul!" E-Z hüüdis, pöörates end uuele Alfredile lähemale. „Alfred, kas see oled sina? Kas see, tõesti sina?"

Lia ei pidanud küsima, sest ta teadis juba. Ta jooksis Alfredi juurde ja heitis käed tema ümber.

Alfred ütles oma inglise aktsendiga: „Eriel on vist vahetanud a-roo."

Alfred, kes kandis ainult teksapükse, värises. „Kuigi mul on külm, on kindlasti hea tunne jälle kehas olla." Ta kõverdas lihaseid ja jooksis kohale, et end soojendada. Siis tegi ta paar käruotsaratast üle muru, samal ajal kui E-Z ja Lia seisid suu lahti rippudes vaatamas.

„Milline näitemängija!" Väike Dorrit ütles.

Alfred, kes oli teda äsja märganud, läks kohale ja ajas käega mööda tema karvu. Ta tundus nii pehme ja soe, ta nuusutas teda.

„See on küllaltki kummaline pööre," ütles E-Z lähemale pöörates. „Ma ei tea päris täpselt, mida sellest arvata."

„Ka mina ei tea," ütles Alfred, "aga kas me saame seda arutada, kui me sööme? Ma olen näljas ja ketsupi ja sibulaga täidetud juustuburger koos hiiglaslike friikartulitega oleks kindlasti hea.“

„Oot,“ ütles E-Z. „Kui sa oled see mees, see mees, kelle nime me isegi ei tea - mis siis, kui keegi sind ära tunneb?“

Alfred kummardus ja puudutas oma varbaid. Ta tundis näonahka. Tema juukseid. „Me ületame selle silla, kui me selleni jõuame.“ Ta naeratas, tõstis pea taeva suunas ja ütles: „Aitäh Eriel, kus iganes sa oled.“

Lennuk nende peade kohal taevas kirjutas sõnad:

Veel kord murdmaale, kallid sõbrad.

„See on üsna kummaline lause taevakirja jaoks,“ märkis Lia. „Kas keegi teist teab, mida see tähendab?“

E-Z raputas pead: „Ma võin seda googeldada.“ Ta tõmbas telefoni välja.

„Pole vaja,“ ütles Alfred. „See on Shakespeare'ist, omistatud kuningas Henryle. Sõna otseses mõttes tähendab see: „Proovime veel kord. Usun, et see öeldi lahingu ajal. Nii et ma oletan, et see on sõnum minu Arielilt, mis annab mulle teada, et mulle on antud veel üks võimalus.“ Tema silmadesse valgusid pisarad.

E-Z kahtlustas seda sündmuste muutust. Ta oli õnnelik, et Alfred oli endiselt nende juures, kuid ta mõtles, mis hinnaga. „Ma olen mures,“ tunnistas E-Z.

Lia ütles, et ka tema oli.

„Ah, ära muretse. Kui Ariel saadab mulle selle sõnumi, siis on ta meie poolel. Pealegi, mees, kelle kehas ma olen - ta ei tahtnud seda enam. Ma püüdsin teda päästa, aga ta hüppas ikkagi. Võib-olla on see saatus, et ma aitan teid teie katsumustes E-Z. Mis iganes see on, ma võtan selle vastu. Ma annan endast kõik. Seda pärast seda, kui ma olen särgi ja kingadega.“

„Huvitav, millised on nüüd su võimed, Alfred. Ma mõtlen, kas sul on need ikka veel olemas või on sul muid võimeid. Või ei olegi. Kuna sa oled jälle inimene," küsis Lia.

Alfred kratsis oma blondeeritud juukseid. „Äh, ma ei tea. Ainuke asi, mis siin ümberringi ravi vajab, on minu endine luigekeha. Ma ei taha riskida, et kui ma seda ravin, satun sinna tagasi."

„Üsna õiglane," ütles Lia. „Aga me ei saa ju sinu vana luigekeha sinna jätta, või? Me peame selle maha matma."

Kui nad vaatasid elutut keha, kadus see õhku.

„Noh, see lahendab probleemi," ütles E-Z.

„Ma tunnen, et ma peaksin oma vana keha lahkumise puhul mõned sõnad ütlema. Kas keegi pahandab?"

Nii E-Z kui ka Lia langetasid pead.

Alfred luges ette katkendi lord Alfred Tennysoni luuletusest pealkirjaga:

The Dying Swan:
Tasandik oli rohune, metsik ja paljas,
lai, metsik ja avatud,
mis oli kõikjale kogunenud
Kaane all oli halliks tõmbunud.
Sisemise häälega voolas jõgi,
Alla selle ujus surev luik,
Ja valjusti kurtis.
Siin Alfred Hoo-Hoo'd ja Hoo-Hoo'd, kuni pisarad täitsid kõik silmad, kui luuletus jätkus:
See oli keset päeva.
Igavene tuul läks edasi,
Ja võttis pilliroogu, kui ta läks.
Nad seisid koos vaikides.

Siis ütles Lia: „Nüüd võtame sulle värsked ja kuivad riided, Siis läheme kõik koos hamburgerisse. Mul on nälg ja janu ka."

E-Z raputas pead. „Mõni söök oleks hea, aga ma olen Erieli suhtes ikka veel kahtlev. Midagi siin ei klapi."

„Me saame sellest aru - kui oleme söönud! Vii mind juustuburgeri taevasse."

Nad hakkasid mööda veepromenaadi liikuma. Nad kõndisid veel mõnda aega. Enne kui nad mõistsid, et nad on eksinud.

„Ma olen suurepärane navigeerija," ütles ükssarvik Väike Dorrit, kui ta neile vastu lendas. „Ronge Alfred ja Lia pardale. E-Z võite mulle järgneda."

Alfred sirutas teksade taskusse ja tõmbas välja rahakoti. Seest leidis ta mõned rahatähed ja selle keha tunnuse, milles ta nüüd asus. Noormehe nimi oli David, James Parker, kahekümne nelja aastane. Ta hoidis käes juhiluba.

„Kena foto," ütles Lia.

„Jah, ma olen üsna ilus."

„Oh, vend," ütles E-Z edasi lükates.

Üles, üles õhku lendasid Little Dorriti reisijad. E-Z järgnes, kuni teadis, kus ta on. Ta otsustas paluda, et tema ratastoolile lisataks GPS. Kahju, et nad polnud selle modifitseerimisel selle peale mõelnud.

Laskumisele järgnes kiire sõit second-hand-poodi. Alfred kandis nüüd uut t-särki, teksapükse, jooksujalatseid ja sokke. Järgnes lühike järjekord, enne kui algas toidu tellimine.

Väike Dorrit tegi end napilt ära, samal ajal kui kolmik oma toitu söömas käis. Nad kõik olid väga näljased.

Alfred tegi kähisevaid hääli, mida oli liiga palju, et neid üksikasjalikult kirjeldada. Kui nad olid söömise lõpetanud, ladusid nad prügi vastavatesse prügikastidesse. Ja suundusid koju.

Kui nad olid peaaegu kohal, hüüdis Alfred E-Z-le: „Me peame rääkima!"

„Kas see ei saa oodata, kuni te maandute?" Väike Dorrit küsis. „Pärast seda, kui ma olen siin lõpetanud, on mul kohti, kuhu minna, inimesi, keda näha."

„Kui ebaviisakas," ütles E-Z. „Mine edasi, Alfred või David või mis iganes su nimi nüüd on."

„Sellest ma tahtsin sinuga rääkida," ütles Alfred. „Kuidas sa kavatsed seletada minu muundumist onu Samile ja Samanthale? Uh, onu Sam ja Samantha, ma tahaksin, et sa tutvuksid trompetijuhi Alfrediga. Tema nimi on nüüd David James Parker. Tänu kehale, millesse ta sisenes ja milles ta praegu elab. Kuna noormees, kes oli selle keha eelmine omanik, sooritas enesetapu. Jones Streeti sillal."

„Oh jess," ütles E-Z. „See on sajaprotsendiline tõde, nagu me teame, aga me ei saa neile tõtt öelda."

„Mu ema minestaks, kui me seda ütleksime. Miks me ei ütle neile, et Alfred luik lendas lõunasse? Päikeselisemate ilmade järele. Või et ta kohtus paarilisega? Siis saame Alfredi tutvustada kui D. J., mis kõlab palju sõbralikumalt kui David James."

„Sa oled geenius," ütles E-Z. "Kuigi, kuna mu sõbra nimi on PJ, võib asi DJ ja PJ-ga veidi segaseks minna. Mis sa arvad, Alfred? Kas sul on eelistus?"

„Mulle ei meeldi DJ. See kõlab liiga tavaline. Ma eelistaksin, et mind kutsutaks Parkeriks. Parker Butler oli üks minu lemmiktegelasi „Thunderbirdsis"."

„Parker siis," lõpetas E-Z, kui Lia karjus ja Alfred ohkas - nende kodu oli kadunud. Põlenud põlema.

PEATÜKK 21

Oh ei!" E-Z hüüdis, kui ta jooksis põleva jäänuse poole. „Ma pean leidma onu Sami ja Samantha. Ma lihtsalt pean."

Tema tool hõljus jäänuste kohal; kõik oli söestunud must. Tundmatu hävingu segadus, kus polnud mingit märki inimelust. Üksikud esemed olid veega läbi imbunud. Kustunud hõõguvate süttide seast kerkisid siin-seal aeg-ajalt suitsusignaalid.

E-Z tõstis rusikad õhku. „Tule siia Eriel, sa gargantuaanne-"

„Lendav nunnu!" Parker lõpetas solvangu.

Lia püüdis kõiki rahustada.

„Miks sa pidid seda tegema? Miks? Miks?" E-Z hüüdis.

Lia kukkus maha. Ta toetas pea E-Z põlve peale ja Parker kallistas teda just siis, kui nende taga peatus vingelt auto.

Kaks ust lendasid lahti: Sam ja Samantha.

Nad jooksid ja klammerdusid kokku; nagu ei oleks nad kunagi oodanudki teineteist uuesti näha. Igaüks valas ühe või kaks pisarat, enne kui nad lahku läksid. Kui nad mõistsid, et grupikallistuses oli ka mees, keda nad ei tundnud.

See võõras oli pikk mees, kellel ei oleks mingit probleemi Raptorites koha saamisega. Ta oli pealaest jalatallani riietatud tumedasse musta triibulisse ülikonda, millel olid sobivad kingad.

Tema jaki nööbid lahti tõmmatud paljastasid musta, läikiva kangaga, võib-olla siidist, ülikonna. Tema pärlmuttermustad silmad ja tuulest puhutud lülid moodustasid kontrasti tema elevandilise jumeega. Ta meenutas surnuaedniku ja mustkunstniku ristandit.

Ta sirutas käe: „Tere, ma olen Sami kindlustusmees."

Onu Sam selgitas, et ta ja Samantha olid läinud midagi sööma. Nähes E-Zi ilme, põhjendas ta seda: „Ta ei olnud saanud lennuaja tõttu magada." Samantha ja Sam vahetasid pilke, noogutasid. „Samantha ja mina..."

„Oh, ema!"

E-Z ütles: „Samantha ja onu Sam istuvad puu otsas - k-i-s-s-i-n-g."

„Lõpeta," ütles Parker. „Sa häbistad neid."

Kõik pilgud olid suunatud kindlustuspoisile. Tema nimi oli Reginald Oxworthy. Ta oli telefonis. Hüüdis. „Mis te mõtlete, et ta ei kvalifitseeru?"

„Oh ei!" Sam ütles.

„Ta on olnud meie klient juba aastaid, kõigepealt siis, kui ta elas teises osariigis, ja pärast seda kolis ta siia. Ta on kaetud, ma olen kindel." Tekkis paus. „Noh, vaata veel kord!" Ta klõpsas telefoni kinni. „Mul on sellest kõigest kahju."

Sam kõndis lähemale ja kõik teised järgnesid talle. „Mis täpselt on probleem?"

„Oh, ei mingit probleemi nii-öelda."

„Mulle tundus see kindlasti probleemina," ütles Samantha. Teised noogutasid.

Oxworthy puhastas kurku. „Ma ütlesin neile, et nad kontrolliksid veel kord teie poliisi. Andke mulle." Tema telefon helises. „Üks sekund," ütles ta ja kõndis neist eemale. Nad järgnesid talle nagu rühm jalgpallureid koondises, kuulates iga tema sõna. „Uh, jah. Righto. Nad kinnitasid siis. Pole probleemi, see juhtub."

Ta sättis naeratuse Sami suunas ja näitas siis talle põialt. Ta eemaldus saatjaskonnast ja jätkas vestlust.

Nad seisid kobaras, vaadates seda, mis nende kodust järele jäi. Kodu, milles E-Z oli elanud kogu oma elu. Mis nüüd juhtuks? Kas nad peaksid selle asukoha uuesti üles ehitama? Uus maja, ilma ajaloo ja tähenduseta. Uus maja, mis ei oleks kunagi tema jaoks kodu. See ei oleks kunagi koht, kus tema vanemate kummitused, kui kummitused on olemas, võiksid külastada.

Oxworthy suundus nende poole. „Noh, nüüd. Ma palun vabandust viivituse pärast. Aga teie hotellibroneeringud on kinnitatud. Me võime edasi minna. Asetage end sisse, kui olete valmis."

„Tänan teid," ütles Sam. „Kas teil on juba aimu, mis oli tulekahju põhjus?"

„Pärast esialgset uurimist on nad üheksakümne protsendi ulatuses kindlad, et plahvatuse põhjustas gaasileke. Aga ärge muretsege selle pärast praegu. Teie poliis katab kõik hotellikulud. Ma broneerisin teile kolm tuba. Sellest peaks ju piisama?"

„See peaks piisama," ütles Sam. „Aitäh, Reg."

„Teie poliis katab ka kulud, asenduskaupade, tarvikute ja toidu eest. Sa ei pea hotellile sentigi maksma. Kõik ostud, saatke mulle kviitungid. Tee koopiad, originaalid hoia sa alles. Ma hoolitsen selle eest, et sulle hüvitatakse kulud."

Sam ja Oxworthy surusid kätt.

„Kas kellelgi on vaja hotelli sõita?" Oxworthy küsis ning Lia ja Samantha ronisid tema musta Mercedese tagaistmele.

E-Z ja Parker istusid onu Sami autosse.

„Meid ei ole vist tutvustatud," ütles onu Sam, sirutades käe tagaistmel istuvale Parkerile.

„Hea meel, et kohtume," ütles Parker.

„Oh, sa oled ka britt," ütles onu Sam. „Sellest rääkides, kus on Alfred?"

E-Z raputas pead. „Ma selgitan hommikul. Ja sa võid jätkata seda, mida sa kavatsesid meile rääkida, sinust ja Samanthast."

„Üsna õiglane," ütles Sam ja vaatas tahavaatepeeglisse, et näha, et Parker magab sügavalt. Ta lülitas auto sisse ja sõitis minema.

„Meil kõigil on olnud üsna sündmusterohke päev," ütles E-Z.

„Sa räägid mulle."

Vabandust Eriel, et ma sind selles süüdistan, mõtles E-Z. Kuigi mingi aimdus tema tagumises peas viitas sellele, et žürii oli veel lahtine.

PEATÜKK 22

Kui kõik saabusid hotelli, läksid nad oma tubadesse ja plaanisid hiljem kell 18.00 õhtusöögile kohtuda.

Onu Samil oli tuba omaette, kuid tema ja vennapoja toa vahel oli kõrvaluks. Parker oli samuti E-Zi toas, samas kui Lia ja tema ema jagasid paari ukse võrra madalamal asuvat tuba.

Pärast sisseseadmist otsustasid Lia ja Samantha osta vajalikke asju. Esmajärjekorras olid uued riided, sest kõik, mis nad olid kaasa võtnud, oli tulekahjus kaduma läinud.

„Mis saab meie passidest?" küsis Lia.

„Hea, et ma hoian neid alati käekotis kaasas."

„Uhh!" Nad läksid kahekesi ühte disaineripoodi ja hakkasid kohe proovima uusimat Põhja-Ameerika moodi.

„See peaks olema eriti lõbus, sest kindlustusselts maksab kõik kinni!" Samantha hüüdis läbi seina oma tütrele kõrvalolevas riietusruumis.

„Midagi me ei armasta rohkem kui osturõõmu!" ütles Lia. „Ma saan kindlasti seda ja seda ja seda."

✳✳✳

Hotellis tagasi olles norskas Parker voodis. E-Z keerutas toas üles ja alla, mõeldes oma kadunud arvutile. Hea, et ta ei olnud oma romaaniga „Tattoo Angel" liiga kaugele jõudnud, kuid kõige rohkem olid tal meeles tema vanemate asjad. Ta ei suutnud uskuda, et need kõik olid - VÄLJA. Sellest ei aidanud ka see, et ta polnud neid juba väga kaua aega vaadanud. Aga miks ta ennast süüdistas? Kindlustuse inimesed ütlesid, et põhjuseks oli gaasileke. Nad ütlesid, et nad on üheksakümne protsendi ulatuses kindlad. Miks tundis ta jätkuvalt, et see kõik oli tema süü, sest ta oleks võinud selle peatada, peatada Erieli, kui tal oli võimalus.

Sam torkas pea tuppa. „Olete te kaks korralikud?"

Parker venitas.

„Jah, me oleme korralikud. Tulge sisse."

„Ma lähen poodi, et osta hädavajalikke asju. Te kaks tahate mulle anda nimekirja, mida te vajate, või tahate minuga ühineda?"

„Kui see hõlmab toitu - arvestage minuga!" ütles Alfred.

„Sa oled alati näljane!"

„Mida ma saan öelda, ma olen juba mõnda aega ainult rohtu söönud."

E-Z tabas Sami pilgu ja teeskles, et suitsetab kujuteldavat sigaretti.

Onu Sam irvitas, imestades, kuidas tema kolmeteistkümneaastane vennapoeg sellistest asjadest teadis. Et teemat vahetada, lukustasid nad oma toad ja suundusid koridori.

„Kuhu me täpselt läheme?" E-Z küsis.

„Just nimelt, me ei käi linnas kuigi tihti sisseoste tegemas. Seal on üks fantastiline kaubanduskeskus, kuhu ma olen tahtnud minna sellest ajast saadik, kui ma siia kolisin. See pole kaugel, nii et ma mõtlesin, et võiksime teel vestelda."

„Kas sa oskad meile öelda, mis juhtus?" Parker küsis.

„Jah, kuidas sa ja Samantha nii kiiresti kokku said?" E-Z küsis.

„Hmmm," ütles Sam.

„Ma mõtlesin tulekahju," ütles Parker, heites E-Z-le üle õla risti silmi.

Nad jõudsid poodi. Parker ja Sam läksid sisse pöörlevate uste kaudu, samal ajal kui E-Z kasutas sisenemiseks ukse avamise nuppu.

Sisse jõudes kummardus Parker, et oma kingad uuesti jalga panna. E-Z tõmbas riidepuudelt nutika teksapükste jope ja proovis seda selga. Ta veeretas end peegli ette, et kontrollida istuvust. „See näeb päris hea välja."

Sam tuli olukorda hindama: „Nõus, see sobib täpselt. Paistab, nagu oleks see sinu jaoks tehtud."

„Mis sa arvad, Alfred?"

Sam tegi topeltkokkuvõtte. Parker ütles: „Kas sa lõpetaksid mind Alfrediks kutsumast! Kes see Alfred üldse oli?“

„Äh, vabandust, see on Briti aktsent. Tal oli ka üks. Alfred oli, noh, meie sõber.“

Sam läks tagasi riideid vaatama. Ta täitis korvi aluspesu ja tualett-tarbedega.

„Mis sa arvad, Parker?“

Ta läks üle põranda, et vaadata lähemalt. „See sobib hästi. Ma arvan, et sa peaksid selle ostma. Aga oleks kahju, kui su tiivad välja murduksid ja see häviks.“

Sam kõndis mööda ja E-Z viskas jope oma korvi. „Ma arvan, et te peaksite hankima ka mõned vajalikud asjad, näiteks aluspüksid. Kui te ei kavatse komandeeringut teha.“

„Eww!“ E-Z hüüatas.

„Oh, see väljend on mulle tuttav. Selle päritolu on, olen üsna kindel, Suurbritannias.“

„Ma saan aru, miks mu vennapoeg sind pidevalt Alfrediks kutsub. Just nii oleks ta öelnud.“

E-Z vaatas Parkerile korraks otsa. Siis järgnes ta onule teel kassasse, kus ta peatus, proovis mütsi ja viskas selle korvi.

„Kuhu Parker nüüd sattus?“ küsis ta. Sam jätkas lipsunööpide vaatamist, samal ajal kui E-Z otsis poes oma kadunud sõpra.

Parker seisis paigal keset neljandat vahekäiku, parem käsi üleval ja vasak käsi allapoole. Tema näoilme oli eksimatult zombi moodi.

„Oh, ei!" E-Z ütles, kui ta ümber pööras. „Uh, Parker," sosistas ta. „Mis viga on? Parem ole ettevaatlik, muidu ajab keegi su mannekeeniga segi."

Parker jäi paigale.

„Lööge end kokku," ütles E-Z, lüües Parkerile oma tooliga vastu. Parkeri keha, kaldus, siis kukkus ümber. E-Z haaras temast just õigel ajal kinni, hoides teda särgi seljast kinni. Ta püüdis sõpra sirgeks ajada, et ta ei näeks välja nii jäik ja mannekeenilaadne, kuid see polnud kerge ülesanne.

Onu Sam tormas appi. „Mis Parkeriga on?"

„Ma ei tea. Me peame ta siit välja viima."

„Kas ta võtab narkootikume? Tal on imelik ilme, nagu oleks ta näinud kummitust või midagi sellist."

„Ei, ei mingeid narkootikume, peale väikese rohu aeg-ajalt. Ja kummitusi ei ole olemas - rääkimata sellest, et praegu on päev. Võib-olla saan ma teda oma toolil transportida? Me peame ta siit ära viima, enne kui keegi seda märkab ja politseisse helistab.

„Nõus. Ma ei tea, millist põhjust nad annaksid politseile, kui nad neid kutsuksid. Meie poes on mees, kes imiteerib mannekeeni! Tule kiiresti."

„Naljakas," ütles E-Z. „Minge teie ja vaadake välja, mina jään siia. Mõtleme, kuidas me saaksime ta siit välja viia, ilma et ta liiga palju tähelepanu tõmbaks."

Onu Sam läks maksma, samal ajal kui E-Z jäi Parkeri juurde. Klientidel, kes tulid vahekäigule, oli probleeme nende sisse- ja ümberkäimisega. E-Z veeretas oma tooli vasakule, siis paremale, et ostjatele vastu tulla.

Lõpuks, kui kliente oli mitu korraga, lükkas ta Parkeri vastu seina. Nii oli ta vähemalt teelt eemal. Siis istus ta Sami ootamas.

„Me oleme siin!" hüüdis E-Z, kui ta teda märkas.

„Miks ta näoga seina poole seisab? Ja mida sa siinsamas teed?"

„Seal oli palju kliente ja me olime teel. Kas sa mõtlesid välja, kuidas me ta siit välja saame?"

„Jah, ma võtan ühe neist lameautodest," ütles Sam.

„Miks mitte võtta vanker?" E-Z küsis. „Vähem silmatorkav."

„Me ei saaks teda kunagi vankrisse. Välja arvatud juhul, kui sa tahad oma tiivad välja murda, teda üles võtta ja sinna sisse visata."

„Ma pean mõtlema." Mõne minuti pärast mõistis ta, et lameauto hankimine on parim mõte. „Jah, hangi lameauto ja ma võin aidata sul teda sinna panna. Kui me oleme poest väljas, võin ma ta tagasi hotelli lennutada. Ainuke probleem on, kui ma sinna jõuan, mida temaga siis teha."

„Selle mõtleme välja, kui oleme poest välja jõudnud." Sam läks käru järele. Selle asemel tuli ta tagasi lamedaga. See osutus paremaks võimaluseks. Nad said Parkeri hõlpsasti selle peale ja suundusid tagasi hotelli.

„Läheme tagasi, aeglaselt ja kindlalt," ütles E-Z. „Ma ei pea ju lendama. Võtame rahulikult, läheme üles oma tuppa, paneme ta voodisse."

„Siis ma tagastan lamavoodi, ma pidin lubama, et tagastan selle isiklikult."

„Kõlab nagu plaan. Ups."

Rühm ostjaid võttis suurema osa kõnniteest enda alla. Nad peatusid, et neid läbi lasta, siis jätkasid jälle oma teed ja olid peagi tagasi hotelli juures.

Sisse jõudes ei mahtunud lameauto tavalisse lifti, nii et nad pidid kasutama teeninduslifti. See nõudis mõningast veenmist, s.t. Concierge'i altkäemaksu. Kui raha oli käest kätte saadud, aitas ta neil isegi platvormkasti liftist välja viia. Ta pakkus ka, et kui nad on lõpetanud, toob ta selle kauplusesse tagasi. Pakkumine, millest Sam viisakalt keeldus.

Nüüd, E-Z ja Parkeri toa ees, avanes lift ning sealt astusid välja Lia ja tema ema. Mõlemad kandsid arvukaid kotte, kui nad märkasid poisid ja lameauto.

„Oh, ei! Mis juhtus? Lia küsis.

„Ei tea," ütles E-Z. „Ta võttis veidike viltu."

„Saame ta sisse," ütles Sam.

Kui nad olid kotid maha pannud, aitasid tüdrukud E-Z-l ja Samil Parkeri voodile tõsta.

„Võib-olla on ta loitsu all?" Lia pakkus välja.

„See on sinu jaoks üsna kummaline hüpe," ütles Samantha. „Sa oled liiga palju „ *Charmed*'i" kordusi vaadanud."

Lia naeris. „Jah, see oli üks minu lemmikuid. Ma mõtlen eelmist versiooni, seda, kus oli tüdruk sarjast *Kes on boss*."

„Hea teada, et sa vaatad ka Hollandis vanakanalit," ütles E-Z. Siis liikus ta Parkerile lähemale. „Oot, oodake korraks. Kas ta veel hingab?"

Nad jälgisid Parkeri rindkere tõusu ja langust. Seda ei juhtunud.

„Kontrollige südamelööki - või pulssi," soovitas Samantha.

„Süda lööb," ütles Sam. „Ja ta hingab, kuid see on sporaadiline."

Samantha kummardus ja katsus Parkeri otsaesist. „Oi, ta põleb palavusest!"

„Tooge veidi jääd!" Sam hüüdis ja jooksis siis oma käsku järgides jääämbriga koridori.

„Kas me ei peaks arsti kutsuma?" Samantha küsis.

PEATÜKK 23

„**Ma** olen emaga nõus. Me peame kutsuma kiirabi, või äkki on hotellis arst, kes viibib siin," ütles Lia.

E-Z irvitas, ESP Liale sõnumit - me peame onu Samist ja su emast lahti saama.

Sam tuli tagasi, kaasas ämbritäis jääd. „Me peame ta vanni panema." Ta ja Samantha hakkasid Parkerit üles tõstma.

„Oodake!" Lia ütles. „Äh, Sam ja ema, miks te kaks ei läheksite ja tooksite palju ja palju jääd? Ma mõtlen, et me peame vanni täitma, enne kui me ta sinna paneme, eks?"

„Äh, ma arvan, et nad üritavad meist lahti saada," ütles Sam.

„Vabandust," ütles E-Z. „Kas sa saaksid meile paar minutit anda, et proovida selle Parkeri olukorra selgeks teha?"

Samantha ja Sam noogutasid ja lahkusid siis toast.

E-Z lausus võlusõnad, mis kutsusid Erieli:

Roch-Ah-Or, A, Ra-Du, EE, El.

Ikka veel ei ilmunud peaingel. See, et teda ignoreeriti, ärritas E-Zd nüüd, kui ta teadis, et Eriel jälgib teda pidevalt.

Lia proovis Hanieli, kuid ei saanud vastust.

E-Z ja Lia ei teadnud, mida teha, kui Parkeri süda aeglustas oma lööke ja jäi peaaegu täielikult seisma.

Ilma kutsumata ja fanfaaride saatel saabus Ariel. Ta lendas otse Parkeri juurde. Ta asetas käed tema otsaesisele. Nad vaatasid, kuidas pisarad tema silmadest langesid ja tema põskedele maandusid. Ta laulis pehmet laulu ja ootas. Kui mees ei liigutanud ega tulnud uuesti teadvusele, pöördus ta lahkuma. Kuid enne kui ta läks, kurtis ta: „Ta on läinud." Ja sekundid hiljem oli ta seda ka.

Kuigi nad olid [45]. korrusel ja kuigi Alfred/Parker oli surnud. Jällegi. E-Z tõstis ta voodist üles ja kandis ta akna juurde. Ta vaatas üle õla tagasi Liale.

Naine nuttis, kui ta ja Parker maha kukkusid.

Langesid, langesid. Kuni E-Z'i ratastooli tiirutas. Nad lendasid minema, tema ja Alfred, tema ja Parker. Nad olid mõlemad ühesugused. Kaks ühe hinnaga.

Ta hakkas deliiriumis olema, kui ta tõusis üha kõrgemale ja kõrgemale. Tema tooli metallosad muutusid üha kuumemaks.

Ta kartis, et nad hakkavad iseeneslikult põlema.

Ta pidi selle korda tegema. Ta lihtsalt pidi seda tegema. Ta pidi Erieli leidma.

Ratastool hakkas krambisema, mille tagajärjel E-Z ja Alfred/Parker kukkusid.

Nad maandusid toolita silos, kus E-Z klammerdus oma sõbra elutu keha külge.

Ei läinud kaua aega, kuni Eriel jõudis kohale ja nende ees õhus hõljudes hüüdis: „Ma ju ütlesin, et see juhtub. Ma ütlesin sulle ja ta oli nõus. Tehing oli tehtud."

E-Z teadis, et see on tõsi, ja ometi. „Miks sa talle siis lootust andsid ja miks see Shakespeare'i tsitaat, et sa annad talle teise võimaluse?"

Eriel vaatas lonkavat keha, mida E-Z käes hoidis. „See polnud minu süü."

„Kellega ma siis pean rääkima?" E-Z küsis. „Tooge ta minu juurde. Jumal või kes iganes on vastutav. Ma nõuan teda näha!"

PEATÜKK 24

Eriel ohkas ja kadus siis.

E-Z ja Alfred/Parker jäid. Nimi Parker ei olnud tema jaoks midagi ega keegi. Alfred oli tema sõber ja nüüd, kui ta oli kadunud, pidi ta teda mäletama Alfredina ja ainult Alfredina.

Oodates midagi ja mitte midagi korraga. E-Z kallistas oma surnud sõbra kuju, soovides teda uuesti ellu tagasi.

„Kas soovid jooki?" küsis hääl seinast.

„Ma tahaksin, et mu sõber oleks jälle elus. Kas sa suudad ta uuesti ellu äratada? Kas sa palun aitaksid mind tema päästmisel?"

„Palun jääge istuma."

PFFT.

Lavendli rahustav lõhn täitis õhku. Ta uinus, unenäolisse seisundisse, kus ta elas uuesti läbi ühe mälestuse, mälestuse, mis oli nihkunud ja muutunud, et sobida tema praegusele olukorrale.

Seal olid nad E-Z ema ja isa elus ja terved, kuid nooremad. Nad tulid haiglast tagasi autoga, mida ta polnud kunagi varem näinud. Tema isa Martin tormas juhiistmelt välja, et aidata ema Laurel autost välja.

Ja koos sirutusid nad tagaistmele ja tõstsid sealt väikelapse istme välja. Nad vaatasid armastavalt selles istuvale lapsele, kes magas sügavalt.

„Ta on nagu tema suur vend," ütles Martin.

„Jah, E-Z jäi alati autos magama," ütles Laurel.

„Tule sisse," turtsatas Martin.

„Ja tutvu oma suure vennaga," ütles Laurel, kui imik avas korraks silmad ja läks siis jälle magama.

E-Z, kes oli aknast välja vaadanud, tema kõrval oli tema onu Sam. Tahtis välja minna ja oma uut väikevenda või -õde tervitada.

„Oota, kuni nad sisse tulevad," ütles onu Sam.

„Okei," ütles seitsmeaastane E-Z, nägu vastu akent kahe käe vahele surutud.

Uks avanes. „Me oleme kodus!" hüüdis tema ema Laurel.

E-Z jooksis välisukse juurde, kus ema ja isa teda kallistasid. Nad kükitasid, et tutvustada Dickenside pere uusimat liiget.

„Ta on nii väike," ütles E-Z.

„Ta on ta," ütles isa.

„Oh."

„Kas sa tahad teda hoida?" küsis ema.

„Okei," ütles E-Z, hoides kätt, et ema saaks oma väikese venna sinna panna. „Ma ei taha teda siiski üles äratada. Kas ta pahandaks?"

„Ei, ta ei ärka üles," ütles Laurel.

„Kui ta ärkab, siis sellepärast, et ta tahab kohtuda oma suure vennaga."

„Kas tal on nimi?" E-Z küsis, võttes vastsündinu sülle ja kallistades tema pead.

„Veel mitte, kas sa tahad talle nime anda?" küsis ema. „Hea, hoia tema kaela, just nii… väga hea. Kuidas sa teadsid seda teha? Sa oled nii hea suur vend."

„Hea töö, kutt," ütles isa.

E-Z vaatas tsiklile näkku ja ütles: „Ta näeb mulle välja nagu Alfred."

Pisarad jooksid E-Z põskedel alla, kui kaks maailma kokku põrkasid. Ühes kallistas ta oma Alfred-nimelist väikevenda. Teises kallistas ta Alfredi surnukeha silos.

„Ooteaeg on nüüd seitse minutit," ütles hääl seinas.

„Seitse minutit," kordas E-Z.

Ta mõtles Alfredile, oma võimetele. Sellest, kuidas ta suutis ravida teisi eluvorme, sealhulgas inimesi. Ta mõtles, kas Alfred, oli tervendanud noormeest. Kas ta oli ise seda vahetust teinud? Kas see oleks olnud võimalik?

„Alfred," ütles E-Z. „Alfred, kas sa kuuled mind?" Ta raputas oma sõbra keha. „Alfred!" ütles ta ikka ja jälle, lootes, et sõber kuuleb teda kuidagi.

Kui seina kell tagasi luges, ilmus Ariel. „Sa ei saa keha ravida, niimoodi. See on häbiväärne." Ta laiutas tiibu ja läks, et tõsta Alfredi lonkav keha E-Zi käest välja, kavatsusega see ära viia.

„Ei!" E-Z ütles. „Sa ei tohi teda saada."

Ariel raputas oma tiibu, siis oma nimetissõrmega E-Z'ile.

„Alfred on lahkunud, sul on käes nahk, ülikond, mis teda hoidis. Alfred on nüüd seal, kus ta peaks olema. Lase tema keha minema."

E-Z istus püsti. Kui Alfred oli kusagil oma perekonnaga, kui see oli tõsi, siis jah, ta võis ta lasta ta minema. Seni hoidis ta kinni.

„Kus ta täpselt on? Kas ta on oma perega?"

Ariel laperdas lähedale, märkimisväärselt lähedale, istus peaaegu E-Z nina peale. „Seda ma ei oska öelda.“

„Siis ma ei lase teda minema.“

„Hea küll,“ ütles Ariel. Ta ohkas ja kadus.

Tema kohal, silosaalis ilmusid kaks kuju mees ja naine. Nad liikusid tema poole ja hõljusid alla. Lähemale ja lähemale.

Ta hõõrus silmi. Kas ta nägi jälle unenägu? See olid tema ema ja isa. Martin ja Laurel. Inglid, kes tulid teda tervitama. Ta raputas pead. See ei saanud olla nemad. See ei saanud olla. Ta oli neist unistanud - et nad toovad koju väikevenna. Nüüd olid nad siin, koos temaga silos. Selge nagu päev - aga kas ta ikka veel magas? Unes?

„E-Z,“ ütles ema. „See inimene, su sõber Alfred on surnud. Sa pead ta minema laskma ja jätkama oma tööd. Sa pead katsed lõpule viima ja kell tiksub. Sul on aeg otsas.“

E-Z isa Martin ütles: „See on ainus viis, kuidas me kõik saame jälle koos olla.“

„Aga nad valetasid talle,“ ütles E-Z. „Nad ütlesid talle, et ta on koos oma perega. Ta ei saa nüüd oma perega koos olla, mitte niimoodi. Kust ma tean, et nad ei valetanud mulle, et nad on sinuga koos? Kust ma tean, et sa ei ole Erieli manipulatsioon, et panna mind tema käske täitma?“

„Kes on Eriel?“ küsis ema.

„Me ei tea Erieli,“ ütles isa.

Sellel polnud mingit mõtet. See oli Erieli koht. Kas nad teda tundsid või mitte, polnud tähtis, tema oli vastutav selle eest, et nad seal olid. Ta teadis, kuidas - tõmmata Erieli südamevõnge. Ta teadis, kuidas teda panna tegema seda, mida ta tahtis.

Mida ta täpselt tahtis? Ja miks kasutas ta selleks oma vanemaid? See oli häbitu. Tema kohal õhus hõljusid tema vanemad, lülitades oma naeratusi sisse ja välja, nagu oleksid nad marionetid. Siis teadis ta kindlalt, et need kaks kummitust või mis iganes nad olid, ei olnudki tema vanemad. Nad olid tema kujutlusvõime või võib-olla Erieli väljamõeldised. Mida ta ei saanud aru, oli see, miks. Miks teda nii julmalt ja häbematult manipuleeriti?

„Ärka üles E-Z!"

Ta oli tagasi oma voodis. Oma majas.

Ta keeras end ümber ja läks tagasi magama... ja maandus tagasi silo sees - jälle.

PEATÜKK 25

Kolm silo-laadset asja hõljusid ruumis ringi, nagu mängiksid nad „Follow the Leader" mängu.

Need ei olnud silod. Need olid ehtsad igavikulised puhkekohad, mida kutsuti Hingepüüdjateks.

Iga kord, kui elusolend hukkus, tingimusel, et keha, milles ta elas, oli sündinud hingega, elaks ühel päeval edasi. Hingepüüdjaid oli palju, liiga palju, et neid üles lugeda. Nende arv oli palju suurem, kui meie, inimesed, suudame mõista. Rohkem kui googolplex, mis on suurim teadaolev arv.

Kui E-Z saabus, nagu varemgi, paigutati ta oma ootavasse hingepüüdjasse.

Järgmisena saabus Alfred, kes oli ikka veel surnud, tema keha paigutati oma hingepüüdjasse.

Lia saabus viimasena, ikka veel magades oma hingepüüdjasse.

Ei läinud kaua aega, et E-Z hakkas end klaustrofoobiliselt tundma.

„Kas soovite jooki?" küsis hääl seinas.

„Ei, aitäh," ütles ta, trummeldades sõrmedega oma ratastooli käe peal, kui ilmus ingel. Uus ingel, selline, keda ta polnud varem näinud.

See ingel oli naine. Ta oli riietatud voolavasse musta kleiti ja mütsi - nagu osaleks ta koolilõputseremoonial. Tema range näo peal oli prillid. Sarnased nendega, mida Marilyn Monroe kandis kohviku plakatil. Erinevus oli selles, et need raamid pulseerisid punasest vedelikust, mis meenutas verd.

„E-Z," ütles ta väriseva häälega. Tema hääl kajastus. „Tere tulemast tagasi oma hingepüüdja juurde."

„Hingepüüdja?" ütles ta. „Nii seda asja nimetatakse? Minu jaoks näeb see pigem välja nagu silo. Mis on siis ikkagi Hingepüüdja?"

„See on hingede igavene puhkepaik," ütles naine, nagu oleks ta sellele samale küsimusele juba miljon korda varem vastanud.

„Aga kas see ei ole selleks, kui inimesed on surnud? Ma ei ole surnud." Ta lootis kindlasti, et ta ei ole surnud!

„Oota!" hüüdis naine.

Jällegi raputas ta rääkides seinu. Ja tema hambad vibreerisid ka. Nii palju, et tema eelistus oleks väljas lumes, siis oleks ta pidanud kuulma, kuidas ta veel ühe sõna lausub.

„Ma ei öelnud sulle, et see on küsimuste ja vastuste aeg. Nagu ma näen, oled sa enamiku oma katsumustest edukalt läbinud. Ehkki Alfred aitas katsel number kaks. Nagu te teate, ei ole sanktsioneerimata abi lubatud."

E-Z avas suu, et Alfredi kaitsta, kuid sulges selle vaid uuesti. Ta ei tahtnud riskida, et naine jälle häält tõstaks. Kindlasti soovis ta, et nad keeraksid seal kuumust kõrgemale. Siis jälle oli see koht hingede jaoks. Võib-olla eelistasid hinged külma ladustamist.

TIK-TAK.

Tekk oli nüüd tema õlgadele heidetud.

„Tänan teid."

„Sul on õigus, kui sa sured, puhkab su hing siin. Või oleks siin puhanud, kui me oleksime lasknud sul surra. Aga me hoidsime sind elus. Meil oli selleks hea põhjus. Asjad on siiski muutunud. See ei ole õnnestunud. Seepärast tahaksime oma algse kokkuleppe tühistada."

„Mida te mõtlete selle tühistamise all? Teil on päris palju närvi! Püüate kokkulepet tühistada, mis see on ainult sellepärast, et ma olen laps? On olemas seadused lapstööjõu kasutamise vastu. Pealegi olen ma teinud kõik, mida minult paluti. Muidugi, ma olen pidanud seda kõike lennult õppima. Aga läbi paksu ja nõrga olen seda teinud. Ma olen pidanud oma osa lepingust ja sina peaksid oma osa pidama!"

„Oh jah, sa oled teinud seda, mida sinult on palutud. See ongi probleem - sul puudub algatus."

„Puudub initsiatiiv!" E-Z hüüatas, kui ta rusikatega oma ratastooli käepidemetele lõi. „Kokkulepe oli, et sa saadad mulle katsumusi ja ma mõtlen välja, kuidas neid vallutada. Ma olen elusid päästnud. Sa ei saa reegleid poolel teel muuta."

„Tõsi, see oli algne kokkulepe. Siis läksid asjad Hadziga ja Reikiga valesti - nad unustasid mõtted ära kustutada - ja Eriel pidi sekkuma."

„Ta saatis mulle katsed, ma lõpetasin need. Ma isegi võitsin teda duellis."

„Jah, seda tegid sa. Ma palusin tal hinnata sidemeid sinu ja su onu Sami vahel.“

„Et hinnata meid?“

„Jah. Peaingel ei ole mõeldud selleks, et LOODA katsumusi väljaõppes olevale inglile. Sinu, noh, algatusvõime puudumise tõttu pidi Eriel sekkuma rohkem, kui ta oleks pidanud.“

„Oodake korraks! Sa tahad öelda, et ma pidin minema välja ja leidma ise oma katsumused? Miks ei teavitanud mind keegi neist nõuetest?“

„Me lootsime, et sa saad ise aru. On olnud vihjeid. Vihjeid suure pildi kohta. Ühtsused. Me lootsime, et kui sul on teisi, kellega arutada uuringuid. Katsed, mille olete juba läbinud. Et te nulliksite probleemi. Jõuate samale järeldusele.

Aidake meid. Võib-olla isegi vallutaksite selle - ilma, et me peaksime seda teile lusikaga ette tooma. Me andsime sulle kõik võimalused, aga sa ei teinud seda. Nii et me läheme teist teed.“

„Ühtsust? Ma võin teada, mida sa mõtled.“

„Kui sa aru saad ja võtad superkangelase variandi... See toimiks. Niikaua kui kõik oleks kristallselge. Sul oli täielik pilt. Teadsid riske.“

„Nii et me jääme ikkagi meeskonnaks? Miks sa ei kirjuta seda välja? Teeksid selle minu jaoks lihtsaks?“

„Minevikus, kuigi su kaaslastele anti võimeid, mida sa ei omanud - sa ei kasutanud neid. Selle asemel istusite te kolmekesi - aega raiskades - ja ootasite, et kõik toimuks.

Kas teile ei tundunud see kummaline, kui Eriel ilmus lõbustuspargis? Ta tõstis *Kolme* profiili. See ei ole peaingli töö. See on sinu töö.“

Ta raputas pead. „Ma ei olnud sajaprotsendiliselt kindel, et see oli Eriel, kuni ta end lõpus identifitseeris. Enne seda olid mul kahtlused. Kes veel riietuks nagu Abraham Lincoln?

„Pealegi, ma arvasin, et keegi ei pidanud seda teadma. Kuni selle ajani arvasin, et katsed on saladused. Ma kartsin teiega sõlmitud kokkuleppe rikkumist. Ophaniel ütles, et kui ma kellelegi räägin, kaotan võimaluse oma vanemaid uuesti näha. Ma järgisin mulle kehtestatud reegleid. Ma ei usu, et sa mõistad ausa mängu mõistet.“

„See ei ole mäng. Peainglid võivad teha, mida iganes me tahame!“ hüüatas ta, liikudes lähemale, kus E-Z istus. Ta lükkas lõua ettepoole. „Me otsustasime, et sa sobid rohkem superkangelaste mängu kui inglimängu. See oli siis, sind abistati PR-osakonnas. Et julgustada teid leidma oma inimesi, kes teid aitaksid. Jumal teab, et maa on neid täis. Kuidas Shakespeare neid nimetas, neid, kes näägivad ja oksendavad oma õe süles.“

„Ma ei ole ühtegi Shakespeare'i lugenud, aga ma olen Charles Dickensi sugulane. Mitte et see oleks asjakohane. Aga, okei, nii, et sa tahad, et ma jätkaksin, superkangelasena koos Alfrediga, kui ta elab ja Lia minu kõrval. Me saame hõlpsasti palju toetust ja reklaami meediast.

„Ma olen sulle ikka veel pühendunud. Kui sa lubad meil vabalt tegutseda, miks, siis on taevas piiriks. Me tunneme koolis ja spordis palju lapsi. Me võime luua superkangelaste vihjetelefoni ja veebilehe. Me võime kasutada sotsiaalmeediat, et luua ühendust inimestega üle kogu maailma. Inimesed seisavad meie järele järjekorras, et neid aidata. See saab olema täiesti uus mäng.“

„Ah, lõpuks ometi räägib ta initsiatiivist... aga mu kallis poiss, see on liiga vähe, liiga hilja. Nagu ma juba ütlesin, me tahame teie ees kohustusest välja tulla. Sa ei ole enam meie suhtes seotud. Sul ei ole enam võlga, mida tasuda."

„Aga..."

„Te kõik kolm olete tõestanud, et olete selles ainult enda pärast. Kui inglid esimest korda pakkusid, et te võiksite meid aidata, esindada meid siin maa peal - meil oli plaan. Alfrediga oli see sama. Siis tuli Lia. Pärast seda on meil teie kahega olnud edu. Me kaasasime ta kolmikusse... aga nüüd olete te muutunud iganenuks."

„Me päästame inimesi, me aitame inimesi."

„Ära räägi mulle seda. Kui ma pakuksin sulle võimalust olla oma vanematega täna, siin ja praegu. Sa viskaksid rätiku sisse. Lahkuksid, hoolimata või mõtlemata nende elude peale, mida oleksid võinud päästa, kui katsed oleksid jätkunud.

„Sama kehtib ka Alfredi kohta, ma eeldan - kui ta ellu jääb. Ta oleks silmagi pilgutamata oma perekonnaga võsastunud põllul. Ja silmadest rääkides, kui Lia saaks oma nägemise tagasi - ta oleks samuti minema läinud.

„Pärast põhjalikku kaalumist saime aru, et keegi teist ei ole pühendunud millelegi muule kui endale, seega oleme liikunud edasi plaan B juurde."

„Oodake korraks. Määratleme töö." Ta googeldas seda ja leidis rahulolevalt, et tal on neli baari. „Veebisõnaraamatu järgi: töö või kohustuste korrapärane täitmine palga või töötasu eest. Ma töötasin sinu heaks, ilma tasu saamata. Muud kui lubadust hüvitise saamiseks. Meil oli suuline kokkulepe.

„Ma ei ole kindel, millise kokkuleppe üksikasjadega Alfred või Lia tegid, aga ma kihla vedan, et nende inglid pakkusid neile sarnaseid stiimuleid. Mina pidasin oma osa kokkuleppest, ja sina peaksid oma osa pidama. Ma olen kolmeteistkümneaastane ja..." Ta googeldas. „Jah, nagu ma arvasin, on USA tööministeeriumi andmetel neljateistkümneaastane miinimumtööiga."

Ta naeris ja seadistas prillid uuesti. Ta märkas, et tal oli veri käes. Ta pühkis need oma musta rõiva külge. „Varajased seadused ei kehti inglite või peainglite kohta. On naiivne, kui sa arvad, et see oleks siiski nii." Ta tegi pausi. „Me oleme valmis pakkuma teile kaks võimalust. Võimalus number üks: Te jääte oma hingepüüdjaks ülejäänud eluks siia."

„Mida?"

Tema Hingepüüdja vundamendid värisesid. Mõte sellest, et ta on elusalt selle metallkonteineri sisse maetud, ajas teda pahaks.

„Elu, mida sa elad, sest sinu elushingamise päevad mööduvad nii, nagu need imbetsiaalsed peainglid lubasid. Koos sinu vanematega. See tähendab, et sa elad uuesti oma elu koos oma vanematega alates päevast, mil sa sündisid, kuni täpselt selle hetkeni, mil nende elu lõppes. Sa ei oleks kunagi ratastoolis ja nemad ei sureks kunagi." Ta tegi pausi. „Nüüd võite rääkida."

„Sa tahad öelda, et ma elaksin oma elu koos vanematega uuesti ja uuesti, iga päev, mis meil koos oli, kogu igaviku jooksul?"

„Jah."

„Mis on variant number kaks?"

„Kas sa ei oska ära arvata?" küsis ta hambulise irvitusega.

Tema naeratus oli nii siiras, et mees pidi pilgu kõrvale pöörama.

Ta ootas.

„Teine võimalus tähendaks, et sa lähed tagasi elama oma elu koos onu Samiga." Ta kõhkles, liikus lähemale, nii et E-Z. Ta oli juba niigi külm ja nüüd muutis ta teda iga tiibade laperdamisega veelgi külmemaks. Ta kattis end tekiga. Ta jätkas. „Nagu sa võisid juba aimata, ei saa ega saa sa kunagi oma vanematega taasühineda kummagi variandiga. Me taastaksime mineviku. See oleks nagu elaksite teatrietenduses või telesarjas."

„Mis! Sellega ma ei nõustunud!" E-Z hüüatas. „Kas sa tahad öelda, Hadz. Reiki, Eriel ja Ophaniel valetasid mulle?"

„Valetamine on tugev sõna, aga jah. Vaadake oma ümbrust. Hinged on paigutatud üksikutesse kambritesse. Iga hinge jaoks on eelnevalt ette valmistatud üks kamber."

„Sa tahad öelda, et mu vanemad on igaüks neist kambritest ühes?"

„Jah, nende hinged on."

„Ja mis siis nendega juhtub?"

„Miks, nad hõljuvad taevas ringi."

„See on kurb. Ma alati arvasin, et mu vanemad on koos, kusagil. Ma tean, et see oli ainus asi, mis andis Alfredile mingi lohutuse. Et tema naine ja lapsed on kusagil koos. Kellelegi ei meeldi mõelda, et tema lähedane sureb üksi. Rääkimata sellest, et ta veedab igavikku metallkonteineris, mis triivib ühest kohast teise."

„Inimlik sentimentaalsus. Hinged on lihtsalt olemas. Nad ei ela ega hinga, ei söö ega tunne liiga kuuma või liiga külma. Inimesed ei mõista seda mõistet."

Ta irvitas.

„Ma ei taha teie liiki solvata. Aga kui keha sureb, siis see, mis jääb alles, hing, on raske mõiste, mida on raske mõista. Inimeste ajud on lihtsalt liiga väikesed, et mõista universumi keerukust. Siit ka religioossete doktriinide loomine. Kirjutatud maalikuga. Lihtne õpetada ja järgida ilma igasuguste tõenditeta.“

„Kuna hinged on väärtuslikumad kui minusugused inimesed, siis kuidas ma saaksin elada oma ülejäänud elu ühes neist konteineritest?“

„Me oleme teinud kohandusi, nagu praegu ja varemgi. Kui me sind siia tõime, polnud sul siin mingeid probleeme eksisteerimisega, nüüd küll?“

„Peale klaustrofoobia,“ ütles ta. „Ja need korrad, kui mind oli vaja selle lavendelspreiga rahustada.“

„Ah, jah. Klaustrofoobia kordumine sõltub muidugi sellest, millise variandi te valite. Kui valite variandi number üks, siis toetab keskkond teid igati, kuni teie hing on valmis. Siis saab teie maise vormi kõrvaldada. Inimesed kohanevad ja te harjute sellega. Lisaks olete oma vanematega koos, elate taas mälestusi. Sellega möödub aeg. Nüüd, nimetage oma valik!“

„Oota, mis saab minu tiibadest ja minu tooli tiibadest? Mis nendega juhtub?“ Ta kõhkles: „Mis saab Alfredi ja Lia võimetest? Kui me valime variandi number üks, kas me läheme tagasi selliseks, nagu oleksime olnud? Ma mõtlen, enne kui sina ja teised peainglid meie ellu sekkusid?“

„Loomulikult ei kavatse me teile tiivad ära võtta, mu kallis poiss, ega võtta ära mingeid võimeid, mis kellelegi teist juba antud on. Me oleme peainglid, mitte sadistid.“

„Hea teada, nii et me võime jätkata superkangelasteks olemist.“

„Saate, aga te peate ise endale reklaami looma - sest kui me oleme väljas - oleme lõplikult väljas.“

„Palun jääge istuma,“ ütles hääl seinas, kuigi E-Z-l ei olnud selles küsimuses suurt valikut.

Peaingel ei öelnud midagi. Selle asemel hajutas ta end, puhastades oma prille ja pannes need siis uuesti selga.

„Üks asi veel,“ küsis E-Z, “mis puudutab Alfredit.“

„Jätka, aga kiirusta. Teine mõiste, mida inimesed ei mõista, on see, et aeg eksisteerib kogu universumis. Mul on veel teisi kohti, kus ma pean olema ja teisi peaingleid nägema.“

„Hea küll, ma hakkan tööle. Alfred on nüüd teises inimkehas. Kui hing jääb kehaga koos, siis on seal kaks hinge? Kas hingepüüdja ootab kahte hinge?“

Ingel pööras talle selja. Ta puhastas kurku, enne kui rääkis: „Ma, me, lootsime, et sa ei küsi seda küsimust. Sa oled targem, kui me eeldasime.“ Ta sulges silmad, noogutas: „Mhmmm.“ Tema silmad jäid suletuks. E-Z vaatas, kas ta kannab kõrvaklappe, sest näis, et ta kuulab kedagi. Või ehk kujutas ta seda ette. Ta noogutas. „Nõus,“ ütles ta.

„Kas keegi teine on siin meiega koos?“ küsis ta.

Uus hääl kostis tema ümber. Miks oli kõigil peainglitel nii kõva hääl?

„Ma olen Raziel, Saladuste Hoidja. E-Z Dickens, sa pead mu sõnu kuulda võtma. Sest kui need on kord välja öeldud, ei mäleta sa neid enam. Samuti mitte seda, et ma siin olin. Hingepüüdjad ja nende eesmärgid ei ole sinu mure. Te olete ületanud oma piirid ja me ei salli seda! Me oleme teile heldelt andnud kaks võimalust. Otsustage KOHE, või mu õpetatud sõber teeb otsuse teie eest.“

E-Z hakkas rääkima, kuid siis läks tal meelest ära. Millest nad rääkisid?

Peaingel sulges taas silmad, lausus sõnad: „Tänan teid," ja Razieli hääl ei rääkinud enam.

***

Aegoli justkui tagasi hüpanud. „Te ootate, et ma otsustaksin kohe, ilma et mul oleks aega järele mõelda? Ilma et ma oleksin rääkinud oma onu Samiga või sõpradega? Rääkides sellest, mis saab Alfredist, talle öeldi, et ta saab oma perekonnaga taas kokku? Ja Lia, talle öeldi, et ta saab oma nägemise tagasi.“

„Kuna Alfred on kadunud, siis on sinu otsus - kas ta jääb maa peal ellu või mitte - tema otsus. Tema esimene valik on sama, mis sinu oma. Kas ta tahaks oma elu koos oma perega korduvalt uuesti läbi elada? Kuna ta on läinud, võivad tal juba praegu olla neist meeldivad unenäod. Samas ei tea kunagi, milliseid trikke võib mõistus teha. Ta võib olla õudusunenägude ringis ja ainult teie saate teda ja tema perekonda päästa, tehes tema jaoks õige valiku.“

„Kas sa tahad öelda, et ta ei tule sellest kunagi välja? Kindlasti?“

„Seda ma ei saa öelda. Ma tean ainult seda, et hingepüüdja ei ole valmis tema hinge kokku võtma... veel.“

„Ja Lia?“

„Tema inimsilmad on selles elus kadunud, nagu su jaladki. Ta võib oma nägemispäevi uuesti läbi elada, kuid ta võib-olla eelistab, et ka sina valiksid tema eest. Lõppude lõpuks ei ole tal olnud aega kasvada ja küpseda nagu tavaline laps. Ta on juba kolm aastat oma elust kaotanud ja see vananemise episood, me ei ole kindlad, kas see on ühekordne või, kas see juhtub uuesti."

„Sa tahad öelda, et sa ei tea ka, mis temaga juhtub?"

„Ei, me ei tea. Pealegi magab ta ikka veel."

„Ma ei saa seda otsustada, meile kõigile kolmele tähtajaliselt. See on suur otsus ja ma vajan aega."

„Siis sa saad seda." Ilmus kell, mis luges kuuskümmend minutit tagasi. „Sinu aeg algab nüüd. Anna mulle oma vastus enne, kui see jõuab nullile. Vastasel juhul on kõik, mida me oleme arutanud, kehtetu. Ja te leiate end tagasi hotellist koos oma sõbra surnukehaga." Tema tiivad lõõtsutasid ja ta tõusis üha kõrgemale ja kõrgemale.

„Oota, enne kui sa lähed," hüüdis ta.

„Mis on nüüd?"

„Kas on teisi, ma mõtlen teisi lapsi nagu meie?"

„On olnud tore sind tundma õppida," ütles ta.

„See tunne ei ole kindlasti vastastikune," vastas ta.

PEATÜKK 26

Kuiminutid möödusid, käis E-Z läbi kõik, mida talle just öeldi. Ta soovis, et silo oleks piisavalt lai, et ta saaks rohkem liikuda. Vähemalt istus ta mugavalt oma ratastoolis. Koos olid nad nagu dünaamiline duo.

„Kas soovite midagi süüa?" küsis hääl seinast.

„Kindlasti tahaks," ütles ta. „Õun, natuke popkorni - juustumaitseline oleks hea ja pudel vett."

„Tulen kohe," ütles hääl, kui metallist laud lükkus läbi pilu seinas, mida ta polnud varem märganud. See jäi tema ees seisma. Pilust väljus konks, mis kandis kõigepealt veepudelit. Siis teine konks, mis kandis klaasi. Kolmas konks järgnes õunaga. Enne kui ta selle maha pani, poleeris konks seda rätikuga. Siis torkas välja neljas konks, kes kandis kaussi popkorni.

„Aitäh," ütles ta, kui neli haaravat konksu lehvitasid ja kadusid tagasi seina sisse.

„Olete teretulnud."

„Äh, kas te võiksite mulle mu arvuti tuua? See hävis tulekahjus. Tahaksin kindlasti nimekirja teha, et saaksin selle otsuse teha."

„Muidugi. Andke mulle vaid minut või kaks."

Samal ajal, kui ta õuna lõpetas ja popkornist mõtiskles, ilmus teisest pesast vastasoleval seinal tema sülearvuti. Konks hoidis seda kõrgel, oodates, et E-Z liigutaks teisi esemeid selle paigutamiseks. Kui ta seda ei teinud, ilmusid teiselt poolt konksud. Üks võttis õunasüdame üles ja kadus tagasi seina sisse. Teine valas ülejäänud vee klaasi. Siis võttis tühja pudeli tagasi läbi seinaava. Kuna ta tahtis popkorni ja veeklaasi alles hoida, võttis ta need laualt ära. Konks pani oma sülearvuti maha, siis naasis läbi selle pilu seinas tagasi.

E-Z arvas, et konksud on lahedad aksessuaarid. Ta võiks neid hõlpsasti mõnele suurele Rootsi ketile turustada.

Nüüd, kui konksud olid kõik kadunud, tõstis ta sülearvuti kaane ja klõpsas selle sisse. Kõigepealt kontrollis ta oma Tattoo Angeli faili, kõik oli ikka veel olemas! Ta oli nii õnnelik; ta oleks nutnud, kui kell ei oleks tiksunud aega.

„Suur tänu," ütles ta, toppides suhu peotäie juustulist popkornit. Ja siis hakkas ta kirjutama. Ta otsustas, et mõtleb enda peale kolmandana. Kõigepealt kirjutada üles Alfredi plussid ja miinused. Kohe alguses teadis ta, et Alfredil ei oleks midagi selle vastu, et ta oma perekonnaga oma minevikku korduvalt uuesti läbi elab. Ta oleks kohe selle variandi kasuks otsustanud.

„Siiski tundus E-Z-le, et see ei olnud variant, mida tema pere oleks tahtnud, et ta võtaks. Kuna ta elaks uuesti läbi seda, mis juba oli, mitte ei liiguks edasi. Elus tuleb edasi liikuda. Et jätkata õppimist ja kasvamist.

Mida rohkem ta selle peale mõtles, seda enam mõistis ta, et see oleks nagu oma eluloo vaatamine. Kujutage oma elu kakskümmend neli korda nädalas püsisilmusena ette. Teadmata kunagi, millal see lõpeb. Või kas see üldse kunagi lõpeb. See võib muutuda teistsuguseks põrguks. Selliseks, millele ta ei kannatanud mõelda.

Välja arvatud, kui ta teadis kindlalt, et Alfred oleks alati koomas. Millele oli peaingel vihjanud. Siis hoiaks tema jaoks selle valiku tegemine ära kõik halvad unenäod ja õudusunenäod. Alfred oleks oma perega, igavesti. Isegi kui see ei olnud tõeline... sellest võiks piisata. Kas ta valiks selle?

Ta heitis pilgu kella peale, viiskümmend minutit oli jäänud. Ta hakkas mõtlema Lia juhtumile. Tema unistus saada kuulsaks baleriiniks oli katkenud. Kas ta tahaks uuesti läbi elada lapsepõlve, teades, et see unistus ei saa kunagi teoks? Tema jaoks oleks see väärt, et ta võtaks võimaluse tuleviku suhtes. Silmad peopesas tegid ta eriliseks, ainulaadseks... ja ta oli sümpaatne. Ta võinuks olla isegi uusim versioon imenaisest, kui ta suudaks kõik võimed rakendada.

„E-Z?" Lia ütles. „Ma kuulen, kuidas sa mõtled, aga kus sa oled?"

Oh ei! Nüüd oli ta ärkvel, ta pidi talle kõike seletama, ja see võtaks aega ja aeg oli otsas. Ta peaks seda tegema, kiiresti. „Kuule, Lia," alustas ta, "mul on sulle pikk lugu rääkida, palun ära peata mind enne, kui lugu on lõpetatud. Meil hakkab aeg otsa saama." Ta seletas kõik ära, selleks kulus kümme minutit. Veel kümme minutit möödas. Nelikümmend minutit oli jäänud.

„Okei, E-Z, sina mõtled sinule ja mina mõtlen endale. Võtame viis minutit, siis räägime uuesti. Aeg algab nüüd."

„Hea plaan."

Viis minutit hiljem ja kell näitas veel kolmkümmend viis minutit. E-Z küsis Lialt, kas ta on otsustanud.

„Olen," ütles ta. „Aga sina?"

„Mina ka," ütles ta. „Sina esimesena, viie minutiga või vähem, kui suudad."

„Minu jaoks on see üsna lihtne otsus, E-Z. Ma ei taha siia jääda ja siin oma elu elada. Kui Hingepüüdja toob mind siia, kui ma surnud olen. See on hea. Aga ma ei taha olla sunniviisiliselt sellesse ruumi piiratud. Mitte siis, kui ma võiksin olla väljas ja tunda päikesesoojust, kuulata linde, tuulega oma juustes. Rääkimata sellest, et veeta aega oma ema ja onu Samiga ning loodetavasti ka sinuga. Elu on liiga lühike, et seda raisata, ja mulle meeldivad mu uued silmad enamasti." Ta naeris.

„Olen nõus ja sinu asemel teeksin ma sama."

„Aitäh, E-Z. Mis aega nüüd veel jääb?"

„Veel kakskümmend viis minutit," kinnitas ta. „Siin on nüüd minu mõttekäik loodetavasti vähem kui viie minuti pärast. Mind ei häiri see siin sees, see ei erine palju sellest, kui seal väljas olla. Ma olen õppinud, et ratastoolis ei ole maailma lõpp. Tegelikult olen sellega üsna harjunud. Ma saan teha asju, mida ma varem tegin, näiteks mängida pesapalli, ja ma ei ole selles täiesti kehv. Kurat, seda mängitakse isegi paraolümpiamängudel.

„Mu vanemad ei tahaks, et ma oma elu minevikus elades raisku läheks. Samuti ei tahaks onu Sam. Ma ei ole nõus kõigest loobuma, ainult sellepärast, et need tontlikud arhivaalid andsid paar ebasündsat lubadust. Nii et ma olen sinuga nõus. Saame neist hingepüüdja asjadest kuraditosinat välja. Me elame oma elu, kuni me elamise lõpetame. Ja siis võib see hea ja korralik tulla ja meid kinni püüda. Aastaid hiljem, kui oleme loodetavasti panustanud inimkonnale ja elanud head elu. Me võime leida teisi meie sarnaseid. Me võiksime luua superkangelaste vihjeliini ja teha koostööd üle kogu maailma. Me võiksime kasutada oma võimeid, et muuta maailm paremaks. Me võiksime elada oma elu täiel rinnal; luua inspireerivaid elusid, mille üle me oleksime uhked, ja meie pered oleksid samuti uhked."

„Bravo!" Lia hüüatas. „Aga kas on ka teisi, nagu meie?"

„Ma küsisin inglilt, kes mulle kõike seletas, aga ta ei vastanud. See paneb mind arvama, et neid on." Ta heitis pilgu kella peale. „Ainult kakskümmend üks minut on jäänud."

„Mis saab Alfredist? Kas ta ärkab kunagi üles?"

„Ingel ütles, et ta ei tea, ainult hingepüüdja teab... aga ta ütles, et tal võivad olla õudusunenäod. Kui on võimalus, et ta on elavas põrgus, siis laseme ta parem minema. Võimalus number üks, et ta elab elu koos oma perega loopis uuesti läbi, on see tema jaoks?"

„Ma ei ole nõus. Keegi meist ei tea kindlalt, millal hingepüüdja meie järele tuleb. Alfred ei tahaks siin raisata, sest halvad unenäod võivad ta leida. Mitte seal, kus on võimalus, ta võiks kedagi aidata või kedagi inspireerida. Me tulime siia koos ja me peaksime siit koos lahkuma. Minu arvates on see nii."

Neliteist minutit ja tiksub.

Ta oli Alfredi küsimuse juurde läinud ainulaadsel viisil Kas tal oli õigus? Kas Alfred tõepoolest sooviks selles stsenaariumis oma perekonnast loobuda, et jõuda tundmatusse tulevikku? Kas me kõik ei eksisteeri tundmatus maailmas? Muutes kurssi, kükitades ja sukeldudes. Akende avamine, uste sulgemine. Laseme oma emotsioonidel end eksitada ja siis jälle tagasi. See kõik on seotud elamisega. Jah, Lial oli õigus. See oli tehtud.

Kella oli jäänud kaheksa minutit.

„Ma arvan, et sul on õigus, Lia. Kõik ühe eest ja üks kõigi eest," ütles E-Z. „Peaingel ütles mulle, et ma pean need sõnad välja ütlema, enne kui kella aeg läbi saab. Siis leiame end kõik tagasi hotellist... nagu seda Hingepüüdja vahekorda polekski kunagi toimunud."

„Kas sa arvad, et me siiski mäletame hingepüüdjatest? See on meile oluline asi, mida sellest kogemusest õppida. Isegi kui me seda ei jaga. Pidage meeles, et see lööb kõik, mida me teame taevast ja surmajärgsest elust, pea peale."

Viis minutit jäänud.

„Nii on, aga arutame seda teisel pool." Ta surus rusikad kokku, kui kell tiksus nelja minutini. „Me oleme otsustanud!" hüüdis ta. „Viige meid kolmekesi neist, neist hingepüüdjatest, välja - KOHE!"

E-Z silo seinad hakkasid värisema. „Kas sa oled korras, Lia?" hüüdis ta. Ta ei vastanud. Maa tema jalgade all näis kolisevat ja mürisevat. Siis hakkas see pöörlema, kõigepealt päripäeva, siis vastupäeva, siis päripäeva.

Seestpoolt väändus tema kõht. Ta sülitas välja juustulist popkorni ja näris kõikjale punaseid õunapalasid.

Need olid ainsad mälestused, mis hingepüüdja temast jätavad. Loodetavasti kohutavalt kaua aega.

Tänusõnad

Kallid lugejad,

Tänan teid, et lugesite esimest ja teist raamatut E-Z Dickensi sarjast. Loodan, et teile meeldib nende uute tegelaste lisandumine ja te tahate teada saada, mis juhtub edasi.

Sarja kaks järgmist raamatut on varsti saadaval!

Tänan veel kord minu beetalugejaid, korrektuurilugejaid ja toimetajaid. Teie nõuanded ja julgustus hoidsid mind selle projektiga õigel teel ja teie panus oli/on alati teretulnud.

Tänan ka perekonda ja sõpru, kes on alati minu jaoks olemas olnud.

Ja nagu alati, head lugemist!

Cathy

Autorist

Cathy McGough elab ja kirjutab Kanadas Ontarios.
koos abikaasa, poja, kassi ja koeraga.

Tulemas varsti!

www.ingramcontent.com/pod-product-compliance
Lightning Source LLC
Chambersburg PA
CBHW061339310726
48974CB00001B/109